河出文庫

柳生十兵衛死す 上

山田風太郎傑作選 室町篇

山田風太郎

河出書房新社

◎目次

柳生十兵衛死す　上

山城国大河原

一

　そのころの呼びかたで、山城国相楽郡《やましろのくにさがらごおり》大河原は、木津川《きづがわ》の上流、山城と大和《やまと》と伊賀の接点にちかいところにあった。

すぐ西に、そのむかし後醍醐《ごだいご》天皇が落ちられて、はじめて河内《かわち》の楠木正成を召し出されたという笠置山《かさぎやま》があるが、それをふくめてこれといった高山はないけれど、南も北も山波《やまなみ》が重なるなかを、ゆうゆうとながれる木津川が、黒味をおびた藍《あい》の色をたたえているのは、やはり山の翳《かげ》をうつしているからであろう。

もっともその日、この一帯には低い雲がたれさがっていた。晴れているなら、花の季節はすぎたけれど、花より美しい新緑が山にかがやいているだろうに、その山も河も墨色にけぶっている。それどころか、銀色の雨さえときどきわたってゆく。

　そのせいか、一帯に人影らしいものはない。

河の両岸には、奈良と伊賀をむすぶ細い道が通り、せまいながら田畑さえあるのだが、人影はおろか、ふしぎに飛ぶ鳥、舞う蝶さえ見えない。

この茫々《ぼうぼう》とした薄墨の風景には、死の世界の——というのが大げさなら、少なくとも幽玄《ゆうげん》の世界の静寂《しじま》がしいんとみちていた。

東のかなたに、河をはさんで大河原の村落が、南と北、そのどちらにもかやぶき屋根が七、八軒、わびしくかたまっているのだが、そこにも人の動いている気配はない。

——と見えたが、やはり人はいた。

午後だいぶすぎたころ、北側の集落から、蓑笠《みのかさ》をつけた農夫らしい二人の男が出てきて、もう葉をしげらせている猫柳のかたまりのなかをぬけ、河原へ下りていった。川ぶちに一艘《そう》の舟がつないであり、それで対岸へわたるつもりであったかも知れない。

鳥影は見えないが、黒い雲の上から、カア……カア……と、しきりに鴉《からす》が鳴く。

このあたり河は、声はりあげれば向う岸にとどくほどの幅だが、大河原という地名が示すように、芦のはえたひろい河原があり、あちこち白い砂洲のような地形も見える。

と、二人の農夫はふと立ちどまって、前方に眼を釘づけにした。

そこにだれか倒れているのに気がついたのだ。

二人は顔を見合わせ、おそるおそる近づいていった。そして、倒れている人間を見下ろした。

「……殿さまでねえか！」

「柳生《やぎゅう》の殿さまじゃ！」

静寂の世界に、はじめてあがった怖ろしい声であった。

二人は、泳ぐような腰つきで街道に逃げかえり、西へ――三里ばかりの柳生ノ庄のほうへ、こけつまろびつかけていった。このあたりは、南北朝のころから柳生家の代々支配する土地であったのだ。

数刻後、その柳生ノ庄の方角から、五、六騎の武士が砂塵をあげて走ってきた。

二

武士たちは、泡をかんでいる馬を街道の立木につなぐと、つんのめるように河原へすすんでいった。

むろん領主の家来にちがいない。しかも農夫の急報でその領主の横死《おうし》を告げられて、かけつけてきて、めざすものを見いだしたのに、そこへまろびよらず、五、六歩の距離で凍りついたように立ちすくんだ。

それはあまりに怖ろしいものであったからだ。

砂の上の人間は、ぬきはなった刀身をにぎっているが、あおむけに大の字になっている。だから、月代《さかやき》をのばしたその脳天から鼻ばしらにかけて、絹糸のような刀のすじがあきらかに見えた。

それまでいくどか時雨《しぐれ》のようにわたっていった雨のためであろうか、顔にはほかに血のあとはなかったが、まわりの砂を染めた血はもう黒ずんで凄《すさま》じい。

そして片手につかんだ刀身もまた血ぬられていた。

「殿じゃ！」

一人が、やっとうめいた。

そう声に出して確認しても、なおだれも異次元の魔界にいる気持でいる。

雲は暗々とたれさがっているのに、その白洲をとりまくようにながれている河のせいか、地上には蒼味《あおみ》をおびた光がただよっている。その光に浮かびあがった死者の顔は、なんとどこかうすら笑いを浮かべているようではないか。……

息を三つほどついて、またひとりが絶叫した。

「こんなことが、この世にあり得るはずがない！　われらの殿、柳生十兵衛さまを、かくもみごとに斬って去った者は何者か？」

まさしくその死者は、この柳生ノ庄のあるじ柳生十兵衛であった。

そして、それを見つつ、家来や門弟の頭を颶風《ぐふう》のごとく吹いているのは、なぜ？　いかにして？　という疑問より、まず相手は何者か？　という彼らにとって信じられない怪異であった。

が、柳生十兵衛の刀はたっぷりと血ぬられているのに、その相手の姿はどこにも見えない。

突然また別の一人が、名状しがたい声をあげた。

「あのお目を見い！」

指さした腕が、ワナワナとふるえている。

「殿の、ただひとつのお目がつぶれて、ひらかぬはずのほうのお目がひらいておる！」

みな見いって、天地《てんち》晦冥《かいめい》の顔を見合わせた。……

ああ、彼らの信ずるところによれば、当代最強の剣人柳生十兵衛、それを斬った人間は果たしてだれか？

以下は、この顚末《てんまつ》に至る物語である。——

慶安の柳生十兵衛

一

慶安二年十一月はじめのある午後だ。

柳生ノ庄、正木坂《まさきざか》をのぼった丘の上にある柳生陣屋に、深編笠《ふかあみがさ》、ぶっさき羽織、どんすの袴《はかま》の旅姿の武士たちがおとずれた。七人であった。

もっともそんないでたちは三人だけで、あとは若党らしいが、三頭の馬をひいている。武士の一人は、鞘《さや》をかけてはいるが、槍《やり》までついていた。

坂の上に門がある。その外で、武士の一人が、

「これは浪人ながら、江戸の牛込榎坂《うしごめえのきざか》に軍学の道場をかまえる由比正雪《ゆいしょうせつ》と申すものと、その門弟でござる。紀州への道すがら、はからずもご当地を通行いたすこととなり、かねてよりご当主の柳生三厳《みつよし》さまのご高名に敬意をいだく者としてごあいさついたしたく、なにとぞお目どおりのほど願いあげまする」

と、門番に申しこんだ。

浪人と名乗ったが、その行装のものものしさに眼を見張った番人の一人が、あわてて注進にかけ去ったあと、彼らはひとかたまりにたたずんで、そこから見下ろせる柳生谷の眺めに眼を投げている。

北と南につらなる山は低いが、それにはさまれた柳生の庄は、あきらかに山峡の国だ。これを一国と呼び、ちんまりとした集落を城下町と呼ぶのは可笑《おか》しく思われるほどだが、紅葉黄葉に彩られ、あちこち鈴なりの柿の実をそのまま残した風景は、それなりに美しい牧歌的な小世界を作り出していることは疑えなかった。

「よくこんなところが、剣のふるさとなどいわれるような国になったものじゃな」

「五街道でもないこんなへんぴな土地へ、天下の剣人がおとずれるという。――」

「ま、天下の一奇蹟といってよいかも知れんな」

「とにかく石舟斎《せきしゅうさい》、但馬守《たじまのかみ》、そして十兵衛三厳と、名人が三代つづいたのじゃからな」

門弟らしい二人の武士は、ひそひそと話し合った。

「とはいうが、先代、先々代の二人はともかくも柳生家を将軍家指南番、一万二千石の大名に仕立てあげたのじゃから、その実力は認めざるを得んじゃろうが、いまの十兵衛はその将軍家指南役から放り出されて、この山国にひっそくしておるのは、どういうわけか」

「あの木立の向うに見える大屋根が音にきこえた正木坂道場と思われるが、べつに稽古の声もきこえんではないか」

「見ろ、この城門の瓦《かわら》はおち、汚れ、門の軒下にもクモの巣が張っておる。——」

二人は、じろじろと城門の内外を見まわした。

もう一人、これが頭分《かしら》だろうが、深編笠のなかでしずかにいった。

「じゃから、柳生十兵衛なる人間を物見《ものみ》にきたのではないか」

そこへ、門番といっしょに顔を出したのは、十六、七の愛くるしい少女であった。

「殿さまはお庭のほうにおられますが、それでおよろしかったら、どうぞ」

と、いった。

どうも大名を訪ねたようではない。その少女だってべつに腰元風ではなく、それどころか切下髪《きりさげがみ》にもんぺという、いま城下の村で見かけた娘たちと変らぬ、素朴な、野の匂いのする身なりなのである。

彼女は、訪問者たちを門内へまねきいれた。

馬と若党たちを門外に残し、正雪ら三人は、城内のだらだら坂を少女に案内されてゆく。

さすがに、次の門のところで深編笠をぬいだ。

正雪は髪を総髪にして、羽織ひもを紫にむすび、軍扇《ぐんせん》を持ち、威風堂々とした人品だ。槍を立てて歩いている四十くらいの男は、豪快きわまる顔をしている。もう一人は、せいかんながら、どこか軍師めいた感じのする人物である。

歩いてゆく道の片側には、瓦をのせた白い土塀《どべい》、または長い石垣など、さすがに城らしいところもあるが、しかし正しくはとうてい城とは呼べない。むろん天守閣などは無い。これは陣屋と呼んだほうがふさわしいだろう。

その土塀もあちこち剝《は》げ、瓦にはペンペン草がはえ、石垣は崩れている。侍の影など、どこにも見えない。

なんだかこの丘の上の陣屋一帯が、小春日和《びより》のなかにひるねしているように感じられる。

「こちらでございます」

少女にみちびかれて、土塀のくぐり戸をはいると、そこはひろい庭になっていた。

それが、べつに岩や池があるわけでもない。いや、もとはあったのだろうが、いまはほうけた枯尾花《かれおばな》と雑草がいちめんに秋風に吹きなびいているだけだ。

真正面の低い土塀のこちら側に、あずまや風の、柱と屋根だけの建物があって、卓にむかい合って、二人の人間が腰かけて、話をしていた。卓の上には、ひょうたんと朱塗の盃と何やらをのせた皿が見えた。そのむこうは秋の白雲であった。

こちらがはいっていったのはわかっているはずなのに、二人は塀越しに下界の柳生ノ庄を見下ろして話をつづけている。

「殿さま、お客人がおいででございます」

と、近づいて、十歩ばかりのところで、娘が声をかけた。二人はふりむいた。

二

一人は、にが味ばしって、ぶしょうひげをはやして、月代《さかやき》をのばした中年の人物で、客よりこのほうがよっぽど浪人くさいが、これが柳生陣屋のあるじ十兵衛三厳に相違ない。左眼が糸のようにとじられている。

もう一人は、くすんだ銀灰色の道服のようなものを着て、宗匠頭巾《そうしょうずきん》をつけた五十歳くらいの人物であった。木彫りの能面《めん》のような印象だが、どうみても武人ではない。

正雪たちは三人ならんで、穂すすきのなかで上半身をちょっとななめにしてお辞儀《じぎ》した。

正雪があらためてあいさつの言葉をのべた。

「拙者、江戸は牛込榎坂に軍学の道場をひらきおりまする由比張孔堂《ちょうこうどう》正雪と申すものでございます。またこれなるは、門弟、丸橋忠弥《まるばしちゅうや》、金井半兵衛でござる。このたび紀州大納言さまよりお召しにあずかり、道中はからずもご城下をまかり通ることと相成り、ご剣名世にたかきご当主がご在城と知って、表敬のごあいさついたしたく、推参つかまつった次第でござります」

十兵衛は会釈《えしゃく》もせず、

「ははん、おぬしが江戸で有名な由比正雪か」

じろじろと隻眼《せきがん》でながめまわしている。好奇心というより、面白がっている眼であった。

「何でも門人五千の大道場をかまえておるとか。——おかげで江戸木挽《こびき》町のわが柳生道場は閑古鳥が鳴いておる、と弟の主膳が手紙でこぼしてきたわ。あははは」

丸橋忠弥と金井半兵衛がニヤリとした。

「いや、ごあいさつ、いたみいる。で、用はそれだけか」

と、十兵衛はぶっきらぼうにいう。

丸橋と金井が白い歯を消してむっとするのを、正雪は眼でおさえて、

「さように仰せらるるなら、ぶしつけに申すが、柳生家のご当主たるあなたさまが、将軍家ご指南というご大役を弟君《おとうとぎみ》にゆずられ、孤影をこの山中にかくされたのはどういうわけでござる」

「そんなことを、お前などにいう必要はない」

「いや、再び将軍家ご指南のお役を勤めらるるお気がなければ、どうでござろう、江戸へこられて、わが由比道場でお教え下さるわけにはゆきますまいか?」

「馬鹿」

十兵衛はいった。

三人は唖然《あぜん》とした顔を見せたが、たちまち槍を持った丸橋忠弥が、

「馬鹿とは何でござる。わが道場は町道場とは申せ門人五千、そのなかには錚々《そうそう》たる大

名衆も名をつらねておる道場でござるぞ」

「いや待て、丸橋」

正雪が制した。

「何といっても将軍家ご指南のお家柄、十兵衛さまのほうで難色を示されるのも当然かも知れぬ。——では十兵衛さま、ここからさほど遠くない紀州家の大納言頼宣《よりのぶ》さまへのご指南はいかがでござるかな？　それならと仰せらるるならば、拙者これより紀州へ参った節お世話申しあげるが。——」

「馬鹿」

と十兵衛はまたいった。

三

これには由比正雪も勃然《ぼつぜん》としたようだ。

もっとも言葉こそ一応ていちょうだが、かりにも一万二千石の大名に対して、正雪らの態度もどこか頭《ず》がたかいところがある。

正雪一行が尊大なのは、相手がまったく素浪人風なので、思わず知らず見くだしたこともあるが、彼ら自身の自負心もあたるべからざるものがあったのだ。

二の句もつけず、ただ口をパクパクさせている正雪に代って、

「先生、もはやそのような談合はおよしなされ」

そばから叫び出したのは丸橋忠弥だ。

「こんどは拙者からの申し入れでござる。せっかく剣名天下にきこえた柳生にきたのだ。是非拙者とお立ち合いねがいたい」

仁王《におう》のような形相《ぎょうそう》で、

「拙者、宝蔵院《ほうぞういん》の槍ではちと江戸に知られておる者です。ここの正木坂道場には、木剣だけでなくタンポ槍くらいのご用意はあろう。それを使わせていただこう。丸橋忠弥の槍を受けてみられよ」

と、槍をつきたててほえた。

「さ、何とぞ道場のほうへ――」

「その槍を使ったらどうだ」

と、十兵衛はいう。

「えっ、この真槍で、と仰せあるか」

忠弥は眼をむいた。

十兵衛はこともなげに、

「道場へゆく必要はあるまい。わが柳生道場は素性の知れぬやつは入れぬことになっておる。ここでよい。ここにこうして坐《すわ》ったまま相手をしてつかわす」

「な、な、なにい？」

忠弥はもとより正雪も金井半兵衛も、あっけにとられて立ちすくむ。

「殿さま!」

叫んだのは、彼らを案内してきた少女だ。

「お父さま、とめて下さい!」

十兵衛の前ややななめの場所に坐っている宗匠頭巾の男に呼びかけたのはまちがいなかった。

が、その男は、まったく石のように、身体も表情も動かさない。

「丸橋、よせ。まさか柳生へきてご当主を突き殺すわけにはまいらぬ」

と、金井半兵衛がいうと、十兵衛はおちつきはらって、

「心配すな心配すな、おれに万一のことがあっても、それはおれのいい出したことだと、この男が証人になってくれるだろう」

「それは……どなたで?」

と、正雪がきく。十兵衛は答えた。

「江戸城お抱えの能楽師金春竹阿弥《こんぱるちくあみ》という。立会人として、まあ不足はあるまい」

正雪はとっさに異議の言葉を失っている。

「よしっ」

丸橋忠弥がうめいた。怒りに満身ふくれあがっている。

正雪が狼狽《ろうばい》して、

「丸橋、本気でやるつもりか？」

「さればです。こうまでいわれてひきさがっては、拙者の面目がたちませぬ。あと面倒なことになれば、腹切ればよろしかろう」

いうと、丸橋忠弥は手の槍をびゅっとふった。槍鞘《やりざや》が宙にとんだ。

忠弥は槍をしごいて、はったと相手をにらみつけた。

十兵衛は卓を前に、同じようにそこに坐ったままである。

このとき忠弥は妙な顔をした。何か、信じられない現象を見たような表情だ。

が、次の瞬間首をふり、凄じい気合とともに十兵衛めがけて突進した。ビューッと、大気をつん裂くうなりをたてて、白い光芒《こうぼう》は相手の胸にのびた。

なんたること、その槍は十兵衛から一尺も離れて空《くう》を突いている。

その槍の千段巻きを十兵衛がひっつかんだとみるや、電光石火もぎとって、塀越しにうしろへ投げた。塀の下は高い石垣になっていると見えて、槍の落ちた音はきこえなかった。

忠弥はつんのめり、四つン這《ば》いになり、しばし大息をついているばかりだ。

金井半兵衛がかけよって、抱き上げた。

「ど、どうしたのだ。槍術では江戸で無双といわれるおぬしが。——」

忠弥はやっと、尻もちをついたように地上に坐ったが、また首をふって、

「二人に見えたのじゃ。……」

と、いった。

娘がヘナヘナと崩折《くずお》れて、片ひざをついた。

「なに、二人に？　あの柳生さまが？」

半兵衛はふりむいた。

柳生十兵衛は寂然《じゃくねん》と坐っている。――

忠弥は眼をこすって、

「いまは一人に見える。……」

狐につままれたような顔の正雪に、十兵衛は微笑していった。

「正雪、紀伊にいったらな、大納言さまに、素性も知れぬ怪しげなる者どもをお近づけあってはお家に傷がつきましょうぞ……と、十兵衛が心配しておった、とお伝えしてくれ」

りっぱな顔だちの正雪が、一瞬さっと凶相に変った。

「……先生」

あわてて金井半兵衛がその袖《そで》をひいた。

「相手が悪うござる。きょうは、このまま、何とぞ。……」

まるで子供あつかいにされて、やがて三人の訪問者は、ほうほうのていで庭を出ていった。

「りんどう、見送らんでもいい」

と、十兵衛は声をかけた。りんどうとは娘の名らしい。

にこっとして、

「お前もここに坐れ。久しぶりに見る父ではないか」

と、あずまやの空いた腰掛にあごをしゃくった。りんどうは竹阿弥の娘なのであった。

剣と能

一

「あぶないことをなさる」

いままで泰然自若《たいぜんじじゃく》としていた金春竹阿弥が、さすがに嘆息をもらした。

「ま、十兵衛さまを信じておりましたが」

「いや、おれがこのごろやっと会得《えとく》した新陰流《しんかげりゅう》の奥義《おうぎ》を、ちょっとためしてみたのよ」

十兵衛はニタリとした。

「江戸にいたころから、お茶の水の丸橋忠弥の名はきいておった。それがここにきてくれたおかげで、離剣《りけん》の剣をこころみる機会ができた」

「リケンのケン?」

竹阿弥は突然大声を発した。

「剣を離れた剣、という意味だ」

かえって十兵衛のほうがめんくらった顔で、

「なぜそんな驚いた声を出す？」

「わが祖世阿弥《ぜあみ》の秘伝にも、やはりその言葉があるからでござります。ただしそれは、離見《りけん》の見《けん》という文字でござるが――このケンは、見る見《けん》でござります」

「ほほう。……」

十兵衛は隻眼をまるくして、

「離見の見……それはどういうことだ？」

と、相手の顔を見まもった。

ふしぎな人相をした金春竹阿弥であった。どの種の能面とはいえないが、とにかくのみできざんだ能面のような印象がある。年は五十前後のはずだが、ある瞬間には六十七十に見えることがあり、ある瞬間には四十代に見えることがある。

竹阿弥は眼をとじてつぶやき出した。

「世阿弥の〝花鏡《かきょう》〟に申す。……舞いに目前心後《もくぜんしんご》ということあり。目を前に見て、心を後に置け、とのことなり。見所《けんじょ》より見るところの風姿は、わが離見《りけん》なり。離見の見にて見るところは、すなわち見所同心の見なり。わが眼《まなこ》の見るところは我見《がけん》なり。うしろ姿をばいまだ知らず。離見の見にて見れば、目の及ばざる身所《しんしょ》まで見智《けんち》して、五体相応の幽姿をなすべし。……」

「な、なんのことじゃ、それは？」

十兵衛は、それこそ馬が念仏をきいたような表情をした。

「能の舞いに、目前心後ということがござる。すなわち眼で前を見ながら、うしろに、もう一つの眼をおかねばならぬ。見物から見られる演者の姿は、自分の眼を離れた他人から見た姿でござる。自分の眼が見ているものはすなわち我見で、自分のうしろ姿を見ることはできぬ。他人の眼で見れば、自分の見ることのできない身体のすみずみまで見とどけて、五体つりあいのとれた幽玄の舞い姿となることができる。……ま、かような意味でござるが」

十兵衛はしばらく考えて、

「つまり、ふつうの両眼以外に、舞う自分を見ている別の眼を持て、ということだな」

「さようです」

と、竹阿弥はうなずいた。

「おれの場合は、眼は一つだから、別の眼を持ったとしても、それで一人前だが」

十兵衛は、こんなまじめな問答のなかでも、こんな冗談をいう男であった。

「ああ……おれが将軍家のご指南を辞し、この柳生に帰ってから、日夜思いをこらしておったのは、おのれのなかに二人のおのれを持つ、ということであった。それを離剣の剣と名づけたが、それと同じことを、お前の先祖の世阿弥とやらが考えておったとは……しかもそれを、離見の見と呼ぶとは、なんたる暗合。……」

竹阿弥を見つめて、

「能はあまり知らぬおれだが、その世阿弥とやらのこと、もうすこしききたいな」

と、いい、ふいに手を打って、

「おおっ、いつかお前は、世阿弥はこの柳生の庄から二里の大河原で死んだと申したな。それにお前はお前で、その大河原に住んで、〝世阿弥〟という謡曲を作ろうとしておるという。——」

と、叫んだ。

二

いま柳生十兵衛は、能はあまり知らぬといった。

それにしても、能が武家の式楽《しきがく》となっている時代に、「世阿弥」を知らないとはひどい話のようだが、それもむりからぬところがある。

世阿弥という人物は、その死後いちじ抹殺されていたのである。その死んだときの状態、場所はおろか存在すら知られず、死亡年齢がほぼあきらかになったのは、なんと後年も後年、昭和三十年代に至ってからで、それでもなお推定の域にあるありさまなのである。親鸞《しんらん》が大正年代までその存在が疑われていたのとならぶ歴史上の怪事だ。

さて、その柳生十兵衛のところへ、どうして江戸城お抱えの能楽師金春竹阿弥がやってきて、こういう問答をかわすようになったか、それには奇妙ないわくいんねんがあった。

十兵衛が能に興味も知識もないのは、右のような理由のほかにもう一つわけがあった。それは父の但馬守宗矩《むねのり》が、師父ともいうべき沢庵和尚《たくあんおしよう》から叱られたこともあるほど能マニアであったことが、反面教師となっている。「貴殿自身の能に奢《おご》り、諸大名へおして参られ、能を勧《すす》められ候こと、ひとえに病《やまい》と存じ候なり」と一大痛棒を加えた沢庵和尚の忠言状《ちゆうげんじよう》は、いまも柳生家に残っている。

その宗矩は三年前の春に亡くなったが、正月、病床にあるとき、どういうつもりか十兵衛にふしぎなことを命じた。

その三日、恒例によって殿中で謡初《うたいぞ》めの儀が行われるが、そのときお能役者金春竹阿弥が舞うそうな。それを自分に代って是非見ておけ、といったのである。

但馬守はまたいった。

「あれはただの能楽師ではないぞ」

あきらかに死床にある父の言葉なので、十兵衛はその観能の席に出た。但馬守は不参という届けを出してあったので、能役者関係の席にいれてもらって見たのである。

演じられたのは、世阿弥作といわれる「井筒《いづつ》」であった。

いくら十兵衛でもいくどか観能の経験はあるが、「井筒」を見るのも金春竹阿弥を見るのもはじめてであった。

見て、十兵衛は瞠目《どうもく》した。

父が、それを見よ、と死床から命じたわけを知った。

「井筒」はいわゆる夢幻能の典型で、漂泊の旅僧に、廃墟《はいきよ》の在原《ありはら》寺にあらわれた女が、幼いころの業平《なりひら》との恋を語る、動きのない能のなかでも特に動きのない能だが。——若女《わかおんな》の面《めん》をつけ、透明な緊張にしばられながらすり足で歩くシテの金春竹阿弥の動きには毛ほどのムダもなく、十兵衛は見ていて、心中、

「……あれは斬《き》れぬ！」

と、感嘆のうめきをもらした。

幽玄の世界に浮かぶ女を剣法者と見たてて、しかも彼の知るいかなる剣法者も及ばぬ動きであることを認めたのである。

と、やがて能舞台の女は——そのときは業平のかたみの衣裳、すなわち男装の美女に変っていたが——作り物の井戸をのぞきこんで、水鏡にありし日の恋人をしのぶところで、

「——ふ！」

と、十兵衛は思わず声を発したが、自分でも気がつかない。

その能が終ったとき、うしろからしのびやかに声をかけた者がある。

「柳生さま……ただいまごらんになっている途中、いちどお声をおもらしなされましたが、あれは何かお感じになったのでございますか」

ふりかえると、能役者の一人らしい。二十代前半の——しかも美童《びどう》といっていい顔だ

ちの若者であった。

「お前は何者だ」

若者は頰《ほお》あからめて名乗った。

「私、金春竹阿弥の伜《せがれ》、七郎と申すものでございます」

「ほう」

十兵衛はあらためて相手をながめ、

「いまの竹阿弥の芸、つくづく感服したが、井戸をのぞきこんだとき、あの一瞬だけスキがあった。あの一瞬だけ、太刀を打ち込む機会があった、と見た」

と、いった。

その日、下城するとき、うしろから追いすがってきた二人がある。一人は金春竹阿弥で、あとに従っているのは金春七郎であった。

「柳生さまのお言葉、七郎より承わりまして、まさに竹阿弥、一太刀斬られた思いがいたしまする」

と、竹阿弥はいい、

「実は、あの井戸を見こんだとき、そのなかに思わざる塵《ちり》がひとひらあったのでございます。その刹那《せつな》、不覚にも心がその塵にとらえられたのをよくぞお見ぬきで、お恥《はずか》しいことでございます」

金春竹阿弥はふかぶかと頭を下げて、それから思いがけないことをたのみこんだ。

「実は伜のこの七郎、幼年のころからふしぎに能より剣法を好み、能役者の家の者として表立っての修行もなりがたく、ひそかに町道場にかよっておりましたが、柳生十兵衛さまは年来夢想のお方でございました。それをきょうはからずもおそばに寄る機会を持ち、もはやたえきれなくなって、お願いしてくれとのことでございます。なにとぞ下僕《げぼく》代りにでも柳生家にご奉公の儀、おゆるし下されますまいか？」

と、いうのである。

そのうしろで、どこかふっくらした少年のおもかげをのこす金春七郎は、純粋で熱烈な憧憬の眼をかがやかせて、十兵衛をあおいでいるのであった。

そのとき十兵衛は即答はしなかったが、帰邸して父にその話をすると、但馬守は「なに、竹阿弥の伜が剣法を習いたいと？　それは面白いぞ、是非弟子にしてやれ」と、めずらしく意気ごんでいった。

それで金春七郎は、柳生家に若党として奉公し、かつ柳生道場の弟子となった。指南してすぐに十兵衛は、この能楽師の伜が剣の天才であることを認めざるをえなかった。一年たつかたたないうちに、七郎は十兵衛に五本に一本とる腕前を発揮しはじめたのだ。……

金春七郎の名は、木挽町の柳生道場の内外にも驚異をもってささやかれるようになった。

三

さて、その前に、春になって父の宗矩が死んだ。

十兵衛はそのあとをついだが、一年ばかりして将軍の家光《いえみつ》に、指南番のお役を弟の主膳宗冬《むねふゆ》にゆずり、自分は所領の大和国柳生に帰って、当分剣法について工夫の日々をすごしたい、と願い出た。

そのとき、十兵衛は家光にこんなことをいった。

「父はいちど私に、お前は将軍家ご指南番たるべき剣ではない、殺人剣だ、と申しました。ご指南の役は、むしろ宗冬のほうが適当かも知れぬと。……この父の言葉はあたっておると私も思います」

「なに、お前の剣は殺人剣？」

将軍はしばらく十兵衛の顔を見ていた。

まさかそれまでの自分への指南に、そんな気配があったわけではない。

むしろ十兵衛の指南ぶりはものぐさだ。放心的だ。教えながら、何だかほかのことを考えているような感じさえある。

そのくせ、なぜかこわいのだ。あの但馬守宗矩がそう道破《どうは》したというなら、なるほどその眼にまちがいない、と、うなずきたいところがある。

家光から見た柳生十兵衛は、寡黙《かもく》で沈毅《ちんき》で少々無精《ぶしょう》で、そのくせ何となくユーモア味があって、実は好ましい男なのだが、なぜかいつか、ふっと、どこかちがう星の世界へ飛び立ってゆくような感じが、前からしていたのである。

いや、実際十兵衛は、これまで一応御書院番《ごしょいんばん》という役を与えられながら、ときどき数年にわたって江戸から姿を消すことがあり、むろん大目付たる父但馬の容認を受けてのことだが、それを家光も放任してきたのであった。

が、こんどの十兵衛が柳生へひきこもるのは、剣法についての工夫の日々を持ちたいためだ、というのは、ほんとうらしい、と家光は認めた。

それで、許した。

江戸の木挽町の道場にいた門弟たちはみな弟の宗冬にゆだねたが、そのなかで金春七郎だけに、十兵衛はちょっと変った処置をした。

ちょうどそのすこし前、京の御所に勤める「御付武家《おつき》」成瀬陣左衛門という友人から手紙がきて、先般来上皇「月ノ輪の院《つきわいん》」のお付に配置替えされたが、おぬしは以前、院がみかどでおわしたころその御付武家を相勤めた履歴を持ち、上皇はいまでもおぬしを大変なつかしがっておられる、という文面につづけて、実は自分の若党が一人病気でやめることになった、ついては貴公の知る信頼できる若者で、その希望者はあるまいか、と、いってきたのである。

その手紙にあるように、十兵衛は三十代のころ、三年ほどそのお役についたことがあるのだ。

十兵衛は、その友人の依頼に金春七郎をあてたのである。

「京から柳生へは二日の道程じゃ。成瀬からときどきひまをもらって、柳生に顔見せにくるがよい」

と、彼はいった。

柳生についてゆくつもりだったらしい金春七郎は、ちょっと失望した表情をしたが、すぐに、

「実はさきごろから父も、お勤めは私の兄の右近《うこん》にゆずり、自分は大和の所領に隠棲《いんせい》したいと申しておりましたから、京へゆくのは私にとっても好都合かも知れません」

と、思いなおしたようであった。

金春家が江戸城お能役者として、大和国添上郡《そうのかみごおり》中ノ川村に三百石の所領をもらっていることは、もう十兵衛も知っている。中ノ川村といえば、柳生ノ庄から奈良へゆく途中の土地だ。

なぜ金春家がそんなところに所領を与えられたかというと、金春家が南北朝のころから猿楽《さるがく》の大和四座の一つだからであった。

「竹阿弥はまだ五十にもならんではないか。しかもあの通りの至芸の名人」

と、十兵衛は首をひねった。

「それが隠居とは腑におちんが」

七郎は答えた。

「なんでも父は、ある能を自作して、それを完成させるためには、どうしても大和に帰らねばならぬと申しております」

「なんだ、おれとおなじことをいってるじゃないか」

と、十兵衛は笑った。

そのとき話はそれだけですんだ。

やがて十兵衛は故山の柳生ノ庄に帰った。その旅に金春七郎をつれて、わざわざ京へまわり、御付武家成瀬陣左衛門に七郎をひきわたしたのだが、陣左衛門が、

「上皇さまはあなたをなつかしがっておられる。よい機会だ。拝謁をとりはからって進ぜようか」

と、いったのに対し、しばらく十兵衛は考えて、

「いや、おそれ多い。遠慮しておこう」

と、首をふり、七郎を見て、

「月ノ輪の院は、ある意味でご不幸な方だ。といって、お前がお目にかかるようなことはまああるまいが、何かにつけて十兵衛の身代りだと思って、心をこめてご奉公してくれ」

と、いった。

四

さて、彼が柳生に帰国して、半年ほどたって、金春竹阿弥一座が江戸から飄然《ひょうぜん》と柳生にやってきた。三ケ月ほど前、中ノ川村に帰って、そこからきたのだという。

七郎のいったことはほんとうだったのである。一行というのは、竹阿弥一人ではなく、ワキ、ツレ、囃子方《はやしかた》、地謡《じうたい》、後見《こうけん》など、十余人の連中をつれていたからだ。

そして竹阿弥は、久しぶりのあいさつをのべたあと、思いがけないことを十兵衛に嘆願したのである。

ご領内の山城国相楽郡大河原村の木津川のほとりに、自分たちの仮寝《かりね》するだけの小家《こいえ》と、そして能舞台を作ることを許していただきたい、というのだ。

「いま、〝世阿弥〟という能を作っておりまするが、これを舞台にかけて得心のゆくまでの期間、そこに住むことをお許し願いたいのでござります」

彼はそういうのであった。

観世元清《かんぜもときよ》すなわち世阿弥は、金春家の先祖の一人で、能という芸能を大成した人物であることを、いまは十兵衛も知っている。

その世阿弥は、もう二百何十年も前の室町期に死んだが、ただ一人のあとつぎ元雅《もとまさ》もそれに先立って死んでいた。ただ娘が一人あり、それが嫁入った相手が、観世と同じく猿楽の大和四座の一つ、金春禅竹《ぜんちく》である。金春家はそのながれだ。いまは江戸城お能役者に観世家というのもあるが、それは世阿弥の弟から発したもので、もし世阿弥の血を伝えるものを正系とするなら、金春家のほうが正系なのである。

こんな知識を、十兵衛は七郎から得た。

「なぜそんな仕事をするのに、大河原村でなければならんのだ？」

と、十兵衛はたずねた。

竹阿弥は答えた。

「それは世阿弥が、そこで死んだからでございます」

彼はいう。

「世阿弥は能なる芸術を完成した巨人でありながら、晩年三代足利将軍義満公の寵《ちょう》を失い、そのあとをつがれた方々にもうとまれて、はては七十をすぎて佐渡に流されるという悲惨な運命をたどりました。数年後、やっと流罪を許されたのでございますが、京へ帰ったかどうかはさだかではございませぬ。

ただわが金春家に残されたさまざまな証拠によれば、世阿弥はその後、娘の嫁入り先の金春禅竹の出生地、大和国高市郡越智《たかいちごおりおち》ノ庄で残生をすごしていたところ、八十歳のころ、ふいに伊賀へ旅立ち、途中、木津川のほとり大河原でゆき倒れて命を終ったということでございます。――」

後世からみると、竹阿弥は実に驚くべきことをのべたのだが、十兵衛は驚かない。

侍の世界からみれば、芥《あくた》のような芸能者の先祖が、どこでどんな死に方をしようとどうということはないのである。

それでも、

「で、世阿弥はなぜ伊賀へゆこうとしたのだ？」

と、きいた。

「世阿弥は伊賀国服部《はっとり》ノ庄の生まれだからでござります。おそらく死ぬ前に、もういちどふるさとを見ておこう、あるいはそこで死のう、と考えたのではござりますまいか」

「ふうむ、世阿弥は伊賀服部の生まれか。……」

「で、世阿弥の命終《みょうじゅう》の地、大河原に居を卜《ぼく》すれば、世阿弥の魂魄《こんぱく》のりうつり、私の能も満足すべきものにならんか……と考え、かくはお願いつかまつる次第でござります」

十兵衛はうなずいた。

「そうか。そりゃかまわぬ。大河原の好きなところへ住んでくれ」

そして、笑っていった。

「思えば、お前の伜七郎は、おれの世話で京の上皇さまに奉公したたし……能の金春など、名をきいておっただけなのに、こりゃ妙な縁ができたわなあ」

妙な縁、どころではない。ああ、このえにしの糸が、十兵衛をこの世のものならぬ超絶幻怪の大魔界へつれ去ろうとは、このときの十兵衛の知るよしもない。

こういうわけで、大河原に金春竹阿弥一座の「能屋敷」ができた。

木津川のながれすれすれに、だいぶ大きな竹藪《たけやぶ》があった。そのなかに、屋敷というより納屋《なや》と呼ぶほうがふさわしい家を建て、それでも能舞台らしきものが作られた。

その能舞台は、半分は河のなかにあった。だからもし見物人があるとすれば、河に舟でも浮かべなければならない。

能の稽古に能舞台は必要だが、見物人は望まない、という意志のあらわれだろう。

それから約一年半ほどたつ。

実は十兵衛は釣りが好きで、大河原にいい釣り場があるので、ときどきそこへゆくこともあったし、また鷹狩《たかが》りにも何度かそちらへ出かけたこともある。

が、竹林のなかの金春屋敷に立ちよったことはない。

いや、いちどのぞいてみようと近づいたこともあるのだが、そのとき大竹藪をつらぬく鼓《つづみ》の音と裂帛《れっぱく》のかけ声に、や、稽古中か、と遠慮して――というより、持ち前のものぐさからくるりと背をかえして、それっきりだ。

ただし、竹阿弥のほうはときどき陣屋《じんや》にやってくる。

十兵衛へのごきげんうかがいだが、それより娘のりんどうに用事があるらしかった。

竹阿弥は、能の一座のほかに、りんどうという娘をつれてきていたのである。

いま京にある七郎の妹になるが、愛くるしさは兄に似て、いかも十五、六歳の娘のやさしさは全身から匂い出していた。

これが何度か陣屋にくるうちに、陣屋の殺風景に気をもんで、彼女ひとり陣屋の縫物、掃除、水仕事などをやらせてくれ、と、いい出したのだ。

十兵衛は二十代に妻帯したことはあるが、その妻が若くして亡くなって以来独り身だ。いま陣屋に、むろん国元の家来たちはいるが、みな剣ひとすじの男たちで、それに主人の無精《ぶしよう》ぶりが人間ばなれしているので、その日常は彼女の眼に見てはいられないものであったらしい。

ただそれだけでなく、このものぐさな殿さまに、なみはずれた情愛と人なつこさがあることを、この少女は見ぬいたのである。

さいわい父の一座のほうには、家事を扱う手を持った者が二、三あった。で、竹阿弥が娘の希望をのべると、十兵衛は笑って、そうしてくれたらありがたい、といった。承知せずにはいられない可愛らしさがりんどうにあったのだ。

で、いま十兵衛の身のまわりの世話はりんどうがやっている。——

まるで武陵桃源《ぶりようとうげん》のような山峡の村、柳生ノ庄。そこにこんな親しい関係を持って住みながら、まったく無関係な剣と能という世界の奥義をきわめようとしている柳生十兵衛と金春竹阿弥。

もっともそれを無関係なものとしたのは十兵衛の責任で、彼は無関係なものと思いこんで、それ以上に踏みこんだ問答を竹阿弥とかわしたことがなく、大河原の鼓の音も、馬が念仏をきくごとくこれまで過してきたのであった。

十兵衛は、これを「君子《くんし》の交わり」といっている。

そうはいうものの、父宗矩の言葉といい、竹阿弥自身の芸といい、そしてまたその子七郎の剣のふしぎな感触といい、能について心の一角にひっかかるものはあったのだが。

五

さて、この慶安二年の秋。

いまはからずも訪れた江戸の大道場由比正雪一門を、柳生十兵衛は子供扱いして追いかえしたが、そのとき何か妖しき術を見せたようだ。どうやら丸橋忠弥は、二人の十兵衛を見たらしい。その術を、江戸できこえた槍術の達人丸橋忠弥にこころみて、それがうまくいったので心浮かれたか、ふだん剣法についてあまりしゃべらない十兵衛が、こんなことをいい出した。

——それも相手が心中一目《いちもく》おいている金春竹阿弥であったからだろうが。

「わが柳生の剣はいうまでもなく新陰流《しんかげりゅう》だが、そのもとは室町の世のころ、愛洲《あいす》移《い》香斎《こうさい》という大剣人が創始した陰流《かげりゅう》という剣法だ。陰流とはわが心を敵に隠《かく》す剣法だという。剣の勝負は未発のうちに相手の心を——いかなる攻撃をしてくるかという——読むことできまる。名人とはすべてこの能力にたけたものだ。陰流とは、それを敵に悟らせぬ剣法であったという」

「ほほう。……」

「わが心を敵に陰す最大の法は、いわゆる無念無想になることだが、それは実に至難のことだ。そこで陰流のながれをくんだ上泉伊勢守《かみいずみいせのかみ》どのは、逆に二つの心を持つ法を編み出されて、それを新しい陰流、新陰流と名づけられた。つまり敵を右から打とうと考えたとき、同時に左から打つ心を持つのじゃな。一瞬に敵は迷う。その新陰流の教えを受けたのが、おれの祖父《じじ》石舟斎と父宗矩だ」

と、十兵衛はいう。

「その新陰流の奥儀に、おれはさっきいった離剣の剣の工夫《くふう》を加えた。二つの心に二つの眼を持つ――これはおのれの分身を作ることだ。そして、おれがさらにすすめたのは、その分身を相手の眼に見せることだった。むろん実際に分身などできるわけはないが、こちらの心の動きに必死の眼をこらしている敵には――敵の眼だけには、もう一人のおれが存在するように見えるのだ」

十兵衛は隻眼を宙にすえて、

「いま、丸橋という名だたる槍使いを相手にそれができたようだ。おれの念願は果たされた。……いずれが月か、いずれが水に映《うつ》る月か、敵には判じがたくなる。……おれはこの剣法を水月《すいげつ》と名づけたい」

にいっと笑った。

十兵衛会心の笑いといってよかろうが、見ていて少女りんどうは、そこに坐っているのが別の十兵衛のような感じがして、ぞっと全身に冷気をおぼえた。

それまで独語のような調子であったのに、十兵衛はふとわれにかえって、

「どうじゃな、竹阿弥？」

と、きいたのは、竹阿弥が何かほかのことを考えているように見えたからだ。

「いや、ただいまのお言葉、いよいよもって能の奥儀と相通ずるものがあるので驚きいりました」

竹阿弥はほっと吐息をもらした。

「能の極限は変身であり、分身でござれば」

「なに、能の極限。……」

「私のいう離見の見の極まりは、分身した眼で自分を見ること、あるいは分身したおのれを自分の眼で見ることでござる」

「ふうむ。……」

「実はいま、〝世阿弥〟という能を作るにあたって、私が必死に念願しておるのは、世阿弥その人に変身することでござる」

「世阿弥に変身？　そんなことができるのか」

「もしそれが可能な日がきたら……是非十兵衛さまにお目にかけましょう」

うすきみわるい笑顔でいう竹阿弥を、十兵衛はしばらくじっと見つめていたが、

「そういえば、おれも変身してみたい人間がある」

と、いった。

「おれの先祖の一人だが」

「あなたさまのご先祖？」

「それがやはり柳生十兵衛という名でな、しかもおれの三厳《みつよし》に対して満厳《みつよし》という。実はその先祖の名にちなんで、父がおれにその名をつけたという」

「へへえ。……」

これには竹阿弥も眼をまろくした。

「しかもな、やはり片眼だ。ただし、おれとは逆に右眼がつぶれていたというが」

「それは、いつごろのお方で？」

「室町のころ、足利三代将軍義満公のころの人という。ざっと勘定してみると、二百五十年ちかい昔の人だ」

ふっと十兵衛は隻眼をむいて、

「や、ひょっとすると、そりゃお前の先祖の世阿弥と同じころではないか！」

と、叫んだ。

「そうなりますか」

竹阿弥は首をひねって、

「で、その室町の十兵衛さまはどういうお方で？」

「それが、あまりに古い人で、わが家伝書でもよくわからん。何でも陰流の、それさっき申した愛洲移香斎に師礼をとった人という。とにかく怖ろしい使い手だったそうで、柳生家が剣をもって立った源流はその人に始まり、それゆえに父宗矩がおれにまたその名をつけたという」

十兵衛は笑った。

「その室町の十兵衛どのはどんな死に方をしたのか、それも雲霧《うんむ》のなかにとざされておるが……とにかくそういう人物だから、おれもその人にちょっと変身してみたい、という気がするのだ」

「陰流と申されましたな」

「それゆえにこそよ。わが心をかくす、という陰流の奥儀も捨てがたい」

「ああ、そのことは世阿弥も申しております。能の仕手《して》はおのれの芸の魂胆を、見る者に隠せ、と。風姿花伝にいわく、秘すれば花なり、秘せずば花なるべからず。……」

竹阿弥は歌うようにいった。

「そしてまた、それは武芸にも通ずる、と」

「ははん、世阿弥はそんなことを申しておるか」

十兵衛は、ふいにひざをたたいて、

「そういえばお前の伜の七郎の剣法、はじめから妙な匂いを持っておったが、それは能の修行からきておるのではないか？」

「妙な匂い？」

「立ち合って、きゃつの姿が——言葉ではいいにくいが、さよう、ふっとぼやけてくる感じが、そんな瞬間があるのだ」

十兵衛は首をひねりながら、

「いや、剣と能、まったく別のものと思うておったが、いろいろと相通ずるものがあるとははじめて知った。お前の話、実に面白い。礼をいう」

十兵衛はめずらしく頭を下げたが、それっきり何か考えこんでいる。

外見からすると、口をぽかんとあけて放心状態におちいっているかに見える。この十兵衛にそんなくせのあることを、とくに近来そのくせが甚《はなは》だしくなったことを、りんどうは気がついている。ときには数日間、そういう状態でいることさえある。

「その七郎のことでございますが」

と、ややあって竹阿弥がいい出した。

「七郎は、私どもがここに参りましてからも、十日めごとに便りをよこしました。それがここ一年ばかり、はたと消息が絶えました。そこでこのりんどうのほうへ、何か便りはなかったかと、実はきょうお陣屋へ顔を出したのはそのことをきくためでもございました」

十兵衛はわれにかえった。

「そういえばあいつ、この柳生にいちども来んな」

「りんどうのほうにも何の便りもないそうでござる」

竹阿弥は心もとなげに首をふって、

「急にこのごろ、七郎の身の上に何かよからぬことが起っているのではないか、という気がしてきたのでございます」

「お父さま」

と、りんどうがのぞきこんだ。

「私が京へいって、兄上のごようすを見て参りましょうか？」

舎人《とねり》金春七郎

一

十一月十一日の午後だいぶおそく。

京の紫野《むらさきの》、大徳寺の山門を、風変りな一つの行列が出てきた。

この山門は、かつて千利休《せんのりきゅう》が自分の木像を楼上にかかげたのが秀吉の怒りを買って、ために切腹を命じられたという来歴を持つ門である。

風変りな行列、といったのは、三十余人の人数のうち、官女風の女性と若党風の男がそれぞれ四、五人で、あとは大部分白張り装束に折烏帽子《おりえぼし》をつけた、いわゆる白丁《はくちょう》の男たちであったからだ。

山門の外には、五つばかり駕籠《かご》がおかれていた。官女たちはみなそれに身を入れ、ただ一人、裃《かみしも》をつけた中年の武士もその一つに乗った。

それらはさすがに山門を出て乗ったのだが、はじめからだれかを乗せたまま内から出てきた、網代溜塗《あじろためぬり》、棒黒《ぼうくろ》うるしの高貴な乗物があった。

その乗物を前後からはさむようにして、駕籠を白丁たちにかつがれた行列は、左右につらなる塔頭《たっちゅう》のあいだを通って、南側の北大路通りへ出てゆく。

北大路通りとはいうが、当時洛北のこのあたり、寺を離れれば両側に杉並木が断続し、そのあいだから寒むざむと刈田がひろがっているのが見える。

十一月十一日、といったのはそのころの暦で、いまなら十二月なかばで、雪とはいえないが蒼い空に、白い風花《かざはな》がチラチラと舞っている日であった。

こちらの素性に気がついてか、道をあけて路傍にうずくまる町の者も少なくない。

その行列がすこし東へ進んだあたりだ。

一方の大木のひともとのうしろから、三人の深編笠、野羽織の武士があらわれて、ゆくての道をのそりとふさいだ。

行列の先頭を歩いていた三、四人の白丁がかけ出していって、刀の鞘を尻においたてて、

「何やつだ?」

「これは月《つき》ノ輪《わ》の院《いん》のお通りであるぞ」

「あらためて教えるまでもないが、先のみかどでおわすぞ、そこをどかぬか!」

と、金切声をはりあげたのは、何となくその三人に不穏なものを感じたからだろう。

これは前天皇すなわち上皇の行列であったのだ。

上皇は本来なら御所の南につづくいわゆる仙洞《せんとう》御所にあるはずなのだが、先々代の天皇すなわち上皇の父君《ちちぎみ》の法皇がなおそこに健在なので、上皇は東山泉涌寺《ひがしやませんにゅうじ》の月ノ輪陵の下の小さな御所を住まいとしている。で、世の人々は「月ノ輪の院」あるいは「月ノ輪の宮」と呼んでいる。

上皇はご在位のころ帰依《きえ》深かった大徳寺の名僧沢庵和尚がこの世を去って四年、この十一月十一日の命日、大徳寺で法要があるのでそこに出向かれ、いまその帰りの途上なのであった。

三人の深編笠は、ちょっと頭を下げた。

それが、こもごも野ぶとい声でいった。

「まことにもっておそれいった次第、さりながら決して院のお通りをさまたげるつもりはござらぬ。ただこのご行列のなかに、たしかに金春七郎なる男がおるはず」

「われら剣法修行の者でござるが――江戸の柳生道場で、金春七郎という奇剣の使い手の名をきき申した。それが、なんと、いま京の月ノ輪の院にご奉公とのこと。――」

「われら、このたび京へきたついでに、何とぞいちど面会、できればお手合せ願えまいか、と思い立って、ここで待ちうけておった者です」

すると、こちらの乗物のそばに従っていた、水干《すいかん》にくり袴《ばかま》、烏帽子《えぼし》をつけた舎人《とねり》風の若い男が、首をかしげながら、そのほうへ出てゆこうとした。そのとき、

「七郎、用心せいよ」

と、声をかけた者がある。

駕籠から半身をのぞかせている初老の武士であった。「御付武家《おつき》」の成瀬陣左衛門だが、

「あの口上はいぶかしいぞ。あまりとりあわず、追い返せ」

と、いった。

「は」

一礼して、金春七郎は通りすぎる。歳は二十四、五か。凄艶《せいえん》とも形容すべき若者であった。

彼は行列の先頭に出て、深編笠の前に立ち、

「金春七郎は私ですが」

と、名乗った。

「いま、私と立ち合いたいとかいわれたようだが、そんなことをする身分でも場合でもない。私の顔を見たら、もういいでしょう。院の還幸中《かんこう》です。おひきとり下さい」

相手は地を這《は》うような声でいった。

「いや、ちと貴公にききたいことがある」

「われらといっしょに来られたい」

「院のご通行にさわぎを起こさぬためにもな」

七郎は叫んだ。

「あなた方はどなたです？　お名乗りなさい」

「くれば、わかる。——」

この深編笠たちの用件が、最初の口上のようなものではないことはあきらかであった。容易に立ち去る相手ではないようだ。

七郎はちらと行列のほうをふり返り、

「では、参ろう」

と、うなずいた。いまの深編笠の「院のご通行にさわぎを起こさぬために」という脅迫に動かされたらしい。

七郎みずから歩き出しているのに、三人の深編笠はそれをとりかこむようにした。

すると、そのとき、

「待ちや！」

と、いう声がながれてきた。女の声であった。

網代溜塗《あじろためぬり》の乗物から立ちあらわれた一人の女人が叫んだのだ。

二

切髪《きりがみ》ながら、雪のように純白のかいどりを羽織った姿は、まるで白鳥の化身《けしん》のように気高い。

上皇だ。この女性こそ前天皇であった。

名は興子《おきこ》という。七歳から二十一歳まで、彼女は天皇位にあった。日本では七人目の女帝である。そして上皇として、いま二十七歳。

天皇名は崩御後につけられるので――後に百九代明正《めいしょう》天皇と記録されることになるが――その住むところから、月ノ輪の院、もしくは月ノ輪の宮と呼ばれた。

それにしても、いま風花の舞うなかに、怒りにみちて立った姿の、何という妖しいまでの美しさだろう。

彼女の母は、前将軍秀忠《ひでただ》の娘、東福門院和子《とうふくもんいんまさこ》だが、あの悲劇の美姫《びき》千姫さまを伯母として持つ。そして興子は、母よりもその伯母に似ているといわれた。

「七郎、いってはならぬぞえ」

ふたたび声をかけられて、金春七郎は足をとめ、反射的に身体を返した。

と、両側の深編笠が、あわててその両腕をつかんだ。つかまれたまま七郎は、こちらを見ている。何か思案しているような、次の指令を待っているような顔だ。

月ノ輪の宮は駕籠のほうを見やって叫んだ。

「わが通行をとどめ、家来の一人を拉致《らち》しようとする無礼者を、陣左、御付武家として黙って見のがすつもりかえ？」

御付武家とは侍従武官だ。

剛直な風貌の成瀬陣左衛門は、この椿事《ちんじ》にこのときまで思考停止の表情を硬直させて

いたが、この叱咤《しった》にはっとおのれをとりもどして、

「金春、無礼討ちにせえ！」

と、叫んだ。

同時に金春七郎は、両腕をふりはらった。

二人の深編笠はつんのめっていったが、たちまち大きな独楽《こま》のように猛然と反転して、もう一人とともに、いっせいに三本の白刃《はくじん》をそろえた。

それは最初からこちらと刃を交えることを予想していたとしか思われぬ動作であった。

「やっぱり、そうか」

うなずくと、七郎は脇差《わきざし》を鞘《さや》ばしらせて、三人と相対した。

やはり、そうか、といったのは、この複数の相手の凶念や殺気がほんものであることを確認した言葉であった。

数瞬——ならんだ三本の豪刀にさざなみのような動揺が起こった。深編笠が三つとも怪しむようにゆれた。

彼らはみな、相対する舎人風の姿が、舞う風花のなかにうす墨のような影となり、かげろうのようにゆらめくのを見たのであった。

「えおっ」

「かっ」

「くわっ」

気合というより驚愕《きょうがく》の咆哮《ほうこう》をあげて、三人は斬りこんだ。

三本の刀身は、いずれも空《くう》を切った。

まるでそんなものは存在しないかのように、金春七郎の脇差は横なぎにした。

ちょうど同じのめりかげんの体勢にあったとはいえ、光流の走ったあと、三人の深編笠は首や胸から血の滝を噴いて、同じ姿勢で地に崩れおちた。

舎人姿の金春七郎は、うっとりしたようにそこに佇《たたず》んでいる。が、その顔のあちこちに、血しぶきが凄惨な斑点を残した。

氷結したような行列のなかから、ややあって駕籠から出て、

「先にゆかれえ。こちらは死骸の始末をしてから参る」

と、あごをしゃくったのは成瀬陣左衛門だ。命じた相手は、乗物をかつぐ男たちである。

さすがに月ノ輪の宮は蒼白な顔に変っていたが、一語ももらさず、乗物に身をいれた。
五、六人の仲間《ちゅうげん》を残して、行列はふたたび進み出した。
それが向うへ遠ざかったころ、陣左衛門は仲間に、大徳寺へ走って運搬用の戸板とコモをもらってくるように命じたあと、七郎のそばに歩みよって、

「一人くらい生かしておいたほうがよかったかも知れんな」

と、地上にころがった三人の深編笠を眺めていった。

「こやつらの素性《すじょう》を知るためにもな」

「そうは思いましたが、こうしなければこちらがやられるところでした」

と、七郎は答え、懐紙《かいし》を出して刀身をぬぐい、鞘におさめてから、

「どうも、はじめから私を狙ってきたように思われます」

「心あたりがあるのか」

「いえ。……」

七郎は首をふったが、自分にすえられている陣左衛門の眼に、

「江戸の柳生道場で私の名をきいたから、とか申しておりましたが……それにしても乱暴しごくな武者修行もあったもので……」

「いや——当代、そういう修行者もあるかも知れんぞ」

有名な宮本武蔵が死んだのは、沢庵と同じ四年前のことである。武術全盛期の時代といっていい。

陣左衛門がきく。

「いままで、何人、人を斬ったかの」

「滅相もない、これがはじめてです」

「それにしては、人を斬るのに嬉々——というより恍惚として見えたが」

陣左衛門はあらためて、うすきみわるげに金春七郎を見て、

「お前の剣法、実地に見るのははじめてじゃが、たいしたもんだな。柳生どのがわしにお前を推挙されたのも当然じゃて。ひょっとしたら、お前、十兵衛どのより腕が立つの

じゃないか？」

「とんでもない！」

七郎は、少年の顔にもどって、顔あからめた。

「私など、十兵衛先生にかかっては、児戯に類します」

――大徳寺から戸板とコモをもらってきた仲間《ちゅうげん》に、それに死骸を移させて、

「これはただいま月ノ輪の院のご行列に狼藉《ろうぜき》をはたらいたので無礼討ちにした者どもじゃ。所司代《しょしだい》にはわしからとどけておく。寺のほうでしかるべく始末してくれるように頼んでくれ」

と、成瀬陣左衛門が命じていると――ゆくてから、小走りにかけてきた影がある。

市女笠《いちめがさ》をかぶった旅姿の女であった。

それが、四、五間さきに立ちどまり、

「あっ、兄上さま！」

と、叫んでまろびよってきたが、死骸をのせた三枚の戸板がはこび去られようとしている光景を見て、ぎょっとしたように立ちすくんでしまった。

三

「はてな、りんどうではないか」

と、七郎は眼をまろくした。

ただそこに妹があらわれたことへの驚きばかりでなく、妹の成長ぶりに戸惑ったのだ。別れたときは、りんどうはたしか十四くらいだったから、いま青春の十六、七の姿を見て、思わず、はてな、という言葉が出たのもむりはない。

「いや、大きうなったなあ。……しかし、どうしたのだ？」

りんどうは答えず、恐怖の眼で、死体でなく兄の顔を見ている。

「顔に血が。――」

七郎ははじめて気がついて、手で頬をぬぐって、

「いま、月ノ輪の院のご行列に狼藉をしかけてきた乱暴者を、無礼討ちにしたのだ」

と、いった。

しかし、りんどうをふるえさせたのは、その返り血ばかりでなく、兄の変貌ぶりであった。

こちらも、二、三年ほどの歳月を経て、あのふっくらとした童顔が消えているのは当然だが、それにしても、その凄絶味すらおびた変り方はどうだろう。

死骸ははこび去られた。

「消息をたずねるのはあとにして、りんどう、何用あって来た？」

と、せきこんで、七郎がきく。

「はい、ここ半年以上も兄上からお便りがないので、父が心配して、胸さわぎさえする

と申しますので、私がごようすを見にきたのです」

「なんだ、そんなことか。……それで月ノ輪の院のある泉涌寺へいったのか」

「いえ、兄上がご奉公なされた御付武家屋敷のほうへ」

――のちにわかったところによると、りんどうは相国寺《しょうこくじ》近くにある御付武家屋敷をまず訪ね、成瀬陣左衛門がきょう月ノ輪の院のお供をして大徳寺へいったときいて、兄の七郎もきっといっしょだろうと考えて、大徳寺への道を聞き聞きこちらにやってきた。するると、途中で、その月ノ輪の院としか思えない行列にゆきあい、しかもそのなかに七郎の姿が見えないので、勇を鼓して白丁《はくちょう》に、自分の素性を告げ、金春七郎という者をご存じではありませんか、と、きいたところ、金春七郎はこの道のあっちのほうにいる、と教えられたというのであった。

しかしいま、七郎はそんな妹の道筋をきくいとまもないらしく、

「その成瀬さまはあのかただ」

といい、陣左衛門にむかって、

「成瀬さま、妹のりんどうと申すものでございます。何でも、ここのところ、私が便りせぬからと案じて、柳生にいる父が私のようすを見に、妹をよこしたとのことでございます」

「そうか」

陣左衛門はりんどうを見やって、

「柳生どのは何をしておられるな」

と、きいた。りんどうはちょっと考えて、

「剣術の工夫をしておられます」

と、答えた。

そして、黙って、じっと兄を見つめていた。

何かある、と直感した。

兄が変った、という印象は、別れてから二年以上もたつのだからふしぎではない。しかし、たんなる歳月の経過とは思えない異様な変化を感じたのだ。いまの怖ろしい死骸について、兄は無礼討ちにしたといったけれど、それはそれとして、何か不吉な雲が兄をつつんでいるような気がする。――

「見るとおり、おれに何の変りもない」

と、七郎はいった。

「せっかく柳生からきてくれたのだが、おれは月ノ輪の院のご守護というお役がある。すぐに追ってゆかねばならぬ。――七郎はたっしゃでお役目についておると父上に報告してくれ。帰れ」

「帰りません」

と、りんどうはかぶりをふった。

「何？」

「しばらく兄上とごいっしょに、京において下さい」

このまま兄のそばにいて、兄のようすを見なければならない、と、りんどうは考えたのである。

「そんなことは相成らぬ、帰れ」

その狼狽ぶりにいよいよりんどうが、ただならぬものをおぼえたとき、成瀬陣左衛門が口をさしはさんだ。

「七郎、そのまま妹を柳生に帰しても、おやじどのの心配や不審は解けんぞ。おいてやれ。いや、しばらくわしの屋敷においてやろう」

秘曲〝世阿弥〟

一

夜明けのおそい十一月末の、しかし日中はよく晴れそうな朝であった。

柳生ノ庄の陣屋《じんや》から、十兵衛は鷹狩《たかが》りに出ようとしていた。

ものぐさのくせに十兵衛は甚だ鷹狩りを好むが、ほかの大名のように大げさなものではない。だいたいが、陣屋にいる家来兼門弟の人数が三十何人かだ。

そのうちの二十人あまりに支度《したく》させ、馬、犬をひき出し、十兵衛みずからこぶしに鷹をすえていた。もっとも、ものものしい鷹狩り装束《しょうぞく》などつけず、例の黒紋付によれよれの袴という浪人のような無造作《むぞうさ》な姿であった。

陣屋から狩場の大河原への、木津川沿いの道をなかばきたとき、ゆくてから息せききって一人の男がかけてきた。

「竹阿弥どのからの書状でござります」

金春一座の紀平次という笛方であった。

きょう大河原で鷹狩りをするとは、数日前から大河原の村衆に知らせてあるはずで、むろん竹阿弥も知っているだろうに、なぜわざわざ?——と、いぶかしい表情で、馬上の十兵衛はその手紙を読み、しばらく思案のていであったが、ふいに、

「きょうは鷹狩りはやめたぞ」

と、いい、みなに引き揚げるように命じ、

「ただし、おれだけは大河原に釣りにゆく。供は兵助《ひょうすけ》だけでいい」

と、いった。

鷹狩りとともに釣りも好きな十兵衛は、こんなときにも釣り道具を持った兵助という下男を一人従えていたのである。

それにしても少々この変更は唐突《とうとつ》すぎるが、気まぐれは彼の常である。また、いい出したらきかない性質は家来も心得ているから、みな素直に一礼して、もときた道を帰っていったが、あっけにとられた顔をしたのは笛方の紀平次だ。

「殿さま——やはり大河原へゆかれるのでございますか」

「ゆく」

「頭《かしら》のお手紙には……」

「わかっておる」

十兵衛は馬を歩ませ出した。

紀平次は座頭《ざがしら》竹阿弥の手紙の内容を知っている。それは今朝来《こんちょうらい》、大河原を往来する旅人のなかに挙動ふしんな者が何人か見える。で、きょう大河原でお鷹を使われることは、見合わせられたほうがよくはなかろうか、というものであった。

それなのに十兵衛さまはそれを読むと、かえってお供のご家来衆をみな帰し、たった一人――いや、ものの役に立つとも見えぬ爺《じじ》だけつれて――かるがると大河原へむかおうとしておられる。

大河原にはいるとまもなく、大竹藪をへだててあらけずりの建物が一軒見えた。それはここに隠棲する金春竹阿弥の家であった。そのむこうに木津川が流れている。

「お前、帰って竹阿弥に、おれのことはかまうな、といっておけ」

と、十兵衛は紀平次に命じた。

大河原を流れる木津川がひときわ濃く蒼く淀んで、弓ケ淵と呼ばれる場所があり、ここで鯉や鮒《ふな》やウグイがよく釣れる。

そこの崖に腰を下ろし、十兵衛は釣糸をたれた。くわえた煙管《きせる》からたちのぼる煙がゆらぐのも、ときたま見えるほど、風のない暖かい日であった。

何か釣れると、お供の兵助爺が竿を受けとって、獲物《えもの》を魚籠《びく》にいれる。ほとんど両人は話をかわさない。

昼になると、鷹狩り用に持ってきた弁当を食った。それも黙々としてである。それでいて、二人は全然たいくつした顔ではない。いつも、そんな主従であった。

二

うしろは白い土とすすき野で、やや離れて河沿いに大竹藪があり、そのなかから河へ妙な建物がつき出している。建物というより、何本かの柱だけに見えるが、それが金春竹阿弥の能舞台だということを、十兵衛は知っている。

知ってはいるが、十兵衛はそちらに眼もむけないし、そちらから人が出てくる気配もない。

これ以上のどかな風景はない時間がすぎて、日は西の笠置山のほうに落ちかかった。

突如、氷盤をたたくような鋭い音が大気を破った。

タン！

とっさに何の音かわからなかった。

「兵助、伏せろ！」

十兵衛が叫ぶと同時に、右側のほうから轟然《ごうぜん》たるひびきがあがり、いままで頭のあった空間を、うなりをたてて飛びすぎたものがあった。

十兵衛もつっ伏して、首だけもたげたが、銃声のきこえたすすき野の右のほうに人影は見えない。おそらく撃ち手もすすきのなかに伏しているのだろう。

「ははあ、飛道具ときたか。よし、立ってやるから、そちらも姿を見せろ」

そういうと十兵衛はぬうと立ちあがって、そちらに顔をむけた。これは大胆不敵というより無謀な行動としか思われなかった。

タン！

またふしぎな音が流れてきた。

こんどはそれが、小鼓《こつづみ》だとわかった。それは大竹藪のほうからきこえた。あきらかに警報だ。

が、おそかった。間髪をいれず、また二発の銃声が相ついで起こり、無造作《むぞうさ》に仁王立ちになって右のほうを見ている十兵衛の片手が顔にあてられたと見るや、そこから血らしいものがぱっと飛びちり、彼はどうと前のめりに倒れた。

二発の銃声は、すすき野のまんなかあたりと左側のほうからあがった。その二ケ所と最初の銃声の位置から、三つの人影が忽然《こつねん》と浮かびあがって、しばらくこちらのようすをうかがっていたが、やがて歩いてきた。

途中で、三人は一団となる。

武士姿だが、頭部には眼だけのぞいた柿色の猫頭巾をつけている。手にみな種子島《たねがしま》をぶら下げていた。まだそこから火縄の燃えのこりがくすぶっている。

「撃とうとしたとたん、鼓を打ったやつはだれだ」

「あの藪のむこうの妙な舞台からきこえたが」

三人はいちど立ちどまって、そのほうを見やったが、

「よし、あとで糺明《きゆうめい》してやろう」

「それより、狙いをつけたとき、おれには柳生が二人に見えたが」

「おれもだ。……にもかかわらず、よく当ったな」

「三方から狙ったのだからな」

「だれの弾だ?」

「何にせよ、稲富流《いなとみりゆう》の修行はだてではなかったわい」

ひくい声だが、最後は会心の笑いになって、三人は淵の岸に近づいた。

うつ伏せになったまま、ぴくりとも動かない柳生十兵衛を、まず一人がのぞきこもうとして、

「いかん!」

絶叫したとたん、地上から一条の光芒がなぎあげられて、男は鉄砲をほうり出し、股《また》から逆《さか》ながれに断ちわられていた。

「あっ」

あとの二人も種子島をとりおとし、一間《いっけん》もうしろへはね飛んで腰の刀に手をかけた。

柳生十兵衛はぬきはらった一刀をひっさげて、ふたたび、にゅうと立ちあがった。

「血はこれだよ」

左手につかんでいたものを投げ出した。それは握りつぶした一匹の鮒であった。さっ

き見えた血は鮒の血であったのだ。

が、飛びすさった二人の猫頭巾は、そのまま逃走はしなかった。それどころか、抜刀さえせず、ただ刀のつかに手をかけたまま、ジリジリとにじり寄ってきた。

それが二人ばらばらでなく、見えない糸で結ばれているような連繋《れんけい》の動作であった。この両人は、決して飛道具だけにたよる刺客ではなかった。

距離一間《けん》。

突如、二人の姿勢に異様な迷いが波打った。

が、すでに動き出した足と手はとまらず。――

「えやあっ」

凄絶きわまる気合とともに、二条の刀身がほとばしり出た。ただ頭上からふり下ろす刀よりも迅速な抜刀術の妙技であった。

二本の刀は、横からななめ上へ――十兵衛の腰と脇腹、上下二段にわかれて斬りこまれた。

はずなのに、二すじの閃光《せんこう》はむなしく宙にながれて、何事もないかのごとく、つかつかと踏みこんできた十兵衛の一刀は燕返《つばめがえ》しにはねて、両人をけさがけにしてしまった。

三人の刺客に歩みよって、猫頭巾をはぐ。――

のぞきこんで。

「……知らんな」

と、十兵衛はつぶやいた。顔にはいずれも心あたりがないのだ。

三

彼はそれより気にかかることがあった。

さっきの鼓につづいてきこえてくる笛の音《ね》だ。そして、いま謡《うたい》の声もながれはじめている。それが例の大竹藪のむこうの能舞台からのものであることはいうまでもないが。

——

刀身をおさめると、

「死骸は河に水葬にしておけ」

と、まだ頭をかかえてつっ伏している兵助にいいつけて、十兵衛は能舞台のほうへ歩き出した。

謡の声はつづいている。

「しばらく世間の幻相を観ずるに、飛花落葉の風の前には有為《うい》の転変を悟り、電光石火の影のうちには生死《しょうじ》の去来を見ること、はじめて驚くべきにはあらねども。……」

十兵衛は立ちどまった。

金春一座の地謡《じうたい》の人々の声にちがいないが、これがこの世の声かと、しばし耳をうたがったほどの——地底からもれてくるとしか思えない声であった。

十兵衛は竹林をぬけて、河辺に出た。

そこから河へつき出した能舞台が見える。——十兵衛はそれをななめうしろから見ることになったわけで、変な角度だが、そもそも見所《けんじよ》（見物席）が河面というふしぎな能舞台なのだ。笛と鼓も鳴りひびいているが、囃子方《はやしかた》の姿は見えない。

いま日はくれかかり、残光が木津川の河面を赤く染めている。いや、暗い炎がいちめんに燃えあがっているように見える。

「さらば埋れも果てずして、苦しみに身を焼く火宅の住みか、ご覧《ろう》ぜよ。……」

その能舞台に、ちょうどシテはこちらをむいて立っている。——前には笠をかぶった雲水が向うをむいている。これはワキにちがいない。

能にあまり関心のない十兵衛でも、能の大半は、旅の僧の前に亡霊があらわれて、過去の世界を物語るというしくみになっていることは知っている。それを夢幻能《むげんのう》と呼ぶとも、いつかきいたことがある。

が、いま能舞台のそれらしき二人を見て——およそこの世に恐怖というものを知らないかのような柳生十兵衛が、なぜか魂の底からふるえあがるほどの異様な恐怖に緊縛されてしまった。

シテは烏帽子《えぼし》、狩衣《かりぎぬ》、指貫《さしぬき》の錆《さ》びた能装束をつけているが、直面《ひためん》だ。つまり能面《めん》はつけていないのだ。

むろんそれは竹阿弥だとばかり思っていたのだが——遠目《とおめ》にはそう見えたのだが——

いま十兵衛は、それがまったくちがう人物であることに気がついた。

似ていることは似ている。——面《おも》ながで、彫りふかく、気品にみちた顔、それに五十になるやならずの年ばえなど——が、よく見れば、まったく別人であることはあきらかだ。

このときシテは、横むきになって——つまり十兵衛にはほとんど真正面を見せて発声した。

「かように候ものは、大和国越智《おち》ノ庄の住人観世《かんぜ》元清《もときよ》またの名を世阿弥《ぜあみ》と申すものにて候。ただいま生国《しょうごく》伊賀国服部ノ庄へたち帰らんとする道すがら、ここなる木津川のほとり大河原に参って候……」

その口から発せられる声は——独特の謡声《うたい》にはちがいないが——なんと、竹阿弥その人に相違ない。

十兵衛は棒立ちになって、かっと一つ目をむいている。

その能舞台のむこうに——木津川の波の上に、信じられないものを見たのだ。

勾欄《こうらん》をめぐらした三層の建物、その第三層は金色《こんじき》の光をはなち、ゆるやかに反《そ》った屋根の上には金銅《こんどう》の鳳凰《ほうおう》がのっている。

それが、川霧にけぶっているように半透明にゆれているのだが、

——あれは京の金閣寺ではないか！

とたんに十兵衛は心気うすれ、ふらふらとして、片足をザブと水にいれた。

四

その冷たさが、彼を喪神からひきもどした。ふたたび眼をこらすと、いま木津川に浮かんだ壮麗な金閣は消えている。幻覚であったらしい。

その手前の能舞台で、シテもワキも動かなくなっていた。能をやめて、こちらを見ているようだ。なんたる幻妖、シテの顔はまさしく竹阿弥にまぎれもなかった。

十兵衛はふたたび歩き出した。

橋懸《はしがか》りらしいものが作ってあって、そこから十兵衛は舞台に出ていった。

「いまそこに、金閣寺らしい建物が見えたが。……」

あえぐようにそういうと、竹阿弥は、

「え、金閣？　そ、そんなものが見えましたか！」

と、驚いたような声を出した。

「そして、お前はまったくちがう人物に見えた。……」

「……ああ！」

竹阿弥はうなって、どうと舞台に坐った。

「〝世阿弥〟、成りました！」

十兵衛は口をぽかんとあけている。

「かねて申しあげておりました私作る〝世阿弥〟の能、ようやく成就《じょうじゅ》の域に達したようでございます。……」

竹阿弥はニンマリとして、

「いま私が別人に見えたとすれば、それはまさしくこの地で死んだわが祖の世阿弥。……」

「な、なに、あれが世阿弥。……」

十兵衛は叫んだ。

「お前が世阿弥その人に変ったというのか?」

「まず、お坐りなされ」

茫然と、十兵衛が坐ると、

「先日お話しいたしましたように、私がこの大河原にきた目的は、〝世阿弥〟と申す能を仕上げることでござりました」

と、竹阿弥はいい出した。

「その世阿弥の言葉によれば、能は変身の芸でござる。その変身の極限は、変身相手の人間そのものになりきることでござる。いま私が世阿弥に見えたとやら、どうやら今日《こんにち》ただいま、その域に達したようで。……」

竹阿弥は竹阿弥にもどったのに、なお亡霊のような声であった。

川波は刻々と暗みをましつつ、まだ赤い。それを背にした黒い影を、かすかな戦慄と

ともに見まもりつつ、

「竹阿弥、それはともかく、いま見えたあの金閣寺は何だ？」

「夢幻能はまた亡霊の世界であるとも申せまする。これを見物する人を、亡霊が生きておったころの世に送りこむ芸術でござります。もしいまあなたさまに金閣寺が見えたとすれば、それは世阿弥が生きておったころの金閣寺であったのでござりましょう。……」

ゆらゆらと竹阿弥は首をふりうごかして、

「夢幻能とはよくぞ申しました。それは夢幻でござります。が、私の望むところは夢幻ではござりませぬ。この芸のきわまるところ、まったく過ぎし世そのものへ飛ぶことができると信じております」

声は溜息をともなっていた。

「いま、ほんのたまゆらの間、その片鱗が現前《げんぜん》したようでござるが……しかし、いま私は依然竹阿弥としてここにおり、あなたさまのごらんなされた金閣寺はもう消え失せたようでござりまするな。私の芸がいまだ至らぬゆえでござる」

実に、この慶安の能楽師は、能は過去へ飛ぶタイム・マシーンになる可能性があるといっているのであった。

十兵衛には、相手のいっていることの半分はわからない。それでも、この能楽師がいよいよもって怖ろしい人物であることを再認識して、心胆に寒さをおぼえつつ、

「世阿弥そのものに変るといって……世阿弥はいくつで死んだのだ」

「世阿弥の亡くなったのは、いちおう八十歳ということになっておりますが……私の〝世阿弥〟は、足利義満公ご晩年のころの世阿弥でございますから、ほぼいまの私と同年配で」

十兵衛はこのときやっと、うしろの鏡板に黙々と影のようにならんでいる金春一座の囃子方に気がついた。

「で、おれには世阿弥と化したお前や金閣寺が見えたが……あのめんめんにも見えたのか」

「いえ」

竹阿弥はそちらをふりむいて、

「おそらく、そう見えたのは、あなたさまだけでござりましょう」

「はて、なぜおれだけに？」

「変身し得る能力の持ち主でなければ、その世界にはいることはできますまい」

五

十兵衛は、いつかの陣屋での、この竹阿弥との「剣と能」問答を思い出したが、まだ狐につままれたような思いである。

十兵衛にしても、たったいまスリル満点の決闘をくりひろげてきたばかりなのだが、ここにきて、はからずも目撃した大怪異に胆を奪われて、決闘をやったことも忘れていたほどなのだが、竹阿弥のほうからそのことを口にした。

「それはそうと柳生さま、ただいまはあぶないことを」

「ああ、そうであったな」

十兵衛はわれにかえって、

「鉄砲でくるとは思わなんだが――敵が鉄砲を撃つとき、助けてくれたな。鼓で合図し、また敵の手許を狂わせてくれたの」

「いえ。――こちらは何もいたしませぬ。だいいち、竹藪で河原のほうは見えませぬ」

竹阿弥はとぼけた顔をした。しかし、決闘のことは知っている。

「けさ笛方の紀平次をもって危険をお知らせ申しあげましたが……十兵衛さまはかえってお一人で釣りにおいでなされた。いや十兵衛さまらしい、と思わずにが笑いいたしました」

「ふふん」と、十兵衛もにが笑いする。

「それであとは黙っておることにしましたが……先日、お陣屋におしかけた由比一党でござりましたか」

「いや、ちがうようだ」

十兵衛は首をふった。

「鉄砲のあとで刀を使ったが……敵の抜刀術は紀州で名だたる田宮流であった。もう亡くなったが田宮平兵衛という一代の名人の流れをくんだやつらと見た。こちらも、生かして素性をたしかめる余裕がないほどだったよ。あの相手をたおしたのは紙一重だ」

「紀州藩の抜刀流。……将軍家の叔父君《おじぎみ》にあたらせられる紀伊大納言頼宣《よりのぶ》さまが、あなたさまに刺客を送られたというわけでござりますか」

「いや、大納言さまじきじきの下知《げち》かどうか知らんが、こないだ由比に、素性も知れぬ怪しげなる者どもをお近づけあっては、お家に傷がつきましょうぞ、と十兵衛が心配しておりますと、大納言さまにお伝えしておけ、などいってやったから、五十五万石のうちには、腹をたてて十兵衛を征伐にくるやつもあるだろう」

十兵衛は笑ったが——由比正雪の陰謀事件が発覚したのは、二年後の慶安四年のことである。

そのとき正雪と紀州大納言との関係が云々《うんぬん》されて、紀州藩は大弱りに弱ることになるが、さて十兵衛がこの件についてどこまで知っていたかは神のみぞ知る。——なぜなら、そのときには柳生十兵衛は、もうこの世に存在していなかったからである。

「ああ、さようなことを申されましたな」

と、竹阿弥はいった。

「あのとき、私はヒヤリとしましたが」

「わざと、おとなげもないことをいったのだ」

と、十兵衛は平然として、

「あんなことをいえば、こんなこともあろうかとな。つまり、紀州が怒って、然《しか》るべき刺客をむけてくるだろうと」

竹阿弥はふしんげに十兵衛を見まもる。

「そもそもおれが柳生にひきこもったのは、剣の工夫のためもあるが、おれの命を狙うやつをひきよせるためだ。おれもこれまでだいぶ殺生《せっしょう》を犯してきたから、仕返しをしたいと望んでおるやつは世にたんとあるはずだ。が、おひざもとの江戸におっては、ちょっと手が出しにくかろう。柳生の山中におれば、少しはそんな酔狂なやつが飛び出してくるかも知れん、とな」

と、十兵衛は笑顔でいう。

「ところがそんなやつがなかなか出て来ない。なまじな剣客ではだめだ。例の水月《すいげつ》をためすに足るやつでないと困る。で、少々じれったくなって、紀州藩をけしかけてみたのよ。果たせるかなだ」

実に、とんでもないことを思いつく男ではある。

「その水月の剣を、さっきためしてごらんになりましたか」

「ああ、やってみた」

酩酊《めいてい》しているような表情になった。

彼は、さっきの刺客の種子島や抜刀術が空《くう》をきったのは、自分という月を見ず、水月のほうを狙ったからだと知っている。

夢みるようにつぶやいた。

「どこぞに、おれのほんとうに相手になる刺客はおらんかのう。……」

こんどは竹阿弥のほうが、背すじにぞくっと寒いものをおぼえた。

一は分身、一は変身。剣と能、それぞれの道の極みまで達しようとしている剣人と能楽師。

まあ、化物が化物を見て、おたがいに戦慄しているような図だと見ればいい。

ふと十兵衛は何か思い出したように、

「七郎だがな」

と、いった。

「りんどうが京へいって、かれこれ半月になるが……何か、便りがあったかな」

竹阿弥は、しばし考えてから、

「はあ、いちど」

と、答えた。

「あったか。で？」

「それが、どうも奇妙な手紙で」

と、首をかしげる。

「どうやら七郎は、御付《おつき》武家の成瀬さまのもとを離れて、月ノ輪の御所に直接ご奉公申しあげておるとのことでござります」

「なに、月ノ輪の御所、というと泉涌寺《せんにゆうじ》にか」

「は、舎人《とねり》として」

「ふうん。もっとも成瀬は月ノ輪の院がかりの御付武家だが……しかし、それをいままでこちらに知らせなんだのは不審だな。それで、りんどうは？」

「成瀬さまのお屋敷にお泊めいただいておるとのことで……」

「そこで何をしておるのだ？」

「そのわけも書いてござりませぬ。ただもういちど手紙を書くから、それまで私に京へこないように、とのことで……このことお知らせしようと思いましたが、再度の手紙がくるのを待って、きょうに至ったのでござります」

十兵衛も変な顔をしていたが、

「おれが見にいってやろうか」

と、いった。

「そ、それはあまりにおそれ多い。――」

「いや、七郎はおれのただ一人の愛弟子だからな」

「かたじけないお言葉でござります」

竹阿弥はちょっと頭を下げたが、

「七郎のことも気がかりでござりますが、十兵衛さま、いましばらく柳生にいて下さいますまいか？」

「何か用か」

「いまの〝世阿弥〟でございますが、近いうち、もういちどあの能をごらんいただきたいので」

これも酩酊したような表情と声で、

「私がまた世阿弥になり変ります。そのとき……十兵衛さまもごいっしょに」

「いっしょに……どこかへゆくのか」

「世阿弥が生きていたころの世へ。——それができたら私の能もほんものでございます。それを十兵衛さまにも見ていただきたいのでございます。……」

ぎょっとして十兵衛は手をふった。

「よせ、おれにそんな必要はない。それに何というばかばかしいことを申すのだ？」

相国寺の八卦見《はっけみ》

一

りんどうは、京の御付武家屋敷で、当惑の日々をすごしていた。……

――あの十一月十一日、久しぶりに兄に会ったというのに、七郎はなぜか、心ここにない、といった顔で上皇の行列を追ってかけ去り、そのあと成瀬陣左衛門につれられてここへきたのだが、途中で陣左衛門から思いがけないことをまずきかされた。

それまで兄は、成瀬さまの若党として、てっきりこの屋敷に勤めているものとばかり思っていたのだが、実は一年ほど前から舎人として、月ノ輪の御所へつめきりになっているという。

もっとも、そうきいても、それがどういうことなのか、りんどうにはよくわからなかったが。――

御付武家屋敷は、上京《かみぎょう》の相国寺《しょうこくじ》のすぐ近くにあった。朝廷を監視する京都所司代の一機関で、豪壮きわまる屋敷群であった。

朝廷といっても、いま京都には、天皇、上皇、法皇とあるので、御付武家も三組に分れている。五千石の旗本成瀬陣左衛門は、そのうち上皇付きの御付武家であった。

りんどうは京へくると、まずここへやってきて、門番から成瀬陣左衛門のゆくえをきいたのだが、あらためて、床の間に鎧《よろい》を飾った奥の一室に通されて、

「舎人とは、どういうお役なのでございましょうか」

と、陣左衛門にきいた。陣左衛門は答えた。

「御所には、雑色《ぞうしき》とか白丁《はくちょう》とか、雑用を弁ずる者がおるが、そのなかではいちばん身分のたかい――月ノ輪の御所では、宮のお身近く仕える職じゃ」

「はじめ兄は、成瀬さまの若党として京にきたはずですが。……」

「月ノ輪の宮じきじきに、そのような仰《おお》せがあっての」

「兄に。――」

「わしの若党として御所に参ったとき、何かの機に宮のお目にとまって、あれは何者か、と、いぶかしげに仰せられた。わしらから見てもあの七郎、さすがにもとは江戸城お能役者の伜《せがれ》、きわだって気品がある。ただの若党とはごらんにならなかったのじゃろ」

「ま」

「その素性をご存じになってから数日後、ふいに七郎に、ひとつ能を舞って見せてくれぬか、とのお言葉があった。一日、七郎は舞った。宮はいたくご満足あそばした風で、

七郎を舎人としてあげよ、という仰せの下ったのは、それからまもなくじゃった。一年ほど前になるか」

「そんなこと、兄は何も申して参りませぬ。それは、ありがたいことではございませぬか。そんなお話なら、なにより先に知らせてくるはずでございますのに！」

りんどうは首をかしげた。

「そうか、七郎は何もいってやらなんだか」

陣左衛門はうなずいて、

「いや、わしのほうから十兵衛どのに連絡しておこうと思い思い――ちと気にかかることがあっての」

「そ、それはどういうことでございます」

「それからまもなく、七郎の身におだやかでないことが起こりはじめたのじゃ……」

「えっ」

「まず月ノ輪の宮のおそばに仕えられるご老女衆から、何かと異議が出ての。七郎自身も冷たい眼で見られ、そのうちわしにも、七郎をなんとかやめさせるようにというご忠告もあった。もともと御所の女官衆はヤキモチの巣といってもよいところでな。それが、わしが見ても異例のお取立てじゃから、そんなさわぎもむりもない」

「………」

「と、わしは思うておった。が、そのうち、ただのヤキモチやイヤガラセではない事態がひんぴんと起こるようになった。いや、七郎がわしに報告したわけではない。七郎は、わしが女官衆のご忠告を申し伝えてから、わしを遠ざけるようになった。だから、これはうわさにきいたのじゃが、二、三度、闇討ちのような目にあい、何とかのがれたこともあるらしい」

「…………」

「いまはお前も知るように、餓狼のような浪人どもが巷《ちまた》にあふれておる時勢じゃ。ほんのはした金で何でもやるやつにことはかかぬ。で、七郎も宮のお申しつけで、めったに御所の外へ出ぬことにしたようだ。ところが、めずらしくきょう、宮のお供をして大徳寺へいった。その大徳寺からの帰り、三人の浪人風の男を斬って捨てたが、あきらかに七郎は刺客に狙われておるな」

「…………」

「しかるに七郎は、わしが何といっても舎人をやめぬ。それどころか、きゃつ、身に迫る危険をかえって愉《たの》しんで待っておるかに見えるところがある」

「…………」

「柳生どのに推薦ねがった若者にはちがいないが、剣においてもあれほどのやつとは思わなんだ。というより、七郎は最初にきたときの七郎とは変ったぞ」

「…………」

「きょうの始末などを見ると、これはたんなるイヤガラセではない。もっと根のふかい敵だと感じられてきたが……それがいかなる向きの敵か、わしにもわからぬ。ただその敵をだんだん本気にならせてきたのは、実は七郎自身かも知れん」

りんどうはもう口もきけず、成瀬陣左衛門の顔を見つめているばかりであったが、顔色は蠟《ろう》のように変っていた。身体じゅう、ブルブルとふるえてきた。

「うら若いお前に、こんなことをきかせてよいか迷ったが、兄を案じて京へきたお前だからあえていう、七郎のためだ」

陣左衛門は、じっとりんどうを見つめていった。

「実はお前に、何とかして七郎を連れて帰ってもらいたいのじゃ」

御付武家というのは、名目はみかどや、それに準ずる貴人の護衛武官だが、実はその貴人の生活、交際、人事、経済のすべてに眼をひからせ、とりしきる幕府の監視人であった。この職には、大身《たいしん》の旗本か大名の子弟があてられる。だから御所に対する権威たるやたいへんなもので、まさに泣く子も黙る存在といっていい。

が、十七歳のりんどうにはそんな知識はなかったが、はじめ、まだ裃《かみしも》姿のままだし、見るからにおっかないお人と思われたこの成瀬陣左衛門さまが、案外おだやかで人情味もあるお人だということがわかってきた。

「七郎が舎人をやめぬのは、月ノ輪の宮のご意向のゆえだろう。……その宮がわしの弱味でな」

「弱味、と、おっしゃいますと？」

「おん女性《にょしょう》ながら、先のみかどであらせられる上に、なにしろご神君《しんくん》を曾祖父となされるお方じゃからな。それぱかりでなく、実はそのお人自体に、わしは頭があがらんのじゃ」

吐息をついた陣左衛門は、思いがけぬ気弱な表情さえ見せた。

「おん美しさは伯母君《おばぎみ》の千姫さまのお若いころそっくりといわれ、ご活発なご気性は、父君《ちちぎみ》のおん血をそのままお受けなされておる」

「父君？」

「いまも仙洞《せんとう》御所におわす後水尾《ごみずのお》法皇さまじゃ」

――前にのべたように、天皇や法皇の名は崩御のあとにつけられることになっているのだが、この物語では混乱やあいまいさを避けるために、あえて後水尾法皇と呼ぶことにする。

「なんにしても、七郎をお前に会わせねばならぬ。七郎をここへ呼ばねばならぬ。しばらく待ってくれ」

こうしてりんどうは、御付武家屋敷にしばらく滞在することになったのである。

が、兄はなかなかやってこない。

陣左衛門は、三日にいちどは泉涌寺の月ノ輪の御所に参勤するが、七郎を連れてくることができず、当惑したおももちで、

「七郎はいま、奥向きで、宮に献上するために、古来の謡曲の数かずを筆写する仕事を

しておって、手が離せぬとわしに顔も見せぬのじゃ。……どうやらわしに、会いとうないと見える」

と、嘆息するばかりであった。

りんどう自身がゆこうにも、そのゆくさきがやんごとない御所とあっては、とりつくすべもない。

りんどうはただいちど、大河原の父に、兄がいま月ノ輪の院の舎人になっているむねの手紙を書いた。

それでは父の不審は解けないだろうとは思ったが、それ以外に書きようがなかった。もうすこし事情がわかってからあらためて報告しようと考えたのである。

成瀬さまからざっと話はきいたけれど、十七歳のりんどうにはなお不可解なことだらけであった。

ただ兄七郎をめぐって、ただごとでない妖しい雲が渦まいていることだけはたしかだ。だいいち、いくら剣術好きだからといって、あんなにやさしい兄が、人を三人も斬ったなんて、それを見たにもかかわらず信じられないほど怖ろしい出来事だ。

じっと待っているにたえず、りんどうは相国寺にお詣りする気になった。もう師走にはいった一日であった。

二

相国寺は、御付武家屋敷から塔《とう》の壇《だん》と呼ばれる小高い空地をへだてた場所にある。はるかな昔、足利三代将軍義満公が建立《こんりゅう》した大禅刹《ぜんさつ》だが、いくたびか炎上し、その後太閤秀吉によって寺は再建されたが、さすがにかつて京都五山の一といわれたおもかげはない。

塔の壇という場所には、義満公のころはそこも境内《けいだい》のうちで壮大な七重塔があったというが、それも消え失せて、いまは茫々《ぼうぼう》と枯草が吹きなびいているばかりだ。

そこを通りぬけて、相国寺にはいり、広さだけはやけに広い境内を本堂のほうへ歩きながら、りんどうは、

——柳生の殿さまにきていただいたら、兄は出てくるのじゃないかしら？

と、ふっと考えた。

——それは出てくるにきまっている、

が、すぐに、

——まさか、兄のために、わざわざ柳生から殿さまにお出ましねがうわけにはゆかないわ。……

と、首をふり、さらに、

──けれど、このままほうっておけないわ。もう三日ほど待って何の変りもなかったら、柳生へ殿さまをお呼びしにゆこう。

と、決心した。いまほど、あの強い殿さまのお助けの欲しいときはなかった。

頭上にかぶさる曇天と同じような気持で、本堂の前で手を合わせて、またトボトボとひき返す。背中がゾクゾクするような京特有の底冷えする日だ。

山門を出ると、参詣者をあてこんで両側に、線香や蠟燭《ろうそく》、駄菓子など売る露店が十軒ほどならんでいる。

そのなかを通ろうとして、

「もしもし、そこな娘御《むすめご》」

と、呼ぶ声がきこえた。

まわりを見まわしてりんどうは、露店にまじって一つ見台《けんだい》を出した占い師に気がついた。

年は五十前後、総髪にして口のまわりはひげにおおわれた易者が、首をかしげてこちらを眺めて、

「あのな、ちょっとお前さまの相に気にかかることがある。見料《けんりょう》はいらん。ひとつ見させて下さらんかのう」

と、声をかけてきた。

布袋《ほてい》さまのようにだぶだぶふとって、眠たげな眼をして、見かけによらぬやさしい声

だ。

不安定な心理状態にあったりんどうは、ふらふらとそっちへ吸いよせられた。

「実は先刻、何気なく往来を見ておったらな、ふっと妙な風を鼻に感じた。みるとお前さまが山門のほうへ歩いてゆかれる」

と、易者はいう。

「妙な風——さよう、剣難の気じゃ」

「え、剣難？」

「見れば、可愛い娘御じゃ。そんなはずはない、と、そのまま見送ったが、いままたそこを通られる。やはり剣難の気がある。——それでお呼び立てしたのじゃが、あらためてよく拝見したいもので」

と、見台の上の大きな天眼鏡をとりあげた。

それを、顔の前にかざして、こちらをのぞきこみ、

「ほほう、お前さま……このごろ、南のかたから京へこられたな」

と、いった。

「何か、探しびとの用件でな」

はっとした。——あたっている！

「剣難があるといったが、それはその探しびとのほうから吹いてくるのじゃ」

天眼鏡のこちら側で、りんどうは張り裂けんばかりの眼になっている。兄のことにち

がいない。

そして彼女は、天眼鏡のむこうに、重たげなまぶたをした易者の眼が、燐《りん》のような光をはなっているのを見た。

「その探しびとから逃げたほうがよろしいな」

「は?」

「それからな、もっと大きな剣難の風がうしろから——さよう、南のほうから追っかけてこようとしておるぞ。その風には、血の霧がまじっておる」

りんどうはふるえ出した。

「あぶない、あぶない。早く逃げなければ大変なことになる」

思わず、口走った。

「ど、どこへ? 柳生へ、ですか」

「柳生? さあ、それは知らぬ。とにかくお前さまは探しびとはやめ、また南へ帰って、大きな剣難をふせぐ工夫をしたほうがよかろ」

りんどうは、凍りついたように立ちすくんでいる。

易者は天眼鏡を離して、見台の上においた。

気がつくと、見台の上には立札が立てられて、それには「おん占い 幽夢堂」と書かれてあった。

「あまり危険な相なので、ついお呼び立てした。私のいえることはそれだけじゃ」

と、占い師はいった。

たっぷりしたまぶたはまた落ちて、さっきの燐《りん》のような光の見えた眼は、幻覚ではなかったかと思われるほどおだやかな顔にもどっていた。

りんどうは、夢遊病者のようにそこを離れた。

三

御付武家屋敷に帰ってくると、たまたま成瀬陣左衛門は、老仲間《ちゅうげん》に馬の口をとらせて、外から帰ってきたところであったが、門のところで、

「あ、お帰りなされませ」

と、あいさつするりんどうを見て、

「りんどう、どうしたのじゃ？」

と、いぶかしげにきいた。それほどりんどうは、ただならぬ顔色をしていたのである。

りんどうは、いま会った相国寺の占い師の話をした。

「なんじゃと？　お前に剣難の相がある？　そして、それはお前の探しておる人間から吹いてくると？――七郎のことじゃな」

陣左衛門は首をふって、

「そして、南からもっと大きな剣難の風が吹いてくると？」

「柳生の殿さまのこととしか考えられませぬ」

りんどうはいった。

「そして私に、それをふせげというのでございます」

「つまり、十兵衛どのがくるのをとめろということか」

陣左衛門はいった。

「いや、実はそれをわしは案じておった。十兵衛どのがくることをよ。――七郎を大和《やまと》へつれもどすにはあのひとの力をかりるよりほかはないかも知れん、と思案することもあったのだが、その後再考するに、いやあの仁《じん》がくればいっそう厄介なことになりそうでな。ふうむ、その占い師もそんなことをいったか」

と、やや感にたえたようにいってから、すぐにわれにかえって、

「しかし、それにしても怪しき八卦見じゃな。与平、知っておるか」

と老仲間《ちゅうげん》の顔を見た。

「へえ、あの幽夢堂という易者でございますか」

と、与平は答えた。

「手前は見てもらったことはございませんが、なかなかよくあたるという噂はきいたことがございます」

「そうか。いつごろから相国寺門前にいるのだ」

「こうっと、もう十年も――いえ、それ以前からあそこに店を出しているようで」

「ふうん、それならとり調べることもないの」

陣左衛門は考えて、りんどうにいった。

「よし、明日にでも七郎をこちらにこさせよう。来ねば、柳生どのを呼びよせる、といってやろう」

月ノ輪の御所に出仕した成瀬陣左衛門に、首ねッこをつかまれるようにして、金春七郎がやってきたのは、その翌日の夕方であった。

「ほうっておけば、お前が柳生から十兵衛先生を呼んでくるというので、おれはきたのだ」

と、七郎はニガ笑いしてりんどうにいった。

「あの先生にこられては、いっそう騒ぎが大きくなる、と考えてな」

——そのことは、陣左衛門自身が口にした懸念である。

「その売卜者《ばいぼく》、どうも面妖なやつだが、その八卦《はつけ》に関するかぎり当っておるな」

と、陣左衛門はいった。相国寺の八卦見のことはもう七郎にも話してある。

「そうだ、その八卦見は、剣難をのがれるために、お前の探しびと、すなわちおれから離れろといったというではないか」

と、七郎はりんどうにいった。

「その剣難のことじゃがな」

と、陣左衛門は重い表情で、

「相手に心当りがないとお前はいうが……わしの眼には、お前が相手を闇から挑発しておるように見える」

と、いった。

「お前が月ノ輪の院にご奉公しておるのは、かえって院にご迷惑を及ぼすことになるのではないか。お前は父のもとへ帰ったほうがいい」

りんどうも思いつめた眼をなげて、ひざでにじりよった。

「お兄さま、帰りましょう」

「それはできない」

七郎はかぶりをふった。

「なぜですか。父も心配しています」

「宮がおゆるしにならないからだ」

きっぱりと、あるいは見方によっては、けろりとして七郎はいう。

陣左衛門とりんどうは顔見合わせたきり、しばし声もなかった。この兄を、不可解というより、兄は変った、という自失にりんどうはふたたびとらえられた。

「この前いった通りだ。七郎は月ノ輪の院に不惜身命《ふしゃくしんみょう》のかくごでご奉公申しあげておるゆえ、心配ご無用と父上に申しあげてくれ。それから十兵衛先生には、決して京へおいでなさらぬように、とな」

と、七郎は何かに憑《つ》かれたような顔色で、

「その八卦見、いかにも奇態なやつ。おれもいちど会ってみたいが、そのひまがない。実はこれから外で会う人が待っておるのです」

「会う人？　だれじゃ？」

きく陣左衛門に答えず、七郎は、

「きょうはこれで失礼します。いや、見送る必要はない。りんどう、おれのあとを追うな！」

と、そばにおいた刀をつかんで、一礼して立ちあがった。

見送るのも忘れた風で、陣左衛門とりんどうは茫然と坐っている。

この師この弟子

一

師走の京にはめずらしく強い南風が吹いて、大路に黄色い砂塵がたちこめている黄昏《たそがれ》どきであった。

御付《おつき》武家屋敷を出た金春七郎は、スタスタと南へ歩いてゆく。東山《ひがしやま》の泉涌寺《せんにゆうじ》へ帰るつもりだ。

その砂ほこりのせいか、相国寺《しょうこくじ》近い往来はひっそりかんと静かなものであった。が、七郎は、うしろにぼんやり浮かびつ消えつしているいくつかの影に気がついている。

いや、きょう成瀬陣左衛門といっしょに泉涌寺を出てまもなくから、深編笠《ふかあみがさ》が一つ、自分たちのあとをつけてきたのを、彼は承知している。陣左衛門にはそれを告げなかったので、黄塵のなかのことでもあり、陣左衛門は気がつかなかったらしいが。——

帰途のいま、それがどうやらいくつかにふえたようだ。

女院《にょういん》のお申しつけで、ここのところ外に出ない自分が外に出たのを待ち受けていたものに相違ない。

こういうこともあろうかと、実は七郎は待っていた。陣左衛門らに「これから外で会う人が待っている」といったのは、この物騒な待ち人であったのだ。

ついと七郎は横にそれて、片側がいちだん高くなっている草っ原にはいった。塔の壇と呼ばれている空地にである。

「……あ？」

という声が、うしろであがった。

「見えんぞ！」

そして、往来を、六つ七つの深編笠がかけてきた。なんとその一人は槍さえかかえている。

「どこへいった？」

「きゃつ、気がついたか。――」

こちらの七郎から声をかけた。

「おれはここにいるぞ。――」

追手はぎょっとしたように立ちどまったが、すぐに猛然と塔の壇にかけのぼってきた。

槍を持った男ともう一人は、草っ原の途中に足をとめたが、あと五人ばかり刀身をはらって、七郎を半円形にとりかこむ。

「先日の大徳寺のときの一味か。それとも別の手か」

と、七郎がきく。

五人はそれに答えなかったが、七郎はふと思いついたように、

「ところで、五人いっしょにかかって一人の舎人《とねり》を退治したとあっては、そっちの名にかかわりはしないか。――いや、その名も知らない連中に、五人がかりで斬られても、ちっともおれのほうはかまわないんだが。――」

と、笑いをおびた声でいう。

「実はおれは、将軍家指南番柳生十兵衛さまの弟子なんだ。それはご承知だろう。いまは十兵衛先生と別れてるが、おれなりに剣法を工夫していることがあってね、それを一人ずつためしてみたいのさ」

五つの深編笠のゆれかたから、相手がまごついたことがわかったが、たちまち、

「わかった、よし、おれが」

と、まんなかの一人が、一歩ふみ出した。

一人出た男も腕におぼえがあったのだろうが、あと四人が刃を下ろして一足ずつさがり、粛然《しゆくぜん》と見まもるかたちになったのは、これまたよほど自信のあるめんめんにちがいない。

一番目を買って出た深編笠が、抜刀しながら、その刀を扱うのにじゃまになる笠をと

ろうともしなかったのは、なみなみならぬ自信の持ち主である証拠であったが、数十秒相対峙《たいじ》して——

「ふ！」

異様に動揺した声を出し、片手で笠の紐《ひも》をひきちぎろうとした。

これはむちゃな行動であった。

七郎の一刀がひらめくと、紐に手をかけたまま、男はその腕もろとも袈裟《けさ》がけになっていた。砂けぶりのなかに、赤いしぶきが散り、その男はどうと崩れ伏した。それはその刹那《せつな》、相手狼狽しつつ、あと四人は、いっせいに編笠をはねのけていた。それはその刹那、相手の姿がふっと見えなくなったような気がして、渦巻く砂ほこりのせいかと疑って、さえぎるものなしに自分の眼でたしかめようとしたのであった。

一間《けん》の距離でむかい合った彼らは知らず、第三者の眼には、烏帽子《えぼし》水干《すいかん》の姿で剣をかまえている舎人は、遠く相国寺の本堂の屋根だけが砂霞《すながすみ》におぼろに浮かんだ背景のせいもあって、それも墨絵と化した京ならではの一点景と見えた。

編笠ははねのけたが、みなその下にまだ覆面をして、眼だけがのぞいている。

それが、いっせいに殺到しようとするのを、

「待て、約定《やくじょう》じゃ。おれにまかせろ」

と、また一人が前に立った。

その飛び出さんばかりの眼球に、またすうと舎人の影がうすれた。砂塵のせいではな

い。こちらの心眼にうつる相手の心の動きが、空白になると同時に、その姿そのものが消えた――ように見えたのだ。

「えやあ！」

どちらの声か、どちらの刃か、大気をひっ裂くとともに、刺客の肩からばさという音と血けむりが立ち、また地に伏して草をつかんでいる。

あと三人が、もはや狂乱といったもつれ合いで、どっと動いた。

そのとき、

「いかん。おれが相手をしよう。みな、そこのけ」

野ぶとい声がかかって、すこし離れて草っ原に立っていた二つの影のうち、一つが風のようにかけよってきた。

風のように、というか、地ひびきがした。それが目立って巨体というわけでなく、常人よりやや大きめというだけだが、野羽織をとおしても凄じい筋肉の瘤々が見える感じであった。

はじかれるように三人が飛びのいたあと、あきらかに首領株と見えるその武士は、真正面に立ち、抜刀し、それを八双《はっそう》にかまえた。

実に凄じい豪刀だ。長さも厚みも、なみの刀を二割方超えているかに見える。

「金春七郎というか」

と呼んだ。

「うぬは何者だ。なんのためにおれを狙う？」

　思わず七郎がきき返したのは、この相手がただものではないと感じたせいだろう。

「お前が強すぎるからじゃ」

　深編笠のなかで、相手の声は笑いさえふくんで、

「本来お前は、罪があるような、ないような人間じゃが、思いのほか不可思議なる剣法を使う。仲間をこう斬られてはもはやすててはおけぬ」

　八双の豪剣が、徐々に頭上にふりあげられていった。

　しかし、全身はあけっぱなしといっていい構えだ。

　これに対して、金春七郎の刀は——舎人らしく脇差《わきざし》といっていい小刀《しょうとう》とはいえ、その鮮やかさはいままで見たとおりだが——いま、まるで魅入られたように動かない。

「斬る！」

　咆哮《ほうこう》とともに、雷火のごとく真っ向から大刀がふり下ろされる。

　その前に、一颯《いっさつ》、黒い鳥のようなものが羽ばたいた。

　ふり下ろされる大刀を、七郎の刀は受けた。受けるには受けたものの、脇差は鏘然《しょうぜん》となかばから折れて先のほうは宙に飛んだが、もしいまの黒い鳥のようなものがじゃましなかったら、七郎は唐竹割りになっていたかも知れない。

　黒い鳥はそのあとひらひらと地上に落ちた。それはどこからか水平に投げられた笠であった。

「七郎、ひけ」

声とともに、だれかかけよってきた。

「十兵衛先生！」

七郎は絶叫した。

二

大きく飛びのいたのは、七郎よりも相手のほうであった。

その前に忽然《こつねん》と立ったのは、まさしく左眼が糸のようにとじられた柳生十兵衛であった。

「柳生十兵衛。……ふうむ。やはり、きたか」

と、深編笠のなかの声はいった。

嘆声ともきこえる声であったが、刀はふたたび八双にかまえられている。

これに対して、十兵衛は抜刀はしているものの、それを垂れたまま、

「めずらしや、薩摩《さつま》示現流《じげんりゆう》だな」

と、いった。

深編笠に一瞬動揺が見えたが、大刀は大上段にふりあげられていった。それを見つつ、
十兵衛は横目を走らせて、

「そこに槍をおっ立てておるのは、江戸の丸橋忠弥と見たがちがうかな」

十兵衛は首をひねって、

「もしほんとうなら、丸橋忠弥と薩摩示現流のとり合わせが不可解だが、どうしたわけだ？」

槍の男は狼狽しつつ、猛然と槍を横にしてこちらへ飛んでこようとしたが、こちらの示現流が、

「役人がくる。——ひきあげろ」

と、叫んで、大上段の刀を下ろし、前後の味方にあごをしゃくって、

「仏をかついでゆけ」

と、命じてから、

「柳生十兵衛、勝負は後日」

いいすてると、大股でその場を去ってゆく。

あと、残った三人の深編笠と、槍の男がうろたえながら、二人の仲間のむくろを両側から肩にかけてそれを追う。それはみるみる砂塵のなかに消えてしまった。

役人がくる、と、いったのは、いま彼らが逃げたのとは反対側の、さっき七郎が歩いてきた往来の同じ方角から、馬のひづめの音と、槍をつらねたむれの影が近づいてくるのが見えたからであった。

折れた脇差をぶら下げたまま、茫然と棒立ちになっていた七郎は、はっとわれにかえ

って追おうとしたが、

「待て、折れ刀で追ってもしょうがあるまい」

と、十兵衛に声をかけられてふりかえり、

「十兵衛先生！」

もういちど呼び、七郎は子供みたいにくしゃくしゃの泣き顔になって、

「お久しぶりでございます」

と、頭を下げた。両肩がふるえている。

「うん」

と、いったきり、十兵衛は感にたえたようにしげしげと七郎を、頭のてっぺんから足のさきまで眺めて、

「まったく、久しぶりだ。七郎、変ったのう」

と、隻眼《せきがん》をパチパチまばたきさせた。

そのとき往来にとまってざわめいている足軽風の一団から、漆《うるし》ぬり金紋の陣笠をかぶった馬上の武士が、馬から飛び下りて、塔の壇へ上り、急ぎ足で近づいてきた。

成瀬陣左衛門であった。

何より先に、十兵衛に驚きの眼をむけて、

「おおっ……柳生どのではござらぬか？」

と、呼びかける。

「陣左か」

十兵衛の声もなつかしそうだ。陣左衛門がきく。

「どうして京へ？」

「この七郎のことを父の竹阿弥が案じてな」

と、十兵衛はあごで七郎をさし、

「ところが竹阿弥は、ある能を仕上げるのに熱中して、いま京へ来れん。で、代ってお
れがのぞきにきた。くると、いまの始末だ」

「いまの始末？」

陣左衛門ははじめて草の上に残っている血潮に気がついたようだ。

「七郎、ここで何かあったのか」

陣左衛門が問う。

口ごもる七郎に代って、十兵衛が逆にきく。

「陣左、足軽《あしがる》をつれて急行してきたが、そっちこそどうしたのだ」

「いや、この七郎は先刻まで私の屋敷にいたのでござるが、急に待ち人があるといって
出てゆきました。あとになって、はてその待ち人はなんびとか、と疑心を発し、このご
ろ七郎は何度か刺客に襲われておることもあり、ふいにあわてて出動してきたもので」

「なに、七郎がこのごろ刺客に襲われる？」

十兵衛は七郎に眼をやって、

「こちらに何の変りもないことはないではないか。おれがきてよかった」

と、いった。

「おれは京にきて、まず成瀬の屋敷にゆこうと考えて、さきほどあそこまで来かかった」

と、原っぱの向う、いま成瀬陣左衛門のきた道とは反対の道をさして、

「すると、ここで果たし合いをしておるやつがある。いま思うと、七郎が一人目をたおしたあとだな。そして二人目と相対しておるのを見た。一方が七郎だとは知ったが、しばらく見物する気になった。——」

その十兵衛の姿が見えなかったのは、あたりに吹きたけっている砂けぶりのせいだろう。

「七郎は二人目も斬った。……しばらく見ぬまに、七郎、たいした腕になったのう。敵にはお前の姿が見えなくなったような按配だった。あの剣法、だれから学んだ?」

「独学で」

と、七郎は小さく答えた。

十兵衛はうす笑いした。

「が、三人目、あれには通じなんだな」

「は、実に怖ろしい力を持ったやつで、私が無心になりきれなかったのです」

七郎は羞恥《しゅうち》の表情になった。

「しかし、この次に会ったときは——」

「また、あいつら、襲ってくるか」

「くると思います」

「おれにはさっぱりわけのわからぬ果たし合いなので、めんくらって追っかける気にもならなんだが、あれはだれだ。何のためにお前を狙うのだ？」

「それが、わからないのです」

七郎は首をかしげもしない。

「さっき相手に素性《すじよう》をききましたが、もとより答えず……実は、わからないほうがいいと思っているのです」

「ほ、なぜだ？」

「私の剣を成就《じようじゆ》するためには、正体不明の敵が現われてくれるほうが望ましいので」

美しい顔にほのかな笑いを浮かべて、

「実は私は、失礼ですが先生の助太刀《すけだち》もご無用だったとさえ考えている次第です」

さっき十兵衛先生に再会して、一瞬ながら泣き顔を見せた若者が、いま何ともはや不敵きわまることをいう。

さすがの十兵衛も、あっけにとられたように相手の顔を見ていたが、すぐにこれもニヤリとして、

「事情はよくわからんが、その点についてはおれも同感だ。いかにも敵の素性がわかる

と情が移るかも知れん」

と、いいながら、さっき投げた黒い笠をひろいあげた。

この剣の師弟は、自分の剣法のための実験材料を歓迎するほか余念もないらしい。実験材料には無名のほうがいい、というわけだろう。

何年ぶりかで会ったというのに、どこか酔ったように剣法問答をかわしはじめた両人を、呆《あき》れはてたようにきいていた成瀬陣左衛門は、このときやっとおのれをとりもどして、

「ま、何にせよ、この砂ほこりのなかで立ち話はどうかと思う。日もくれかかった。ともかく屋敷にこられい。七郎も、もいちどこい。——」

と、声をかけた。

三

一同、御付武家屋敷に帰る。

砂けぶりのなかに、不安そうに門に立っていたりんどうが、まず十兵衛を見つけて、かけてきて、しがみつき、泣き出した。

夕餉《ゆうげ》に酒が出たのは、何年ぶりかで迎えた十兵衛のためだ。お給仕するのはむろんりんどうである。

「七郎、別れて二、三年になるな」

と、十兵衛が盃をとったまま、七郎を見やって、

「いくつになったかな」

「二十六になりました」

「変ったの」

あらためて、まじまじと眼をそそぐ。

その年ごろの二、三年がもたらす変りようもさることながら、あのふっくらとして美少年の面影をとどめた顔が、いまみれば何とも凄絶の気をおびた妖気さえはなっているのに眼を見張ったのだ。それは妹のりんどうがこの兄を見たときに受けた衝撃と同じものであった。

「ところで、七郎が刺客に狙われておるとはどういうことだ？」

話は、むろんそのことになる。

七郎が月ノ輪の院の舎人《とねり》となって以来、ひんぴんと凶々《まがまが》しい事件が起こりはじめたことを陣左衛門が話した。

「何か、おぼえがあるのか」

と、十兵衛がきく。

「いえ、さっぱり」

と、七郎が答える。

十兵衛を見るときの眼は以前のとおり敬愛にかがやいているが、しかし彼はその件についてしゃべるのを好まないらしく口が重かった。
なぜか彼は居心地悪そうに見える。

陣左衛門がいう。

「どうやら七郎が月ノ輪の院に舎人となって仕えることを忌《い》む向きからの凶刃のように思われます」

「ほう？　それにしてもこんな若僧に、ちと大げさな剣客ではないか。きょうの示現流のやつなど容易ならぬ大敵と見た。それにも心当りはないのか」

「はじめて会った敵です」

と、七郎は首をふる。

「お、そうだ、あの男がお前に妙なことをいったのをきいたぞ。本来お前は罪があるような、ないような人間だが、ふしぎな剣を使い、仲間を斬ったから捨ておけぬ、と——や！」

と、十兵衛は叫んだ。

「きゃつ、おれに——柳生十兵衛、やはりきたか、と、いいおった。おれを知り、おれが京にくることを知っておった！」

みな、しいんとした。屋根の上を、風の音がわたってゆく。

ふいにりんどうが、はっとしたように、

「そういえば、相国寺《しょうこくじ》の八卦見《はっけみ》が、南から剣難の大きな風がくると。——」

と、叫んだ。

「なんのことだ？」

と、十兵衛がけげんな眼をむける。

りんどうが、相国寺門前の占い師の話をした。

十兵衛はいよいよ狐につままれたような顔をして、

「よし、明日にでもおれが見てやろう」

と、いい、

「それにだ、きょうの敵、何とも妙なやつを連れておった」

と、首をひねった。陣左衛門が、

「とは？」

「江戸で有名な槍術の達人、丸橋忠弥という男がいっしょにおった。——」

「おう、その名はきいておりります」

「牛込榎坂《うしごめえのきざか》に道場をかまえる由比正雪なる軍学者の一の弟子だ。実はな、その由比や丸橋が、さきごろ柳生へきたのだ。なんでも紀州へゆく途中であいさつにきたとかで——

ああ、りんどうも知っておるな」

「はい」

「その丸橋がきておるとは、その後紀州からまわってきたものと思われるが、いま七郎への刺客のなかにまじっておるとはどういう次第か」

「わかりませぬ。まるで」

と、七郎はまた首をふる。

が、不可解で当惑しているというより、相手がだれか知るのもめんどうだ、といった顔にも見える。

「正雪も京にきておるのか。彼らの動静、所司代のほうで知っておるかな」

「所司代のほうにきいてみましょう」

「何にしても京へきてよかった。一切わけがわからんが、とにかく面白そうではないか」

「いいえ！　いいえ！」

りんどうが、悲鳴のように叫び出していた。

「お兄さま、帰りましょう。――そんな怖ろしい敵に狙われて……私といっしょに大和《やまと》に帰りましょう」

そして、十兵衛を見て、

「殿さま、兄をつれて帰って下さい。もったいないことですけれど、そのために殿さまは京へおいで下すったのではありませんか？」

と、身をもんだ。

「七郎、帰るかね」

と、十兵衛が問う。七郎が答える。

「そういうわけには参らんのです」

「お兄さまは、自分がおいとまを頂戴することを宮がおゆるしにならないから、というのですけれど、お兄さまがおそばにいるので、こんな騒ぎが起こるのじゃありませんか？　そのほうが宮にご迷惑になるのじゃありませんか？」

りんどうにかきくどかれても、七郎は横をむいている。

ふと、十兵衛がきいた。

「月ノ輪の宮はおいくつにおなりかな」

「こうっと、二十七歳であらせられるはずで」

答える七郎の前に、十兵衛はにゅっと顔をつき出し、小声で、

「まだお美しかろう」

七郎は実に不愉快な表情になって、

「成瀬さま、私、これよりやはり泉涌寺へ帰ります」

と、立ちあがった。

「なに、帰る？」

陣左衛門は啞然《あぜん》として見あげて、

「いましがた、刺客に狙われたというのにか？」

「化物が二度出ることはありますまい。それに私、今夜外に泊るとは御所におとどけし

てはいないのです」

もう口もきけないりんどうに、七郎は、

「りんどう、どなたからか、脇差ひとふり拝借してくれ」

というと、一礼して背を見せた。さっき折れた刀の代りを求めたらしい。

そして、べそをかいてまつわるりんどうをおしのけるようにして、座敷を出ていった。

四

十兵衛は黙って見送る。べつにとめようとはしない。しばらくして盃をほして、

「あいつ、おれのことをよろこんでいないような気がするて」

と、ひとりごとをいった。

「そうでござる。……実は拙者も、ちょっぴりそういう気がしないでもないので」

陣左衛門が苦笑していう。

「なぜだ?」

「十兵衛どのがこられると、騒ぎがいよいよ大げさになりそうでな。御付武家の職にある者としては、御所の内外はなるべく静謐《せいひつ》であることが望ましいので」

成瀬陣左衛門が五千石の旗本であるのに対して、柳生十兵衛はかりにも一万二千石の大名の当主だ。

だからふつうなら、十兵衛どの、など呼んではいけないのだが、どうもそう呼びたくなる肌合いがある。また十兵衛が大名扱いされるのをきらう。ときには、十兵衛さん、といいたくなることさえある。

陣左衛門どころか、七郎、りんどうも、ともすれば十兵衛先生と呼ぶ。

こんどはその十兵衛のほうが苦笑した。

「おれはべつに騒々しいのが好きなたちではないが……敬遠されるといよいよ鼻をつっこみたくなる悪いくせが、少しあるかも知れんがね」

「わしからも願います。あの七郎を十兵衛どのに連れ帰っていただきたいのでござるが」

十兵衛は首をふった。

「いや、だめだ。あのようすでは」

「あなたのお力をもってしても？」

十兵衛は考えこんで、

「七郎に、もしおれを敬遠する気がありとすれば、それはあれに自信があるからだ。先刻、おれに助太刀無用というようなことをもらしたが」

「自信？」

「七郎め、おれの知らぬまに奇妙な剣法をおぼえおった」

「ああ、それはわしも首をひねっております」

「あのな、わが柳生の新陰流《しんかげりゅう》の源流は室町のころの陰流《かげりゅう》だが、おのれの心をかくすという、常人には容易に達成しがたい剣法のため、その後上泉伊勢守《かみいずみいせのかみ》どのが編み出された新陰流にとって代られて、その剣法は煙滅《えんめつ》していまは無い。おれも知らん。……七郎の会得したのは、その陰流ではないか？」

深沈《しんちん》と、つぶやくように十兵衛はいう。

「だれから修行したときいたら、独学だと申したが……おれは、あれは能からきたのではないかと思う」

成瀬陣左衛門は、眼をまろくしている。

「それからな、もう一つ気にかかることがある」

十兵衛は実に奇妙な顔で陣左衛門を見た。

「あれには憑《つ》きものが憑いておるようだ」

「憑きもの？」

「月ノ輪の宮という。――」

十兵衛はいった。

「実に途方もない想像だが……七郎は宮にホの字じゃないか」

陣左衛門はむしろ恐怖の眼で見かえして、

「ばかな！」

と、一喝した。

「いかに何でも、一介のいやしき舎人が、かつてみかどでおわした女性《にょしょう》に……な、なんたるたわけたことを！」

「だ、だから途方もない想像と申しておるではないか。……」

手をふって、十兵衛は、亀の子のように首をすくめた。

法皇さまの葱花輦《そうかれん》

一

あくる日の朝、十兵衛が、

「りんどう、その相国寺の八卦見のところへいってみようか」

と、いい、二人で出かけようとしているのを、玄関先で箒《ほうき》を持った仲間《ちゆうげん》の与平が、そのゆくさきをきいて、

「相国寺じゃ、きょう法皇さまの連歌《れんが》のお集まりがあるとかききましたぜ。門前に店は出てないかも知れません。ちょっと見て参りましょうか」

と、いった。

「ふうん、そうか。そうしてくれ」

と、十兵衛がいい、待っているところへ、朝早く所司代へいった成瀬陣左衛門が、あわただしく帰邸してきた。それが、思いがけない人物を同伴してである。

「や、服部《はっとり》ではないか」

と、十兵衛は眼をまろくした。

公儀忍び組の頭《かしら》、服部半蔵であった。彼は配下らしい二人の供をつれていた。

まだ三十なかばだが、面長《おもなが》の顔は爬虫《はちゅう》のようなぬらつきと精気を浮かべている。

「服部どのはこの十一月から所司代にきておられたそうでな。例の由比正雪を追ってな」

「ほ」

「その正雪が柳生に立ち寄ったとか、きのうの刺客のなかに丸橋忠弥がおったとか、わしからきいて、もっと詳細を十兵衛どのから承わりたいとのことで。──」

と、陣左衛門がいい、

「ともあれ、奥へ」

と、服部半蔵をみちびいた。

「異なところでお会いしましたな」

と、半蔵が十兵衛に話しかけた。

伊賀組で有名な服部家の正系は、わけあって三代で断絶したが、一族の血筋のこの男が、初代以来の半蔵の名と職をついでいることは十兵衛も承知している。江戸城のなかでもなんどか会ったこともある。

のみならず、そもそも服部家発祥の地、伊賀国は柳生ノ庄のとなりなのだ。にもかかわらず、いままであまり親しくつきあったことがない。

それは父の但馬守宗矩《たじまのかみむねのり》もまた大目付《おおめつけ》という諸大名監察の職にあったのに、双方の接触を禁じていたからで、それは老中からの指令か但馬守自身のなにかの思慮によるものか、十兵衛は知らない。

おなじ幕府の目付役でも、服部家は柳生よりもっと下の闇の世界の探索にあたり、またこちらは柳生一家だけなのに、あちらは老中直属の伊賀組という集団を作っているから、あまり階級とか制度とかにこだわらない十兵衛も、少々うすきみ悪くていままで敬遠してきたのだ。

だいたいいまの半蔵自身が、どっしりした冬瓜《とうがん》のような長い顔に柳の葉のように細い眼をして、それが銀色にひかっているのが、十兵衛にとっても別世界の人間を思わせる。

さて、従者二人を外に待たせ、奥座敷に通されてから、その服部半蔵が口をきった。

「実は江戸の由比道場には不審のことがあって、かねてから監視しておりましたが、さきごろ正雪の一行が西上したと知って、そのあとをつけて参ったところ、不覚にも鈴鹿《すずか》峠《とうげ》あたりでまんまとまかれました。こちらは空しく東海道を京へはいったのですが、正雪一行は伊賀から柳生を西へ向ったとやら、まことに汗顔のいたりで」

そして彼らは、柳生で陣屋を訪ねたそうだが、その動静はいかなるものであったか、おうかがいしたい、というのであった。

「いや、なに、何ということもない。まあ表敬訪問というやつで」

と、十兵衛は答えた。

正雪一行は七人ほどで、なかに丸橋忠弥、金井半兵衛という男がおったようだ、とはいったが、その丸橋の槍と立ち合った件など口にしない。

ただ、

「あの由比正雪、べつに密行とも見えず、それどころか得意げに紀州大納言さまをふりかざすので、先々大納言さまにご迷惑がかかるぞ、と忠告しておいたが」

と、いい、逆に、

「その由比に、不審なことがあるとは、いかような？」

と、きいた。

「いろいろありますが……まずあの丸橋という男、長曾我部《ちょうそかべ》の血をひく男でござる」

と、服部半蔵は答えた。十兵衛はちょっと片目をまろくした。

「ほう、あの四国の長曾我部、……といえば、盛親《もりちか》の？」

長曾我部といえば、秀吉時代、四国全土を支配する大豪族であった。が、そのあるじが盛親のころ関ケ原に西軍として参陣し、敗れて京の柳ノ厨子《ずし》に寺子屋をひそかにひらいていたが、やがて大坂の陣が起こると一軍をひきいて大坂城に入城した。なんでも京のあちこちに一領《いちりよう》の具足《ぐそく》をかかえた長曾我部の牢人たちをひそませ、「一領具足組」といったが、これを呼びあつめたのである。が、大坂の陣の勇戦もむなしく、落城後、捕えられて六条河原で斬られた。

その大坂の役からでももう三十五年たつが、長曾我部盛親の勇名は、当時十にもならぬ少年であった十兵衛さえ耳にしている。

「丸橋忠弥が、どうやらその盛親の妾腹《しょうふく》の子らしい、ということは探り出してござるが」

「ほほう」

「もう一人、嫡流《ちゃくりゅう》の子があって、これは薩摩にのがれた、とかいいますが、その後はわかりません。あるいは忠弥が薩摩で育って、その話がこんがらがったかも知れず。――」

「ふうん、薩摩とな」

と、十兵衛は首をひねったが、

「ま、いまさら豊臣の残党でもあるまいが」

服部半蔵はいう。

「しかし、長曾我部の忘れがたみが、由比一党のなかにおるとあっては知らぬ顔をしてはおられぬ。ましてや、その丸橋が、きのう月ノ輪の院の舎人《とねり》を襲った刺客にまじっておったとは、何とも奇々怪々」

「いかにもな」

「また陣左衛門どのの話によれば、相国寺の門前にいぶかしき人相見あり、それが柳生どのがおいでになる、ともきこえるたぐいの予言をしたとやら。――その前に丸橋は柳生にあなたを訪ねております。その占い師に、南の柳生にいま柳生十兵衛あり、と知らせたのは丸橋ではないか――という推量は如何《いかん》。で、その占い師をとり調べれば、由比一党の動静も判明するのではないか、と愚考した次第で」

「なるほど」

十兵衛は感心したように半蔵を見て、

「さすがは伊賀組の大将だな」

と、うすく笑った。

半蔵はニコリともしない。爬虫のごとく無表情だ。

「とにかくその相国寺の八卦見とやらのところへいってみよう。実はおれもおぬしにちかいことを考えて、これからりんどうとそこへ出かけるところだったのだ。や」

と、気がついた風で、

「相国寺はきょう法皇さまの御幸《みゆき》があるとかで、門前に占い師など出ておるかどうかわからんといって、先刻仲間《ちゅうげん》の与平がようすを見にいったのだが」

と、首をかしげた。

二

ところへ、その与平が帰ってきたという知らせがあり、呼びよせてきくと、法皇さまの御幸はたしかにあるが、ごく内輪のもよおしらしく、門前の店々はふつうどおり出ているとの報告であった。

「それではいってみよう。りんどうもこい」

と、十兵衛は、茶を持って出たりんどうに声をかけた。

成瀬陣左衛門、服部半蔵、その他二人の従者を伴ってのことだが、相国寺のほうへ歩きながら十兵衛がきく。

「法皇さまが相国寺で連歌の会をひらかれるとは、どういうわけだ」

「相国寺の方丈、宝塔、開山堂などは法皇が再興なされて寄進されたごいんねんがあるからではござるまいか」

と、陣左衛門が答えた。

「陣左、法皇さまの御付武家でのうて、よかったの」

「まことに」

陣左衛門がうなずくと、十兵衛は何を考えたか、

「あの後水尾《ごみずのお》の法皇は、太平記の後醍醐帝の再来だからな」

とつぶやいた。

「あのお方は、おれがこの世でこわいと思う何人かのひとのお一人だよ」

十年ほど前、十兵衛も、いまの月ノ輪の宮がみかどでおわしたころ、御付武家の一人として京に勤仕していたことがあり、そのときからみかどの父君《ちちぎみ》、後水尾法皇の世のつねならぬ豪放のご天性にすくなからず畏怖した記憶があるのである。

相国寺の山門のちかくまでいって十兵衛はふと立ちどまり、陣左衛門に、

「いや、たとえ笠をかぶっていても、このむくつけき顔ぶれがぞろりと前にならんでは、八卦見も胆をつぶすだろう。まずおれとりんどうだけがゆこう。あとはちょっと離れた店でものぞいていてくれ」

「合点でござる」

京らしく底冷えする日なのに、相国寺の門前、片側の土塀に沿って、いつものように露店がならんでいる。法皇が寺にきているのも、微行《びこう》とみえて商売に関係がないらしい。そして、りんどうがおととい見てもらった例の「幽夢堂」は、やはり見台を出して坐っていた。

十兵衛とりんどうはその前に立った。

成瀬陣左衛門と服部半蔵は、笠で顔をかくして、店二つ三つ向うの蠟燭《ろうそく》屋に寄って、品物をながめているふりをしている。

「八卦見。おとといこの娘に、南から剣難の風がくる、とか何とか占ってくれたそうだが」

と、十兵衛はりんどうにあごをしゃくって、いった。

「そりゃ、おれのことかね？」

ムックリふとって、ひげだらけで、達磨《だるま》か布袋《ほてい》みたいな幽夢堂は、ねむたげなまぶたのあいだから見あげて、

「何のことやらわかりませぬが、その娘御《むすめご》は存じております。あなたさまはどなたで?」

と、きいた。泰然自若としている。

「まあ、いい。それよりおれをひとつ占ってもらおうか」

と、十兵衛がいう。

「そのあとで、ちょっとききたいことがあるが」

彼としては、この占い師が、自分が京へくるのを予言したようなことをいったという、それは自分を知っている──少なくとも自分の名とうわさを知っているやつにちがいない──と、推測してここへきたのだが、この相手が自分を見てもまったく動揺を見せないので、いささかひょうしぬけした。

「さようか。では、お顔を」

占い師はうなずいて、大きな天眼鏡をとりあげた。

十兵衛は、見台の上ににゅっと顔をつき出す。

天眼鏡をとおして見いって──

「やあ、これは大剣難のかたまりじゃ!」

と、幽夢堂は大声をはりあげた。

「お客どの、あなたのおいのちは、すておかばあと三月《みつき》以内でござるぞ!」

十兵衛はそれより天眼鏡に片目を奪われていた。易者のほうからも十兵衛の顔が見えるだろうが、こちらも易者の眼が巨大化して見えたのだ。

それはりんどうをふらりとさせた、瞳孔に燐《りん》のような光を持った眼であった。が、十兵衛はきのう塔の壇で、ほんの一息ほどの時間だが、剣をもって相対した人間の眼をそこに見たのだ。

実はあのとき相手は深編笠をかぶっていたのだが、それにもかかわらず、十兵衛だけはその男の眼を――眼というより、燐のような光を心眼に灼《や》きつけていたのである。

「おおっ、薩摩示現流！」

思わず叫んでいた。

三

その声に何の反応もなく、ただ幽夢堂は天眼鏡をゆっくりと横にずらしている。

あとに残った顔は、依然としてねむたげな細い眼をしていた。

とたん、その天眼鏡がまっこうから十兵衛の顔面めがけてたたきつけられた。のけぞって、間一髪これをかわした十兵衛の前で、見台がひっくり返され、これもあやうくとびのいたものの、不覚、その一角で向《むこ》うずねを打たれて、十兵衛は思わず片ひざをついた。

「きゃあ」

思わずりんどうは悲鳴をつっぱしらせていた。

十兵衛は、すっくと立ちあがった幽夢堂を見た。その下がり眉がぐいとあがり、ねむたげな眼が爛《らん》と大きくなり、だぶだぶした身体がみるみる筋肉の瘤に——つまり、相貌も体形もまったく一変したのを見た。

それから十兵衛は、幽夢堂の片手に、いままで見えてなかった刀が——おそらく見台の下にでもとりつけてあったのだろう、一本の、あの塔の壇で見た凄じい豪刀が、すでに鞘をはらって握られているのを見た。

次の瞬間、その大刀をふりかざして、たおれた見台を鷲のごとく飛びこえてこようとする幽夢堂へ、びゅっと何やらが飛んでいった。

幽夢堂が見台を盾にしてかわすと、それは向うの露店商人の一人に命中したらしく、そのあたりで悲鳴とともに倒れる影が見えた。

「いま、マキビシを投げたのは、伊賀組の服部半蔵か」

ふたたび姿をあらわした幽夢堂はそちらにむけた眼を、尻もちついたままの十兵衛にもどし、

「おい、ここで刃物沙汰はやめよう、店を出しておる衆に迷惑だ。勝負はあちらで」

いうと、さっと羽ばたくように一方へ大きく飛んだ。その場所で、ひげのなかから白い歯を見せて、

「柳生十兵衛、しかしおれの八卦はよくあたるぞ。お前はまもなく死ぬのじゃ」

捨てぜりふを吐くと、背を見せた。

こちらの顔ぶれを、みんな知っている。

思うに、最初に十兵衛を見たときから、しょせんぶじにはすまぬと見て、爾後《じご》の算段をしていたのだろう。それにしてもきのうのきょう、相国寺前に以前通り見台を出すとは大胆なものだ。

これまでが、ほんの数瞬の動作であった。

怪しんでここへきたものの、まさかその占い師がきのうの刺客の首領とは思わず、さしもの十兵衛も口をぽかんとあけて見送っている。

おどろくべきことはそれだけではない。

その易者が、髪は総髪ながら、十兵衛も知っているあの丸橋忠弥とどこか似かよう容貌の人間に変ったのを彼は見たのだ。

その変化《へんげ》ぶりを見た刹那から、迅速無比の行動を起こしていたのは、十兵衛よりむしろ服部半蔵であった。

「あっ……きゃつ、化生《けしょう》のものだ！」
二、三間《げん》離れたところで、うめきつつとっさに半蔵は、釘をねじくれさせたマキビシを投げ、それがそれたと見て、
「あれのがすな」

下知《げち》とともに二人の従者が、刀をひらめかしてはね飛んできた。

その敏捷《びんしょう》さは、さすがに伊賀組の者と見えたが、追いすがったとみるや、走りながらの占い師のうしろなぐりの一閃《いっせん》に、一閃だけで二人とも血けむりをたててつんのめっている。

そのまま、怪八卦見はのがれ去る。

四

ならんだ露店のうしろを、土塀《どべい》に沿ってかけてゆくのだが、そのあたりはたちまちつむじ風のような混乱に吹きくるまれてゆく。

われにかえって、十兵衛がおどりあがる。服部半蔵と成瀬陣左衛門も追う。十兵衛はびっこをひいている。

勝負はあちらで、といったくせに八卦見は、人々をつきたおし、はねとばしながら、山門の前を走りぬけ、そちらに店はないのになお土塀に沿って遠ざかってゆく。

――と、その大きな影が、突然ふっと消えた。まがり角でも何でもない場所だ。

追っかけた十兵衛たちは、そこからちょっとはいって、もう一つりっぱな門があることを知った。あとでわかったことだが、それは勅使門《ちょくしもん》と名づけられた門で、ふだんはいつも閉じられたままなのだが、その日はあけられていたのである。――占い師は、その門に逃げこんだに相違ない。

ところが、ちょうどその門から一団の行列が出てくるところであった。

その異風ぶりが、十兵衛たちを棒立ちにさせてしまった。

声がきこえた。

「そこのけ、これは後水尾法皇さまの御輿《みこし》であるぞ！」

これには十兵衛はもとより、月ノ輪院御付武家の成瀬陣左衛門も、公儀忍び組の服部半蔵も、反射的に両側にとびのいて、門の外にひざをついてしまった。

白丁《はくちょう》たちにかつがれて、御簾《みす》と紫のまんまくにかこまれ、屋根に金色《こんじき》の葱坊主《ねぎ》のような玉を据えた輿《こし》であった。帝《みかど》か上皇、法皇だけが乗る葱花輦《そうかれん》にまぎれもない。

——後年、昭和天皇の大葬にあたり、ご遺骸を御陵に運んでいったのがこの葱花輦である。

舎人《とねり》や白丁たち、三十人ほどに護られて、その行列は威儀粛《しゆくしゆく》々と勅使門を出ていった。——

見送って、その影が消えてから、三人は門から数歩かけこんだ。

門の内側には広い池がひろがって、そこに手前から向うへ、大きな太鼓橋がかかっている。が、その橋にも、まわりの砂利の庭園にも人影らしいものは見えない。

さらにはいろうとすると、

「待て待て」

と、あわてて声をかけて、かけよってきた者がある。

「ここは高貴の方のみお通りなさる勅使門じゃ。凡下《ぼんげ》の通行はならん！」

六尺棒で前をふさいだのは、二人の番人であった。いままで観音びらきの扉のかげにうずくまっていたようだ。

一瞬、とまどった陣左衛門が身をたてなおし、

「ああこれ、わしは月ノ輪院の御付武家、成瀬陣左衛門と申す者じゃが――法皇は還御《かんぎょ》なされたのかな」

「へえっ？」

番人は眼を見ひらいて、恐縮したていで、

「いえ、法皇さまは今夜も当寺の蔭涼軒《いんりょうけん》にお泊りで、御輿と供侍の衆だけ、ひとまず仙《せん》洞《とう》御所のほうへおかえしなされましたので」

「なに、それではいま御輿は、ありゃからっぽか」

三人は啞然として顔見合わせた。

服部半蔵がつぶやいた。

「御輿はともあれ……いまのお供のなかに八卦見の姿などはなかったな」

「まさか」

と、陣左衛門が肩をゆすった。

三人は、狐につままれたような表情で、もときた道を、相国寺の山門のほうへひきかえしていった。

途中で、半蔵がはっとわれに返った風で、

「何にしても、きゃつ、わが伊賀者を一太刀で斬りおった。——ごめん！」

と、叫んで、一足先に走り出したのは、さっき占い師に斬りすてられた配下のことを思い出したのだろう。

それとすれちがうように、りんどうが梨の花のような顔色でかけてきた。

「どうなりまして？」

と、きく。

「のがした」

憮然《ぶぜん》として十兵衛は答え、ひとりごとのように、

「これでわかったことがあるが、いよいよわからんことも生じたわい」

と、いった。

「わかったことは、あの八卦見が、きのうの刺客の首領と見えた示現流の使い手と同一人であったことと。それも、丸橋忠弥と兄弟、年ばえからしておそらくその兄にあたること。しかもさきほどの半蔵の話によれば、大坂の陣のあと長曾我部盛親の忘れがたみが薩摩にのがれたというが、おそらくそれにちがいないこと……だ」

と十兵衛は首をひねって、

「わからんことといえば、その男がなぜあんなところで、十年以上も易者をやっておったのか？　それから、これははじめからの不審だが、そんな素性の、いわば豊臣の残党

ともいうべき人物が、なぜ能役者の小伜《こせがれ》、一介の舎人《とねり》金春七郎を狙うのか？　ということだ」

「いかにも、それこそ大怪事でござるな」

「七郎がふしぎな剣法を使うから、といったが、それはあとになってのことだろう。そもそも、なぜ七郎を狙うのか、そのとっかかりがわからんのだ」

「殿さま、兄を連れて帰って下さい。おねがいでございます」

りんどうがしがみつく。たったいま、怪占い師の凄じい殺戮ぶりを目撃したのだから、いよいよ恐慌をきたしたのはむりはない。

「いや、ますますもって面白いことになった」

ぐらぐら、ゆすぶられながら、

「りんどう、お前の気持はわからんでもないが、七郎は帰らんよ。そして、なぜか七郎もおれを敬遠しているようだが、おれも帰らん。――帰らざらん、京洛まさに荒れなんとす」

と、十兵衛はわけのわからぬことを口走って、

「陣左、ひとつたのみがある」

「なんでござる」

「おぬしのはからいで、月ノ輪の宮にお目にかからせていただくわけにはゆくまいか？」

「おおっ、月ノ輪の院に――」

陣左衛門は眼をひろげて、十兵衛を見て、

「そういえば、いつぞやあなたが七郎を連れて京にこられたとき、宮があなたをなつかしがっておられると拙者が申したところ、あなたは、まあお目にかかるのはよそう、と、柳生に帰ってしまわれたことがありましたな」

「あのときはあのとき、いまはいまだ。……七郎が帰らぬのは、宮のお申しつけだという。あれほど七郎を縛っておいであそばすいまの宮を、あらためて拝見したいのだ」

彼にしてはめずらしく、万感にみちた隻眼を空にあげて、

「宮とお別れしてから六、七年になるか」

と、つぶやいたが、そのとたん小石につまずいて、しゃがみこみ、向うずねをかかえて、

「イテテテ！」

と、悲鳴をあげた。

さっき占いの見台に打たれた痛みがいま出てきたらしいが、あまり柳生十兵衛らしくない。

帝なりし女人

一

　十兵衛のお目通りは、きょうのあすというわけにはゆかなかった。

　拝謁の対象が女院《にょういん》だからむりもないといえるが――このことを依頼した成瀬陣左衛門が妙なことをいった。

「いや、宮に申しあげたところ、柳生十兵衛なら是非会いたいと仰せられたのでござるが、七郎から異議が出ましてな」

「七郎が異議？」

「十兵衛先生が出てこられると、十兵衛先生を一連の騒ぎにまきこむ心配があります、とか。――それを宮にも申しあげたらしうござる」

「あいつ、まだそんなことを申しておるのか。おれはすでにまきこまれておる」

「実は拙者もためらうところがござるので」

「何を？」

「こないだ十兵衛どのは七郎に、宮はお美しいか、ときいたり、また拙者に、七郎は宮にホの字ではないか、など申されたが」

「あ」

十兵衛は頭をかいた。

「あれは冗談だ」

「そういう冗談がこまるのです。ことは女院、元みかどにかかわる話でありますから」

と、おごそかな顔で陣左衛門はあらためてたしなめた。

そう訓戒したものの、数日後、成瀬陣左衛門は、いよいよ明日月ノ輪の院に拝謁のおゆるしが出た、と伝えた。

あくる日、十兵衛は陣左衛門と四、五人の足軽とともに出かけた。

十兵衛と陣左衛門は笠に合羽をつけて、馬に乗っている。前夜からの雪が牡丹雪《ぼたんゆき》となってふりしきっている朝であった。

例の相国寺の本堂の屋根や宝塔も、雪にけぶっている。あの怪しい八卦見《はっけみ》は、あれ以来、さすがに姿を見せないことも十兵衛は知っている。

やがて渡る四条大橋からの鴨川の眺めも雪にかすんでいる。

実は天下が徳川の世となってから、目に見えてうらさびれている京なのだが、雪となると、その蕭条《しょうじょう》ぶりがいっそう美しい。

ゆくてはいわゆる東山《ひがしやま》三十六峰の南端のふもとにある今熊野《いまくまの》の泉涌寺《せんにゆうじ》だ。

そこへ近づくにつれて、しかし柳生十兵衛の顔は、馬上、次第に——彼にはめずらしい憂愁の色を浮かべてきた。

これから伺候《しこう》する月ノ輪の女院は、先代のみかどでおわした方である。前にのべたように、のちのおくり名を明正《めいしよう》天皇という。

明正天皇が百九代の天皇位につかれたのは、七歳のときであった。

幼少にして帝位につくのは、壇ノ浦の八歳の安徳《あんとく》天皇のように、べつにめずらしい例でもないが、それが女帝であったというのはやはり特殊である。

それにはやはり、次のように異常な事情があった。

父帝はいまも仙洞《せんとう》御所にある後水尾法皇だが、徳川が天下をとってから陰に陽に朝廷を束縛しようとする方針は、法皇が天皇であったころにきわまった。

まず、元和《げんな》六年、時の将軍秀忠は、女《むすめ》の和子を天皇の女御《によう ご》として入内《じゆだい》させた。

天皇はこれに抵抗し、幕府にあてつけるように女狂いの行状をほしいままにした。その結果身籠った女官や白拍子《しらびようし》たちは、幕府の手によってことごとく堕胎させられた。

ついで寛永四年七月、そのころ将軍は和子の兄、家光となっていたが、有名な「紫衣《しえ》事件」なるものが起こった。高僧に対して紫の衣を授けるのは天皇の権限であったのに、幕府の許可なくして大徳寺の沢庵らに紫衣を許したといって、それを剝奪《はくだつ》し、沢庵らは出羽《でわ》に流されたのである。天皇の意志はまったく無視されたのだ。細川忠興《ただおき》はこの事件について、「主上この上のおん恥これあるべきや」と記している。

さらにまた、寛永六年の十月、春日《かすが》の局《つぼね》の「天盃《てんぱい》事件」というものがあった。

彼女は将軍家光の乳母ではあったが、叛将明智光秀の老臣の娘で、無位無官の女性にすぎない。天皇に拝謁するにはそれなりの身分や手順が要る。それなのに彼女は突然上洛して、強引に参内《さんだい》した。天皇はやむなく彼女にあいさつとして盃を賜《たま》わったのである。実は彼女が春日の局などという名をつけられたのが、このときなのである。天盃を賜わったものの、朝廷側からは言語道断の沙汰と見られた。

このころ女御和子はすでに中宮《ちゆうぐう》となっていたが、天皇との間は甚《はなは》だ不仲であった。それでも何人かの子ができていたのは、そこが男女の常というべきか、あるいは怪事というべきか。そのなかに興子《おきこ》内親王もあった。

とにかく右のことどもをはじめとする幕府の専横に、とうとうがまんの緒を切って、その寛永六年十一月、まだ三十三歳の若さなのに、ついに天皇の名を投げすてたが、譲《じよう》位《い》したのがわずか七歳の興子内親王であったというのが、幕府に対するつらあてのあらわれである。

柳生十兵衛が御付《おつき》武家を命じられたのは、その女帝が十六歳になられたころで、それから五年ばかり仕えた。

実は御付武家などという職が設けられたのが、和子が入内すると同時で、禁裡《きんり》の内部まではいりこんで監視しようという幕府の目付役だが、むろん十兵衛はその目的には全然合わない無能な御付武家であった。

そして、天皇が二十一歳のとき、弟宮に譲位されるといううわさの立ったころ、その職を免ぜられて、江戸へ帰った。——

天皇は譲位したものの、父の後水尾法皇がそのころでもまだ四十七歳という壮年で仙洞御所に健在なので、それ以後はこの泉涌寺という東山の寺に、月ノ輪の宮としてものしずかに暮してきた、といういきさつであった。

二

指おり数えれば、女人《にょにん》天皇の十六歳から二十一歳のときまで、十兵衛は三十二歳から三十七歳のときまでお仕えしたことになる。

美しいみかどであった。

十兵衛は、こんな女性をそれまで見たことはない。伯母の千姫さまによく似ているといううわさは耳にしたことがあるが、千姫さまとてこんな神性ともいうべき美しさはそなえていられないだろう。

そのくせこの女帝は、蕊《しん》にふつうの女性にはめずらしい、火のような気力をつつんでいられるのである。それは曾祖父の大御所の血を伝えたものか、父君《ちちぎみ》の後水尾法皇の血につながるものか。——豪快奔放な十兵衛さえも、ウヘーと頭をかかえることが何度かあった。

たとえば。──

「柳生、そなたはなぜ妻を迎えぬのじゃ？」

「は、妻を持ったこともございますが、早く亡くなりました」

「その妻に義理立てしているのか」

「いえ、そういうわけでもございませぬが」

しばらく考えて、

「お前が片目なので、くる妻がないのか」

「………」

「可哀そうに、片目じゃとてお前は剣の名人ときく。私にはお前が、徳川の侍にもまれな、りっぱな男と見えるけれど」

「おそれいりたてまつる」

「世の女どもは、一つ目どころか両目もないと見える」

──これが、女帝がたしか十六、七でおわしたころに十兵衛とふとかわした問答だと記憶している。

このおかたを世のつねの女の運命《さだめ》におけば、決してぶじにはすむまい。

十兵衛は、そう考えることがしばしばであった。

が、この女人は一天万乗《いってんばんじょう》の天皇なのであった。

たとえいま幕府の監視下にあるとはいえ、それ以上幕府もどうもすることもできない聖なる地位は、このおかたの七つのときに決められた。

女帝としてもはやこのおかたの清浄不犯《ふぼん》のおん掟は動かない。たとえ天皇をやめられたとて、その戒律は変らない。

そのことを、このおかたはどこまでご自覚なのか？

すべてご承知で、雄々しくその天命を果たそうと覚悟しておられるようにも見えたし、また、ただ高貴な人形のように受動的な日々をすごしておられるようにも見えた。

いずれにせよ十兵衛は、玲瓏《れいろう》たるこの女帝の内部に悶《もだ》えている羽ばたきのようなものを感じとっていた。

十兵衛はこのおかたのこれからのご一生を思うと、彼らしくもなく感傷の心に満たされた。「ああ、おきのどくなおかた」と、嗟嘆《さたん》のつぶやきをもらさずにはいられなかった。

やがて十兵衛は御付武家をお役ごめんとなって江戸に帰り、その後みかどは譲位され、さらに数年後、金春七郎をつれて京へきて、成瀬陣左衛門のところに奉公させたとき、

「月ノ輪の院は、ある意味ではご不幸な方だ。何かにつけて十兵衛の身代りだと思って、心をこめてご奉公してくれ」

と、特に言葉をかけたのは、宮への同情がその後もつづいていたからであった。

三

いま、その上皇のいます洛東泉涌寺の総門をくぐって、乗ってきた馬と足軽を塔頭《たっちゅう》の一つに託し、柳生十兵衛と成瀬陣左衛門は、両側のうっそうたる林にはさまれた道を、二人だけでのぼってゆく。

昨夜からの雪は、まわりの松、杉、檜《ひのき》など枝を白く染めて、道も一、二寸埋めている。大門の下に立つと、やや下り坂になっていて、そのむこうの仏殿、舎利殿《しゃりでん》などの建物が見下ろせる、山水に富んだ京の寺々のなかでも、ひときわ幽邃《ゆうすい》な泉涌寺だが、それが雪にけぶっているので、いよいよこの世のものでない美しさを浮びあがらせている。

背景となっている東山の山裾には、鎌倉期の四条天皇を祀《まつ》る月ノ輪陵があって、それゆえここに住むいまの上皇を月ノ輪の宮と呼ぶ。

――お別れして以来六年。

下り坂を下りながら、柳生十兵衛の胸はしだいに波だってきた。彼にしてはほんとうにめずらしい現象である。

三年前、七郎を京へつれてきたとき、陣左衛門が、「上皇はあなたをなつかしがっておられる。よい機会だ。拝謁をとりはからって進ぜようか」と、すすめたのに対し、「いや、おそれ多い、ご遠慮しておこう」といったのは、そのときも胸の波だちを感じて、それをはらいのけるために出た言葉であった。

「雪のせいか、あまり人影が見えぬが……」

と、十兵衛がまわりを見まわしていった。

「御付武家のほうで、番人を詰めさせてはおらぬのか」

「宮がそれをおきらいなされてな」

と、陣左衛門がいった。

「寺に侍は不似合いじゃ。金春七郎一人がおれば大丈夫、と仰せなさる」

「その七郎が狙われておるというのに、よくこれほど無人と見えるところに、刺客たちが乱入せぬものだな」

「かりにも御所、この聖域に乱入して狼藉すれば、所司代のほうで捨てておかぬ。そこはいかなる乱暴者でも承知しておりましょう」

舎利殿の横まできたとき、その奥のほうから、一人の舎人《とねり》姿の男が出てきた。

金春七郎であった。

「ようこそおいでなされました。宮はお待ちかねでござります」

と、いったものの、笑顔もみせず、顔色はむしろ沈んでいる。

ちらと十兵衛は、この弟子が自分の「参内《さんだい》」に異議を出したということを思い出した。

御所だから参内にちがいあるまいが、それは寺の奥まった一劃《いっかく》にあった。もともとあった古い建物に、いくつか新しい居館を加えて五棟ばかり。御所というのも気がひけるほどだが、それでも僧のほかに女官や身分ひくい公卿《くげ》、雑人《ぞうにん》のたぐい――数十人はいるはずだが、一帯ひっそりかんとして、それらしい影も物音もないのは、雪のせいか、それとも何かのさしずによるものだろう。

三日にいちどはここに出仕しているはずの成瀬陣左衛門も、いぶかしげな顔をしていたが、御座所《おましどころ》と称する建物の入口で、七郎に、

「宮はまず柳生さまだけに会いたいと仰せられております。おそれいりますが、成瀬さまはこちらでお待ちを」

と、申しわけなさそうにいわれ、すぐ近い一室に追いこまれてしまった。

十兵衛だけ、片目をパチクリさせながら、奥の書院に通された。広間にはちがいないが、御所というよりやはり寺院としか思われない――それも簡素といっていい一室であった。それでも香のかおりがし、唐獅子《からじし》を彫った大きな手あぶりが、二つおいてあった。

やがて。――

「宮さま出御《しゅつぎょ》にござりまする」

と、七郎がささやくと、十兵衛がきたのとは反対の大障子がひらかれて、回廊のほうから、三人の女性がはいってきた。もっとも、十兵衛はひれ伏したままだ。

「柳生」

鈴をふるような声だ。

「なつかしや、十兵衛。ようきてくれた。顔を見せてたも」

十兵衛は顔をあげた。

正面に坐っているのは、まさしく月ノ輪の宮であった。左右に侍《はべ》っているのは女官だろう。

宮は切髪にして、白小袖に白いかいどりを羽織っていた。が、まさしく月ノ輪の宮といったけれど、これがあの宮か？

むろん容姿はそれにまぎれもないが、印象が六年前とまったくちがう。うすい口紅の色は見えるものの、ほかに一点の色彩もない純白の姿なのに、目まいするほど豊麗、いや、むしろ妖艶の光芒につつまれている。

四

牡丹雪――そうだ、牡丹雪の精だ。

「ああ、昔の柳生十兵衛と変らぬのう。その一つ目もなつかしい」

「ありがたきお言葉で、恐悦しごくに存じまする」

「お前と昔ばなしをしたいけれど、いま、その心の余裕がない」

と、宮はいい出した。

「そなたが七郎の身を案じて京へきたことをきいて、私はすぐに呼びたいと思うた。が、七郎はそなたを騒ぎの渦にまきこみたくないという。それをおして、やはりそなたを呼ぶ気になったのは、そなたにたのみたいことがあるからじゃ」

「拙者におたのみとは？」

「その前に、七郎が怪しき刺客にいくども襲われたことは知っているであろ」

「は」

「それは何者か――刺客を向けているのはだれか、また何のためにそんなことをするか、知っていやるかえ？」

十兵衛の隻眼がぴかりとうすびかった。それこそは、知らんとして彼がここへきた最大の眼目であった。

が、彼はただ、

「いえ」

と、首をふった。

「事の起こりは、とるに足りないことからだったと思います。あるとき、ふと御付武家の若党七郎が、能役者金春家の血をひくものであることを知って、能を舞ってみせてもらい、その芸に感心した。いままでに見た京の能とはちがう。そこでもっと自由にあれの能を見るために、成瀬にたのんで舎人にとりたてた。……それが騒ぎのはじまりです」

ふかい吐息をついて、宮はいう。

「それを慣例にないこととして、とやかく申すのみか、ほんとうに途方もない邪推で色どりしてある向きへ注進した者があるのです。いっておくが十兵衛、この月ノ輪の御所におる官女、公卿のなかにも、おつとめだから私のまわりにいるものの、まことは心ここにないものどもはたんといる。そこで、七郎を遠ざけよ、という忠告があり、つぎには七郎が外に出たときこれを手にかけようとする者さえあらわれた」

そのいきさつは、陣左衛門やりんどうからもきいている。

「これに対して、私はあらがう心を起こした」

月ノ輪の宮の片頬に翳《かげ》のような笑いがほられた。

「そもそも私が七つで御位についたのも、それから十何年かその地位にあったのも、まったく人形のような日々であったことは、そなたも知っていよう。興子《おきこ》という人間は無でした。でも、私はそれを尊い天職と心得てきました。けれど、これも他人の意向しだいでその地位を去り、この寺に閉じこめられても、私の好みの能を見るくらいの愉しみが許されないのか。興子はこれからの一生、死ぬ日まで無の暮しを守ってゆかなければいけないのだろうか？　という疑いが胸に生まれてきたのです。十兵衛、私はそなたの知っているころの私とは変りました」

さっき笑いの翳を走らせたものの、この元女帝に暗い血がめらめらともえているのがわかる。

その運命《さだめ》こそおきのどくな、とは、そのころから十兵衛の胸を暗愁にみたしていたことだ。あやうく十兵衛は、ごもっともでござる！　と叫び出すところであった。

「意地でも、私は七郎を離しとうない。けれど、そんなあやうい目にあわせてまでも傍においておくのは七郎も可哀そうです。ゆきたいならおゆき、私は七郎にそういった。すると七郎は、私の望みがそうであるかぎり、決しておそばを離れる気はないと申すのです」

そのことは、これまで七郎からもきいている。

が、同じことが宮の口から語られると、それに対する印象はまったく一変した。七郎がここにいるのは、まったく宮への献身からだと、十兵衛は認めないわけにはゆかなかった。

「それどころか七郎は、それは決して忠義のためばかりではない。実は自分は柳生十兵衛先生から剣術の手ほどきを受け、かねてからそれに自分の新工夫を加えたものをためしてみたいという望みがあり、自分を狙う者があればかえって本懐だというのですが、能はともかく、剣でもこれほどの腕を持つ男とは私もびっくりした」

「拙者も驚いております」

と十兵衛はいって、うしろをふりかえる。

金春七郎は両手をたたみにそろえて、その上にひたいをあてたままである。

「けれど、その腕がかえってたたりをなしたようでもある。はじめただ七郎を私のそばから追いはらえばよいとしていた敵が、七郎の手なみにうろたえ、本気になってきたようなのです」

「ははあ」

「七郎はこちらにご迷惑が及ぶならおいとまをいただきますが、という。私は首をふった。もはやこうなっては、たとえお前がよそにいったとてぶじにはすまぬ。ここにいや、まさか、ここにおしかけてくる刺客はあるまい。それどころか闇から闇へ七郎を葬りたいのは向うじゃ。公然と正体をあきらかにして襲ってくることはあるまい、と」

宮は昂然《こうぜん》と顔をあげて、

「しかも興子は、ただふるえながら七郎をここにかくしておるのはイヤなのじゃ。そうしておれば、かえって敵をたわけた邪推にかりたてるであろ。私は御室《おむろ》の桜も見たい、嵐山の紅葉《もみじ》も見たい。そのときは、意地でも天日のもとに七郎を連れてゆきたい。――」

そして、十兵衛をひたと見つめて、

「柳生、そなたにたのみがあるとはそのことじゃ」

「と、仰せられると？」

「いかに七郎が剣に自信があろうと、相手が相手じゃ。十兵衛、七郎を助けてやってくれぬかえ？」

十兵衛が何かいい出すより、七郎が声を出した。

「それはあまりに申しわけない――」

「お前のためばかりではない」

月ノ輪の宮は叱りつけるようにいった。

「さきほどから申すとおり、興子の意地のためじゃ！」

しばしの沈黙ののち、

「その御用、承知つかまつってござりまする」

と、十兵衛はいった。

隻眼がむしろよろこびのかがやきをはなって、

「ただしかし、いま相手が相手と仰せられましたな。どうやら宮には敵の正体をおわかりのように拝察いたしまするが。――」

「父君です」

月ノ輪の宮はいった。

脳天を鉄丸のようなもので打たれたような思いがした。眼を茫然と見ひらき、口もぽかんとあけて――声が出たのは数呼吸のあとのことであった。

五

「父君と仰せられますと、あの、仙洞《せんとう》御所におわす法皇さまのことで。……」

「そう思う」

さっき、いっとき紅潮していた宮の頬はいま蒼白に変って、

「最初に七郎を追放せよと申しこされたのは法皇からでした」

「な、なぜ法皇さまがさようなことを？」

十兵衛の声もおののいている。

ひくい声で、宮は答えた。

「おそらく天皇家に一点のしみをつけることを怖れられてのことでしょう」

「それにしても、法皇さまが、お子さまの宮に刺客など――」

「私にではない。舎人の七郎にじゃ」

「それにしても仙洞御所に、刺客など養っておられるのでござりましょうか」

朝廷監視の所司代というものがあるはずだ。また仙洞御所つきの御付武家もいるはずだ。

「私が思うには、法皇はひそかに町の浪人など使うておられるのではないか。――」

と、宮はいった。

卒然として十兵衛の頭に、あの相国寺《しょうこくじ》門前の怪占い師の影がかすめすぎた。また、彼が逃げこんだ相国寺から、代って法皇さまの葱花輦《そうかれん》が出てきたことを思い出した。その輿《こし》に法皇は乗っていられなかったときいたが、それにあの八卦見が乗っていたのではないか？

あの占い師は、法皇の側近と顔見知りなので、とっさにそんなことができたのではなかったか？

唐金《からかね》の手あぶりは、しずかに青い炎をゆらめかしているが、部屋そのものは凍結したような数瞬がすぎた。

「十兵衛、そなたに救いを求めたのはこういうわけです」

宮はいった。

「七郎を助けてくれる者は、世のなかにそなたしかない。……助けてくれますか？」

十兵衛はうしろをふりむいた。金春七郎はなお自分の手の甲にひたいをつけたままである。

こいつは自分を狙う者の正体を知らないといったが、実は知っていたのだ、と十兵衛は思った。

が、おれに嘘をついたと腹をたてるより、それはおいそれと口にできない名であったと理解した。事実なら、まさしく夢魔のような怖ろしい敵の正体であった。

「かしこまってござりまする！」

と、十兵衛は平伏した。

「それでは、十兵衛、ここにいてくれますね？」

「はっ」

「ところで、あちらに成瀬が待っているはずですが、あれにどういおう？」

十兵衛ははたと当惑した。

「あれは御付武家ながら、血もあり涙もある侍のように私には思われる。いっそいま私の申した事情を打ちあければ。……」

「滅相もござりませぬ！」

十兵衛はあわてて首をふった。

「七郎を狙う浪人どものうしろに法皇さまがおわすなど……きけば成瀬も御付武家としての職務上、黙って見すごしておることは相なりますまい」

「やはり、そうか」

「ただ、あの男、拙者を信じてくれておる友人でもあります。拙者がこうするといえば——拙者が当分この寺におると申せば、深くはきかず、黙認してくれるでござりましょう」

月ノ輪の宮はまた何か考えている風であったが、やがて思い決したように、

「いま、そなたは、当分、といったが、いかにもその役目、いつまでも、というわけにもゆくまい、来年、と申してもまもなく年が変るが、一月七日ごろ、事はおさまるかも知れぬ。それまで、たのむぞえ」

「一月七日？」

「このちかくの清水寺《きよみずでら》では、元旦から修正会《しゅうしょうえ》がある。その結願《けちがん》法要が七日なのじゃ。その日に法皇さまが清水寺においであそばすときいている。そこへ私もおしかけていって、なぜあのようなことをなさるのか、じきじきに法皇さまにおききしようと思う」

「——えっ」

「そして、できれば法皇さまに、七郎の能を御見《ぎょけん》にいれたいと思う。七郎の能をごらん

になれば、私がこれを手許《ても》においたわけをわかっていただけると思うのじゃ」

　金春七郎が、うしろで、しゃっくりのような驚きの声をたてた。

「七郎によもやのことがないように、十兵衛、その場にそなたもいてたもれ。私がそのようにとりはからう」

　御前を退出して、金春七郎といっしょに十兵衛は、成瀬陣左衛門のところに戻ってきて、

「いや、ひょんなことになった。宮からのおさしずで、しばらくおれはこの御所におることになった」

　と、いった。

「ほう」

　陣左衛門はしかし意外に驚かず、それについて別にききかえしもしなかったのは、あるいはそんなこともあり得ると予測していたのかも知れない。それに彼自身三日にいちどはここに出仕してくるということもある。それより、

「七郎、いいのか」

　と、十兵衛のうしろをのぞきこむ。

「宮のご下知《げち》だ。七郎がいやも応もない」

　十兵衛は一笑して、

「それにおれは、ものぐさのくせに、ひとがいやがるとかえって鼻づらをつっこみたく

なる性分でな」

「宮は以前の宮ではないでござろうが、どうでござる？」

と陣左衛門がきく。

「ああ変られた。みかどでおわしたころは、機鋒《きほう》のご片鱗は見られたとはいうものの、それでも乙女らしうあどけなく、万事人形のように受身がちであらせられたが、さすがにいまは——二十七にならせられると申したな——思うことをしっかりと口にあそばす」

と、十兵衛はうなずいて、

「むしろ、胸にあることを口にする、と、覚悟をきめられてお暮しのようだ」

「さよう、わしもいつもへきえきしております。さすがはあの法皇さまのお血をひいておられる」

と、陣左衛門はいって、十兵衛の片目が恍惚とかがやいているのを見た。この人物が、こんな目つきになるのを、陣左衛門ははじめて見た。

が、いま陣左衛門の「法皇のお血をひいておられる」という言葉をきいて、恍惚としていた十兵衛の一つ目にさざなみが立った。

刺客のあやつりびとは、その法皇さまであるというのだ！

十兵衛はぶつぶつと独語のようにつぶやいた。

「相手が何者であろうと、七郎を狙って吸いよせられる者を退治する。それがおれの役目じゃ。……」

陣左衛門が気がかりそうにいった。

「柳生どの、あなたがこの寺に籠《こも》られるのは了承したとして、それでいよいよ事を大きうされては、この陣左が当惑いたしますぞ。この一件、すべて闇のなかで処理するのが公儀の方針でござりますぞ。……」

「わかっておる。こういうわけだから、陣左、しばらくりんどうをたのむ」

十兵衛が頭を下げると、七郎もあわててピョコンとおじぎをした。

対決

一

こうして柳生十兵衛は、月ノ輪の御所に宿直《とのい》することになった。

御所の建物の一つに、舎人《とねり》や雑色《ぞうしき》などが合宿している一棟がある。十兵衛は別の棟に一室を与えられたのだが、それをことわって、金春七郎と相部屋にしていただきたい、といい出した。

七郎は弱りはてた顔をしたが、十兵衛は平気で、

「おれはお前の用心棒だから、お前のほうがいばっておれ」

一介の舎人を守るための一万二千石の用心棒。

七郎が恐縮したのも当然だが、意外にこの助ッ人大名は世話をかけなかった。市井《しせい》の浪人とまったく同様だ。

もっとも、何もしない。毎朝、ただいちど月ノ輪の宮のところへごあいさつに伺候《しこう》し、

夢みる少年のような顔つきと足どりで帰ってくる。あとは一日じゅう、坐って煙管《きせる》をくわえているか、ぶしょうひげをまさぐっている。

あまりしゃべることもないが、それでいて天然自然にひとなつかしさをにじませている人物だ。

もともと師と弟子だが、数年の別れのせいもあってか、最初何やらへだてのあった七郎も、数日の間に昔通りの師弟の感触をとりもどし、それどころか、だいぶ年の離れた兄に対するような敬愛の眼をまとわせるようになった。

が、ただいちど、こんなぶっそうな問答をかわしたことがある。

「七郎、さきごろ相国寺塔の壇で見たお前の剣だがな」

「は」

「あれは陰流《かげりゅう》ではないか」

「陰流？　新陰流《しんかげりゅう》なら存じておりますが……陰流とは？」

「新陰流以前に、室町時代に生まれた剣法で、愛洲移香斎《あいすいこうさい》という人が編み出し、おれの先祖のやはり十兵衛という人がその弟子で、師に劣らぬ名人だったときいておる。が、その剣法はなぜか煙滅《えんめつ》し、いまはだれも知る者がない」

「ははあ。……さような剣法を、私などが知る道理はないではございませぬか。私の工夫しておりますのは、能にいう、秘すれば花、自分の心をかくすという秘法を剣に使いたいという一念だけでございます」

「やはり、そうか」

十兵衛はうなずいて、

「それがおそらく陰流なのだ。剣の戦いは、相手の心を読む戦いだ。その心を無にすれば、影を相手にするも同然、いや、その影さえ見えぬありさまとなる。お前の剣はそれではないかと思うのだが……お前は能から発して、知らずして陰流を会得《えとく》したのだ。ま、一個の天才だな」

大まじめな顔でいう。

「陰流なるものを知るために、おれはいちど愛洲移香斎どのか先祖の十兵衛どのと立ち合ってみたいものだと考えたことがある。何しろ二百何十年も昔の人だから、それはばかげた妄想だが、いまはからずも陰流を会得したお前という人間が出現した」

ニヤリとして、

「どうだ、いちどおれと立ち合わんか」

「真剣でですか」

七郎もまじめな顔でいう。

「真剣でないと、私の工夫が生きないのです」

「なるほど。何なら真剣でもいいが。……」

「しかし、それでは私が先生に斬られるか、先生を斬るか。……」

はじめて、これもニコリとした。

不敵な若者で、ひょっとしたら——という自信がないでもないらしい。

「そりゃいかんな。そりゃこまる。大敵を前に共喰いするのは」

首をかしげて、七郎はいう。

「先生、ほんとうに宮は正月七日、清水寺におゆきになって、法皇さまにお問いただしになるのでしょうか」

「宮はそのおつもりでおられる」

しかし、さすがの十兵衛も少なからず当惑の表情になって、

「が、何しろお相手はあの後水尾《ごみずのお》法皇だからな、どういうことになるか。……」

ふと、しげしげと七郎を見やって、

「宮は法皇さまに、お前の能を見せると仰せられたが。……」

「まことに驚くべきことで」

七郎はぽうと頰を紅潮させて、

「金春家に生まれながら、その才なしとして能を捨てた私に能をやれとは。……」

「おれもお前の能を見たことはないが、あの竹阿弥《ちくあみ》の子だ。下手なはずがない」

「宮さまごたいくつのおなぐさみとして、いままでお申しつけのままに舞って参りましたが、法皇さまの御見《ぎょけん》にいれるとはとんでもない話です」

「おことわりするのか」

「いいえ、宮の仰せなら、七郎、いかなることでも従います」

こんなやりとりをかわしたことがあるが、それ以外は十兵衛は、毎日黙々として沈思のていであった。

二

さしもの十兵衛も、頭上に大盤石がかぶさった思いであった。

明けて七日の清水寺の一件もさることながら、七郎への刺客の背後に法皇があるという事実に対してである。

かつて徳川和子入内《じゅだい》に際し、女色の大乱倫をほしいままにしてあてつけられたお方。紫衣《しえ》事件にあたって、憤然と天皇位をすて、七歳の皇女に譲位して幕府を狼狽させられたお方。

幕府に対し、かつてこれほどむき出しの抵抗の意を表された天皇はない。――

それは十兵衛が、新しい女人天皇に仕える以前の話だが、この後水尾帝をかつて十兵衛が後醍醐天皇の再来だと話したのは、これらの事件の記憶とともに、それ以後も衰えぬ威風ぶりを、しばしば思い知らされたことがあったからだ。

そんな昔の話ではなく、げんにさきごろも十兵衛自身、法皇の空《から》の葱花輦《そうかれん》に、泡をくらって土下座した始末である。

後水尾天皇は天皇位を皇女に譲られ、さらに弟宮があとをつがれても、いまだに法皇として、内裏《だいり》に隣する仙洞御所にあって、事実上、院政という最大の権をにぎっていた。

それに対し、幕府はかつて強引に和子を入内させ、紫衣事件の沢庵らを流罪にしていっときはねじ伏せたものの、内心少なからず辟易《へきえき》するところがあって、その後将軍家光が上洛して莫大な進物をささげたり、出羽に流した沢庵を呼びもどして江戸に東海寺をひらかせたりして、法皇のごきげんをうかがうに汲々としている始末だ。法皇みずから近くは京の修学院《しゅがくいん》趾に新しく数寄《すき》をこらした大離宮を造進するとかで、建物や庭園の設計にあたられているときく。

一流の歌人であり、書家であり、その上、武術にも心をかたむけられているという。まさに八面六臂《はちめんろっぴ》の後醍醐帝の再来だ。

これほどの方が、ご息女たる上皇の一舎人に、大げさな刺客をむけられるとは！

月ノ輪の宮は仰せられた。「おそらく天皇家に一点のしみをつけることを怖れられてのことだ」と。

なぜ金春七郎が一点のしみとなるのか。

月ノ輪の宮が七郎を舎人にとりたてられたのは、彼の能を見たいという、ほんの座興のおつもりであったという。が、法皇からのご干渉に、宮が意地を張って七郎をしばってしまわれた。

一方法皇も、あるいはそれほどの強いご意志ではなかったのに、相手側の意外な抵抗ぶりに鼻白《はなじろ》まれ、これまた意地になって、ひくにひけないなりゆきになられたのかも知れない。

――とにかく雲上の方々の愛憎の悶着は、かつての法皇さまのあのご譲位事件を見てもわかるように、下々《しもじも》にははかりがたいものがある。

ところで、さらに十兵衛の頭をかかえさせたのは、この闇中の争いを、あくまで闇中のものとしておかなければならない、ということであった。

法皇が刺客群を養っておられる、などということを公儀に知られては面倒なことになる。おん父子の争いを白日のもとにさらしてはならない。それは月ノ輪の宮とてご同心であろう。

はてな、成瀬陣左衛門も、

「この一件、すべて闇のなかで処理するのが公儀の方針でござりますぞ」

と、いったぞ。成瀬こそ「公儀」そのものだが。――

あれはどういうつもりでいったのか。成瀬はどこまで知っているのか？　あの男を、どうしよう？

とにかく、自分の知ったかぎりの――法皇の存在をふくむ――「この一件」は、あくまで公儀にかくさなければならない。成瀬陣左衛門にも、これ以上踏み込ませてはならない。

それと月ノ輪の宮は、一月七日、あえて父君《ちちぎみ》と対決しようとされているのだが、それが公儀に知られずにすむことだろうか？

そもそもその対決のなりゆきはどうなるのだ？

そのときまでの日々が、灰色の雲におおわれているような重っ苦しさをおぼえながら、しかし一方で十兵衛はその日を待ちに待つ気持もないではなかった。

それは、放っておけばいまのわけのわからぬ事態がいつまでもつづくからであった。やればやったで何とかなるさ。そんな出たとこ勝負をたのしむ心が十兵衛にあった。いままでの人生がそうであったのだ。

何にしても、金春七郎は守ってやらなければならぬ。舎人となっただけで、虫ケラのごとく踏みにじられようとする愛弟子《まなでし》は、おれの刀にかけてそうさせてはならぬ。

いわんや、その七郎を守ろうとするのが月ノ輪の宮であるにおいてをやだ。宮のお望みとあれば、よしや金春七郎が化物であっても、宮のお望みにそわなければならぬ。

泉涌寺に、慶安二年の年はしずかに暮れ、慶安三年の年はしずかに明けた。

ああ、この慶安三年こそ、柳生十兵衛にとって運命の年であろうとは。

三

暮から正月にかけて、宮廷ではいくつかの独特の行事が行われることは、かつて御付武家をやった十兵衛も知っている。が、いまは別に内裏《だいり》もあるし仙洞御所もある。そのせいか、あるいは心ここになかったか、泉涌寺では月ノ輪の宮は何もしないようであった。

ふいに清水寺におしかける、と宮はいったが、さすがにそうもゆかず、五日に宮は、法皇のところへ使いをやって、法皇には七日に清水寺へ御幸《みゆき》ある由、そのときこちらもそこへ赴《おもむ》いて、内密に是非お話ししたいことがありますが、おゆるしいただけましょうか、と申し入れた。

「よろしい」

という返事があり、その時刻まで指定してきた。

このやんごとなき父と娘は、ここ数年会ったことがなかったが、表面上は仲たがいしているわけではなかったのである。

七日がきた。

清水寺では、元日から本堂で厳修されていた修正会《しゆうしようえ》が結願《けちがん》する日で、集った善男善女に、この寺の本尊千手観音《せんじゆかんのん》の功徳《くどく》を得るという牛王宝印《ごおうほういん》のお札が授けられる。

それにしても、こんな行事を何の興味があって、後水尾法皇が見物にきたのか。幕府から京より外に出ることを禁じられている反動で、京の寺社めぐりには怖ろしく精力的な人であったから、その一つのあらわれであったかも知れない。

が、午後になって、その行事の見物にも飽きたとみえ、お天気もよかったので、清水寺の西南方、音羽《おとわ》山の山腹にある泰山寺へ、例の葱花輦をかつがせていった。

蒼くすきとおった冬晴れの空の下に、そこから見下ろすと、深い谷をへだてて例の

「清水の舞台」と呼ばれる懸崖《けんがい》づくりの本堂をはじめ、清水寺の全景があざやかに一望にはいる壮観であった。この谷を錦雲渓《きんうんけい》というそうな。

この絶景をたんのうして、法皇一行が寺に帰ってきたのは、いまいったばかりの音羽山に、朱盆のような日輪がだいぶちかづいたところであった。

善男善女の群衆は波のごとくひいて、寺は斜陽のなかに別世界のようなしずけさをとりもどしている。

寺僧たちが迎えて、月ノ輪の宮がさきほど参着されたむねを伝えた。こちらが指定した時刻だ。

「さようか」

数十人の供奉《ぐぶ》の者たちは仁王門外の馬駐《うまどめ》にとどめて、法皇と側近の公卿《くぎょう》たちは、御座所とされた成就院《じょうじゅいん》へ通された。

その公卿たちも別室に待たせ、ただ二人の美童だけ従えて奥の書院に通る。

一人は佩刀《はいとう》を捧げている。いわゆる環頭大刀《かんとうだち》と呼ばれる古剣のかたちをしているが、まさか草薙《くさなぎ》の剣《つるぎ》であるまい。

いまは冬で大障子はとじられているが、それをあければすぐ北に、音羽山や高台寺山を借景《しゃっけい》とした幽邃《ゆうすい》な大庭園がひろがっているはずである。

その書院のまんなかあたりに、雪の精のような姿が両手をつかえていた。月ノ輪の宮である。

もう一人、そのはるかうしろに、舎人らしい男がひたいをたたみにつけていた。

「待たせたの」

いいながら、法皇は上段の間にどすと坐る。

頭を剃り、柿色の法衣に金襴《きんらん》の袈裟《けさ》をかけているが、力士のような堂々たる体格である。眼光けいけい、肌はなめし皮のようにつやつやとして、この人とまともにながく対座していられないような精気を放射している。

――天皇を譲って二十年になるというのに、後水尾法皇このとしまだ五十四歳。

四

月ノ輪の宮は顔をあげた。

「おひさしや、お目にかかるのは、たしか三、四年ぶりと存じまするが、お見受けしたところますますご壮健のごようすで、祝着しごくに存じまする」

「や、興子《おきこ》、しばらく見ぬまに、いよいよ美しうなったではないか」

娘に対してもこういう愛嬌をいうことを意としないお人だが、その眼が驚嘆に見ひらかれているところを見ると、これは本音らしかった。

その宮の真っ白なかいどりの間から、ちらと懐剣のつかが見える。

「法皇さま、きょう私がここに押してうかがいましたのは、ただごあいさつするためではございませぬ。おたずねしたいことがあるからでございます」

美しい双眸《そうぼう》をきっと見張って、月ノ輪の宮はいい出した。

「おお、なんじゃ？」

「私の舎人、金春七郎に刺客をむけられるのはお父上でございましょう？」

単刀直入にきかれて、さすがの法皇もちょっと狼狽したていで、うろたえた眼をむこうへそらして、

「お前の舎人というと、あれか」

と、あごをしゃくった。

「いいえ、ちがいます」

宮はかぶりをふって、

「あれは、柳生十兵衛三厳《みつよし》という男でございます」

「やあ、あれが」

法皇はやや驚いた声を出した。

少なくとも、名だけは知っているのだ。

舎人姿の十兵衛は、烏帽子《えぼし》をつけた頭をたたみから離して、

「宮から是非ここに参れとのご諚《じょう》で、身分をわきまえず御前にまかりいで、恐懼《きょうく》おくところを存じませぬ。柳生三厳と申すものでござりまする」

と、いった。

「柳生といえば京にも近く……小藩ながら大名ではないか」

法皇はおのれをとりもどした風で、

「大名を舎人にするとは、前代未聞」

「拙者、その昔、宮がみかどでおわしたころ、その御付武家を相つとめましたるご縁で」

「ほう？　それにしても、いまの御付武家がよう許したものじゃ。興子、なんのためにさような者を舎人にした？」

「金春七郎という舎人を守ってやるためです。七郎は、十兵衛の剣の弟子でございます し、私の御付武家成瀬陣左衛門は十兵衛の友人なのでございます」

月ノ輪の宮は淡いかたえくぼをよどませたが、法皇のほうは数瞬声もない。

「で、お父上、なぜ吹けばとぶような七郎ごとき若者に刺客などむけられるのですか」

法皇はあらあらしく、首をふって、

「わしは刺客など使わぬ。ただお前のそばに、宮廷の掟《おきて》を越えてあのような者を近づけては、あらぬうわさが立つ。それを怖れてお前に忠告はした」

「ほんとうに、あらぬうわさでございます。私のまわりにいる老女などの、いやしきかげ口でございましょう」

「このわしが、根も葉もないつげ口に動かされると思うか」

法皇の面貌は、最初の愛嬌はどこへやら、魔王のような表情になっていた。

「ま、父君ながら、なんという怖ろしいおかんぐり、かりにも天皇位にあった女と、下郎匹夫《ひっぷ》の舎人に、そんな、けがらわしいつながりが生まれることがありましょうか」

「うわさだけでも捨てておけぬのじゃ」

地を這《は》うような声で法皇はいった。

「興子《おきこ》、かりに――かりにじゃ、もしもわが天皇家がふたたび回天《かいてん》の日を迎えるときがあったとせよ、そのとき皇女が――いや、いちどは天皇の位にあった女人《にょにん》が、舎人ふぜいに心奪われることがあったといううわさがあれば、その大望は土崩瓦解《どほうがかい》するではないか」

ちらと十兵衛のほうを見て、

「ああいや、そこまでわしは夢想家ではないが、これは理屈としていうのじゃ。……それにわしは刺客など使うてはおらぬ。さような者を使えば、所司代《しょしだい》が黙ってはおるまい。もしその舎人にそれらしき危険が及んだとすれば、わしとはまったく無関係に、乱暴者が動いておるのだ。わしの知ったことではない」

「おそれながら」

と、十兵衛が口を出した。

「無関係と仰せられましたが、さきごろその刺客らしき者が、もったいなくも法皇さまの葱花輦に乗って通行したのを見受けましたが」

実は十兵衛は、あのときの葱花輦のなかまで目撃したわけではない。

が、ぬけぬけとしたこの言葉に、法皇は面《おもて》をたたかれたように絶句した。

「法皇さま、いま刺客など使えば所司代が黙ってはおるまいと仰せでござりましたが、所司代のほうでは、その刺客が豊臣の残党であることまでもすでに探知しておりますぞ」

法皇は、みるみる顔面蒼白になった。

しばらく座敷には、氷のような静寂がみちた。

そのとき、遠いどこかで、奇妙な音がきこえた。あるいは、すこし前からながれていたのが、いま風にのってきたのかも知れない。

それはどうやら鼓《つづみ》と笛らしかった。

寺にはあるまじきそのひびきに耳をかす余裕はなく、

「なんじら、わしを脅《おど》しにきたのか」

と、法皇はうめいた。

「さりとは僭上《せんじょう》なやつめら」

月ノ輪の宮は首をふって、

「いえ、それよりも、父上の誤解をといていただくために私はきたのです」

「わしの誤解？」

「さっき仰せられた、あらぬお疑いのことです。私がなぜ金春七郎を舎人にしたか、そのわけをお見せしたいのでございます」

笛と鼓、それにどうやら謡《うたい》の声もまじっているのを、やっと法皇はきいたが、まだ宮の意図を判じかねて、口をアングリあけている。

「いちど金春七郎の能をごらんになって下さいまし」

と、宮はけんめいな表情で、

「そうすれば、どうして私が七郎を身近かにおいたか、おわかりいただけるでございましょう」

「なに、お前の舎人の能を見よと。……」

「七郎は江戸城のお抱え能役者金春竹阿弥の子でございます」

「それが気にくわぬのじゃ」

「いえ、芸は別でございます。七郎は、能はすてたと申しますけれど、いちどごらんになれば、それでも、これまで私どもの見た公卿たちの能とは別の芸であることをおみとめ下さるでございましょう」

法皇は大きな耳をぴくっとうごかして、

「や、あれがその笛と鼓か」

と、眼を見ひらいて、

「能を見ると申しても、この寺に能舞台などないはずじゃが」

「世にいう清水《きよみず》の舞台があるではございませんか」

宮はほのかに笑った。この女人の笑いは、ほのかでも艶然《えんぜん》とした感じがある。

「なに、あの清水の舞台で？」

「そこで、清水寺にちなんで、〝熊野《ゆや》〟を……もっともこの時刻ですから、ただ清水寺宴《うたげ》のくだり、それもほんのしばし、シテの舞いだけをごらんにいれとう存じまする」

法皇はじいっと月ノ輪の宮をにらみつけていたが、

「おお、見てやろう」

と、ぬっくと立ちあがった。あとに二人の侍童が従う。

先に回廊に出た法皇たちを、どこかで見ていた公卿の一人が、あわてて姿を消したのは朋輩《ほうばい》に注進にいったのだろう。

法皇は刀を持たぬ侍童に、

「みなに来るなといえ、かたく申しつけよ」

と、命じ、さらに、

「それから、耳をよせよ」

と、いって、その耳に何やらささやいた。

侍童はそのままどこかへかけ去ってゆく。

ついで月ノ輪の宮と柳生十兵衛が出てきた。舎人姿の十兵衛は十兵衛らしくもなく、まじめくさって、しずしずと神妙な足どりであった。

天に沖《ちゅう》す七重塔

一

暮れるにはやい冬の日は、清水寺という四万坪の一天地を夕闇の色に染めかけているが、まだ本堂の檜皮葺《ひわだぶ》きの大屋根には、うす赤い西日が残っていた。

そこへゆく途中から、あきらかに地謡《じうたい》の声がながれてきた。

「南をはるかに望むれば、大悲擁護《おおご》のうす霞、熊野権現《ゆやごんげん》の移ります、み名《な》もおなじ今熊野《いまくまの》、稲荷《いなり》の山のうすもみじ。……」

「その金春七郎とやらは、江戸城から能の一座をつれて参ったのか」

歩をはこびながら、法皇が問う。

「いえ、それはかないませぬ。泉涌寺におります公卿や出入りする町衆などのなかから、能のたしなみを持つ者をあつめた一座でござりまする」

月ノ輪の宮はほほえみつつ答える。

「どうか法皇さま、さきほど申しあげましたように、ただ金春七郎だけをごらんあそばして下さいまし」

謡《うたい》の声は近づいてくる。文字にかけば五字、七字を、五分、七分くらいで謡ってゆく声だが、それだけにおどろおどろしい。

「青かりし葉の秋、また花の春は清水《きよみず》の、ただたのめ、たのもしき、春も千々《ちぢ》の花ざかり。……」

彼らは、西の回廊から本堂にはいっていった。

左側の内陣の須弥壇《しゅみだん》には、本尊の十一面千手観世音《せんじゅかんぜおん》、左右の毘沙門天《びしゃもんてん》、地蔵尊をはじめ、二十八部衆が、にぶい金色のきらめきをはなってならんでいる。

その前の外陣に、十人あまりの囃子方《はやしかた》が鼓を打ち、笛を吹き、声をそろえていた。

後水尾法皇は、それより南側の、いわゆる「清水の舞台」に眼をやった。

暗い伽藍《がらん》のなかから見ると、あけっぱなしの向いの音羽山はまだ神秘的なむらさきの光に染まっている。右側に遠望される京洛の町々はさらに明るい。

それを背に、しずかに舞っている影が浮かびあがった。

若女《わかおんな》の面をかけ、唐織《からおり》をつけた姿である。シテの熊野《ゆや》であった。

「熊野」は、平宗盛《たいらのむねもり》の寵妾熊野が、遠江《とおとうみ》の母からの病いの便りに憂悶しつつ、宗盛に強いて京の花見につれ出され、心ならずも清水寺の宴《うたげ》で舞いを舞うという謡曲で、世阿弥作とも伝えられ、幽玄の極致の能であった。

法皇や女院《にょういん》がはいってきたのも意にないかのごとく、熊野は舞っている。

そして法皇は知らず、十兵衛はたちまちその舞い姿に眼を吸われた。

十兵衛は、金春七郎の能を、はじめて見ることになる。

彼も竹阿弥とのつき合いで、能なるものにいささか開眼《かいげん》していたが、一眼でそれがきわめてすぐれたものであることを知った。

動きに一切のムダがない、歩く彫刻。

これほどの芸を持ちながら、それを捨てて剣をえらぶとは、さても奇妙なやつ。

「山の名の、音は嵐の花の雪
深き情けを人や知る。……」

謡いつつ、憂愁にみちた舞いはつづく。

「いかがでございますか？」

ほこらしげに、宮が法皇をかえりみた。

法皇は能のほうを見ていない。反対の東側の入口に顔をむけている。

そちらは奥の院につながる方角だが、西日の裏になってほの暗い。そのなかにムクムクと動くいくつかの影を見て、

「……あ……」

と、宮がただならぬ声をあげた。

影のむれははいってきた。十余人の、眼だけのぞいた頭巾をつけて、みなすでに刀身

をぬきはらっている。

「あれは何者ですか、法皇さま！」

叫ぶ宮の左手を、むんずと法皇はつかんだ。怖ろしい力で、黙って須弥《しゅみ》壇《だん》のほうへさらってゆく。

と、先刻自分たちのはいった西側からも、それまで回廊のかげにでもひそんでいたのか、黒い頭巾の男たちがぞろりとながれこんできた。これまた十余人だ。

十兵衛はその左右に眼をやって、

「囃子方、逃げたらよかろう」

と、能一座のほうへ声をかけた。

二

むろん、笛や鼓の音はやんで、凍りついたようにすくんでいた囃子方の連は、その声にどっと立ちあがって、こけつまろびつ逃げ出した。この清水の舞台は、北側の内陣、南側の断崖をのぞけば、東西の入口といってもあけっぱなしにちかい構造なのだ。

もっともその東西の方角は黒頭巾のむれがふさいでいたのだが、この一座の逃走はわざと見のがしたようだ。その頭巾のあいだの眼は、柳生十兵衛と、あとに残った金春七郎だけにそそがれている。

欄干《らんかん》を背に、金春七郎は熊野の面をとり、左手に持っていた。

が、それ以外には、むろんひとふりの刀もない。

スルスルとそのそばに歩み寄って十兵衛はいった。

「やはり、きたぞ、七郎」

「塔の壇の連中ですか」

「そのようだ。お前には刀がない。おれにまかせろ」

十兵衛は抜刀した。

舎人《とねり》に扮した彼の刀は一本だけであった。

しかも、ふだんの愛刀三池典太光世《みいけてんたみつよ》ではなく、舎人らしく短い脇差《わきざし》をさしていたのである。

七郎を守るためにきょうここへきたものの、法皇もおわすというのに、かくも大がかりな襲撃がたくらまれているとは、実は思いもよらなかったのだ。

「七郎、受けや!」

きぬを裂くような声とともに、そのとき須弥壇のほうから何やら飛んできた。七郎は右手ではっしとそれをつかみとめた。

それは月ノ輪の宮が帯にさしていたひとふりの懐剣であった。

が、そんなものがこの場合、どれほどの役に立つだろう?

法皇は何か声を発しようとして発せず、宮の左手をつかんだまま、憤怒の形相《ぎょうそう》で仁王立ちになって、すでに十兵衛と七郎を半円形にとりかこんだ豊臣の残党に眼をそそいでいる。

こうなることは法皇の意図であった。

さっき成就院《じようじゆいん》を出るとき、侍童の一人にささやいたのは、彼らをここに呼集する下知《げち》だったのである。

ある大目的のために、月ノ輪の宮の身辺から江戸城のお抱え能役者の伜《せがれ》だとかいう舎人は絶対に排除しなければならない。

きょう月ノ輪の宮が清水寺で会見を申しこんできたのは、その金春七郎についてのことだと法皇は看破した。そして、そのときは必ずその舎人か、泉涌寺にいるという柳生十兵衛なる剣客か、あるいは二人ともに同伴してくるにちがいないと見た。

それを好機として、このさい両人を討ち果たす。

で、豊臣の残党をここに呼んだのだ。まさか、その金春七郎がここで能を舞うとは予想しなかったが、その舞台は襲撃に逃げ道をふさぐ恰好の場となった。

もっとも法皇は、豊臣の残党を仙洞御所のなかに飼っているわけではない。そんな法皇の私兵ともいうべきものを、幕府の所司代が見のがすはずがない。

彼らはふだん京のあちこちに、剣術道場や寺子屋の師匠、あるいは浪人、物売り、大道芸人などして暮しており、一朝《いつちよう》ことあれば法皇の召集に応じるのだ。

それは、かつて三十数年前、長曾我部盛親《ちようそかべもりちか》が大坂の陣にそなえて、京に雌伏《しふく》していたころの「一領具足組」の形態を踏襲したものであった。

むろん、そこまでは知らなかったが、いま自分たちを半円にとりかこんだ六、七人の構えを見て、柳生十兵衛はこれがすべて容易ならぬ使い手であることを知った。

「そ番、か番、ろ番は金春七郎へ」

もうろうたる内陣のあたりで声がひびいた。

「な番、ま番、ふ番は柳生十兵衛へ」

どうやら敵は、番号によって編成されているらしい。またこれだけの人数に命じたのは、それ以上ふやすと場所の広さから、かえって行動を制限されると判断したのかも知れない。

「かかれっ」

敵は殺到した。

刃《やいば》の打ち合う音はきこえなかったのに、血の旋風は渦まいた。七郎をかばい、前に出た十兵衛がそのうち四人まで斬ったのである。

そのなかの二人は、ほとんど両断された身体を、欄干越しに外へ舞わせていったし、それでも七郎めがけて突進した二人は、空《くう》をきってつんのめりながら、これまた欄干を越えて落ちていった。

三

ここは断崖に張り出して、数十尺の空にある清水《きよみず》の舞台の上であった。

と、彼らが落ちていった下界から、わあっというどよめきがあがってきた。もうそのあたりに参詣者がいるはずがない。下にも敵のむれがいるらしい。

——実は、金春七郎にむかった敵は、その一瞬、相手の姿がかき消えて空間をよろめいていったのだし、十兵衛にかかった敵は、そのとき忽然《こつねん》と二人になった十兵衛に、一刹那昏迷して斬られたのである。

刃も合わせぬ両人の妙技であったが、しかし十兵衛のつけていた烏帽子《えぼし》はどこかへ飛び、七郎の唐織《からおり》の袖が裂けてダラリと垂れていたところを見ると、敵の刀のきっさきはそのあたりをかすめたのだろう。

一息のあいだに六人をたおされ、一息の静寂がひろがった。

それまで内陣の奥に、法皇につかまえられたまま、息をつめ、眼を見張っていた月ノ輪の宮が、このとき気力がきれたかのごとく崩折《くずお》れた。

それをちらと見て、

「やっ？」

十兵衛は髪もさかだち、七郎を忘れてそのほうへかけよろうとする。

「り番！　お番！　る番！」

声とともに、別の覆面のむれが立ちふさがる。

「の番！　あ番！　さ番！」

何のためらいもなく、三人ずつが十兵衛と七郎に躍りかかってきた。

剣は薩摩示現流だ。その真髄は、防備ということをまったく考えない、ただ真一文字に敵を斬撃することを念とする剽悍無比《ひょうかんむひ》の刀法であった。かつて塔の壇の修羅場で、その首領に七郎は刀を折られたことがある。

こんどは刀と刀の打ち合うひびきが起こった。

また五人ころがり、一人は欄干の外へ落ちていった。——が、塔の壇のときと同様、こんどは十兵衛の脇差が折れ、七郎の懐剣は飛んでいた。

両人とも、全身、頭から朱をあびたようだ。

それは返り血であったが、さすがに七郎は肩で息をして、

「先生、こんどはいけないかも知れませんぞ」

「いや」

十兵衛は首をふった。

「敵の刀が落ちておる。……」

そうはいったものの、それを拾ういとまなどあるべくもない。

自分の死ぬことを恐怖したことのない十兵衛だが、いま絶体絶命のさかいに追いつめ

られて、はじめていのちへの執念をおぼえて歯がみしている。

それは眼前に、失神して崩折《くずお》れた月ノ輪の宮を見たからであった。

もしここで自分が討たれたら、そのあとの宮の運命はいかなることになるか、想像にあまりある。

そのとき、正面から、小山のゆらぎ出すように、一人の男がずいとあらわれた。

「柳生十兵衛、相まみえること、これで三度目じゃな」

これは覆面はしていない。堂々たる羽織袴《はおりはかま》姿だが、あの相国寺《しょうこくじ》の八卦《はっけ》見《み》にまぎれもない。いうまでもなく敵の首領だ。

が、見台《けんだい》に坐っているときの、布袋《ほてい》のような姿態とちがって、まるで金剛力士《こんごうりきし》のような面貌であった。

「冥土のみやげにきいておけ。おれはかつて四国を統《す》べた長曾我部盛親の一子乗親《のりちか》じゃ」

眼が炬火《たいまつ》のように赤く燃えて、

「かく名乗った以上、うぬら、もはや生きて清水寺を出られぬものと思え」

凄じい豪刀が徐々に八双の構えにあがっていった。

——実をいうと長曾我部乗親は、こんなことをするために「新・一領具足組」を作っていたわけではない。

彼には別に、法皇と志を同じくする大望があった。十何年か相国寺門前で占い師をやっていたのは、雌伏の目的をかねて、ちかくの御付武家屋敷に出入する人間を見張って、公儀の動きをさぐるためであった。

が、月ノ輪の宮の身辺から金春七郎なる舎人を追いはらえという法皇の下知に、ほんの鶏を割《さ》くつもりで手を出したら、思いもかけぬ猛反撃を受けて、ついに血相かえて牛《ぎゅう》刀《とう》を用いなければならないことになった。

のみならず、うわさできいている柳生十兵衛というひとすじなわではゆかぬ剣客が、その舎人の応援にくるおそれありと見た。その御付武家屋敷に金春七郎の妹がはいったということを探知したからだ。で、十兵衛を呼ばないように、それなりの細工もした。

が、それはうまくゆかなかった。

やはり、柳生十兵衛はきた。塔の壇で相対して、乗親は果たせるかなこの剣客が、うわさ以上であることを知った。それでも十兵衛が、相国寺の占い師と結びつけることはあるまいと考えたが、たちまち見破られて、間一髪のところをのがれ去ったのだが、あれは醜態であった。

何しても十兵衛が、公儀忍び組の服部半蔵まで同行していたところを見ると、形勢は急迫している。

いま、この舞台の下の錦雲渓には、丸橋忠弥ひきいる由比一門も詰めている。あるいは柳生城の一党も相手にすることもあろうかと推測して、ひそかに江戸から新しく呼んだ連中だ。

乗親は長曾我部盛親の正腹の子であり、忠弥は妾腹の子であったが、兄弟であることにまちがいはない。

何にせよ、ここぞ柳生十兵衛必殺の地。

いま清水の舞台の欄干を背に、半分になった刀をぶら下げ、また懐剣を失った哀れな二人の姿を見すえて、長曾我部乗親の確信は、ねずみに対する猫のあざけりとなってあらわれざるを得ない。

「刀が欲しいか」

ニンマリと笑う。

さっき十兵衛に斬られた味方の、床にちらばった刀を眼でさして、

「拾え、すえもの斬りにしてやろう」

ふっとその愚弄の眼がもとにもどって、まばたきした。

柳生十兵衛は、こちらを見ていない。折れた刀をぶら下げたまま、彼は何かほかの思いにとらえられているように見える。――

十兵衛は、ふしぎな声とひびきをきいていたのである。

四

それは笛と鼓のひびきと謡の声であったが、むろん先刻までここで「熊野」を謡っていた泉涌寺の一座の声ではない。彼らはすでに命からがら逃げ失せている。

にもかかわらず、どこからか遠雷のように、笛、鼓と謡の声がとどろいてくるのである。

「……屍《かばね》をあらわす妄執《もうしゅう》は去ってまた残る。……若年のむかしより、剣《つるぎ》使うことの面白さに、殺生《せっしょう》をするはかなさよ。……」

竹阿弥の声だ！

竹阿弥はいま柳生ノ庄にいるはずだ。いや、彼がどこにいようと、その声はあきらかに背後の雲のなかからながれてくる。

眼前の敵の白刃も忘れて、十兵衛はふりむいた。

そして驚倒すべきものを見た。

舞台から見下ろす谷の底から、信ずべからざるものが出現してきたのである。

まず長い水煙《すいえん》を尖端に、青銅の相輪《そうりん》、そして、そりかえった甍《いらか》の屋根が、一層……二層……七層までせり上ってきたのだ。

なんたる怪異、なんたる絢爛《けんらん》。

それが七重塔であったなどいう認識はない。轟音《ごうおん》がこだましていたかどうかの知覚もない。十兵衛の隻眼には、朱の勾欄《こうらん》と錆《さ》びた金箔《きんぱく》の壁をめぐらした巨大な建造物がそそりたち、みるみる清水寺の舞台はおろか、本堂の屋根より高く、てっぺんはうす赤い残光の夕雲に没するほどの壮観をあらわしたのに心胆をうばわれたのみであった。

その何重めかの屋根は、こちらの舞台の欄干すれすれだ。

笛、鼓の交響とともに、竹阿弥の声は雲にとどろく。

「いまは何をか包むべき、これは相国寺七重塔、因果のありさまあらわすなり。……」

十兵衛は、なんのためらいもなくその屋根に飛び移った。

その背にさっと刃風《はかぜ》をおぼえた刹那、飛びながら反射的に、彼は半分の刀をうしろなぎにしている。

――ところが、長曾我部乗親は何も見なかった。ただ眼前の柳生十兵衛が、無謀といおうか狂気の沙汰といおうか、自分の前に背を見せ、鳥のごとく大空へ飛び出すのを見たばかりである。

「……あっ、待て！」

動転しつつ、乗親の豪刀がそれを追い打つ。

すでに十兵衛の姿はそこになく、ただなかば空に投げた半分の剣が、つんのめった乗親のくびを薙《な》いだ。

一颯《いっさつ》の鮮血がふいたようだが、それよりおのれの跳躍の余勢で上半身が欄干を越え、長曾我部乗親は、地上から数十尺の高い空へ――錦雲渓の底へ巨大な石のごとく落下していった。

あとに残った敵味方はもとより、その谷の底でひしめていいた由比一門も、これまた七重塔など何も見ていない。

ただ大空へ飛ぶ柳生十兵衛と、大空から落ちる長曾我部乗親の影は見たが、同時にその十兵衛が忽然《こつねん》と天外に消失してしまったのを目撃して、夢魔でも見たようにみな眼をむいて立ちすくんでいるばかりであった。

ここで唐突ながら、この物語は過去へ飛ぶ。

さかのぼるのではない。同時期の物語としてくりひろげられるのである。

常識的には、地上の事象のすべては、回想以外には過去にさかのぼることはできないとされている。現在と過去は同時に存在し得ないものであり、過去はすでに消滅しているからである。

が、ほんとうに現在と過去は、同時に存在し得ないか。過去はすでに消滅しているか。

われわれは太陽を見る。太陽から地球への距離は一億五千万キロあり、光速度は三十万キロである。従って太陽の光は五百秒すなわち八分かかることになる。つまりわれわれは八分前の太陽をいま見ているわけだ。逆に太陽から見れば、八分前の地球を見ることになる。

これを一光年、十光年、百光年の距離にある星を対象にしても同じ現象が起こる。で、もし何百光年の遠い星から超天体望遠鏡で現在の地球を見れば、何百年か過去の地球の様相が現在のものとして存在するのだ。

とにかく過去は消滅せず、現在と同時に存在し得るものとして、さてこれからいままでの江戸慶安のころより二百五十年ばかり過去の室町時代の物語に飛び移る。

室町の柳生十兵衛

一

応永《おうえい》十四年十一月はじめのある午後だ。

京の四条大通りを西へむかって進んでゆく異風の一団があった。

異風というのは、一挺《ちょう》の輿《こし》を十数人の僧兵がとりかこんで歩いているのだが、この僧兵たちがなみはずれた大男ばかりで、みな大薙刀《なぎなた》をかついでいる上に、八頭の犬を綱でひいていたからだ。

その犬が、みんな唐獅子《からじし》が動き出したような大きさとかたちをそなえている。ひょっとしたら、このごろ堺によくくる大明《だいみん》の船が運んできたものかも知れない。

輿にのっている人間も同じように袈裟《けさ》頭巾《ずきん》をつけているが、胸にかけた袈裟に青い蓮《はす》の花が大きく染め出してあった。

外形からみても、あきらかに十四、五歳の少年だ。頭巾のあいだから左右にらみまわす眼は、銀のような光をはなって、従う僧兵たちより妖気があった。

いまも世の人々に読まれている「太平記」という軍書がある。南北朝の戦乱ばかり書いたこの本が、なぜ「太平記」と名づけられたかというと、その大尾《たいび》が、足利家の名臣細川頼之《よりゆき》があらわれて、幼君を補佐し、天下を盤石《ばんじゃく》の安きにおいたのは、「めでたかりしことどもなり」という文章で結ばれているからだが、その南北朝の争いがやんでからもう十五年たつ。

足利が将軍邸を室町においてから数えれば七十年だ。世にこれを室町時代というが、この応永十四年、足利幕府はその極盛期にあった。

そういう時代だから、四条大路ははなやかな群衆に雑踏していたが、

「青蓮《しょうれん》衆《しゅう》じゃ！」

「義円《ぎえん》さまのお通りじゃ！」

「子供ら、あぶない、近づくな！」

そんな声が波打ってゆくところ、その群衆があわてて道をあける。ころぶ者もある。子供を抱いて逃げる者がある。土下座する者もある。

これは時の将軍義満公の四男坊義円さまのお通りであった。

その日だけのことではない。

四男だから、幼くして粟田口《あわたぐち》の青蓮院《しょうれんいん》にいれられたが、やや長ずるに従って異常なばかりたけだけしい気性を発揮しはじめ、天台宗のお経など放り出して、ことしまだ十四

歳だが、半年ほど前から、「青蓮衆」なる僧兵隊を作って、京の町をねり歩くようにな
った。

べつに狼藉をはたらくわけではない。それどころか、いまも辻々でその僧兵が、

「みなきけ、市中悪行をなす者あれば訴えて出よ。――」

「挙動不審の者あれば知らせよ」

「ただちにこちらより出向いてとり調べ、裁きをつけてつかわすぞ。――」

と、呼ばわるように、これは市中巡検であり、一種の憲兵隊なのであった。

幕府にはそういう治安の役目をはたす侍所《さむらいどころ》もあれば検非違使《けびいし》もあるが、それがこの
青蓮衆の闊歩《かっぽ》を黙認しているらしい。

将軍家おん曹子にはばかっているのか。それとも、これも幕府の示威に叶《かな》うものと見
ているのか。

大入道の僧兵もおっかないが、それより何より、彼らが曳《ひ》いている八頭の犬が見るか
らに怖ろしい。

この日、蒼い秋晴れの空の下を、青蓮衆が威風あたりをはらって四条大路を西の果て
までいって、またひき返し、四条坊門に近づいてきたとき、

「待て」

輿の上から声がかかった。

義円が、路傍の何かのほうに眼をむけている。

そのあたり、町の男女がみなひざをついているなかに、二人だけ、キョトンとつっ立ったままの姿が見えたのである。

二

一人は道服を着、宗匠頭巾《そうしょうずきん》をかぶった四十なかばの男だが、それに衣《ころも》をつけた小坊主がならんでいる。小坊主といっても、十四、五の少年僧だが、墨染めの衣になわ帯をしめて、朱鞘《しゅざや》の刀をさしているのだ。

しかも、ふしぎなことにその頭や肩に数羽の雀《すずめ》がとまり、頭上には鳩や小鳥がとびめぐっているのであった。義円が最初に気がついたのは、この光景のせいかも知れない。

「あれは安国寺の一休《いっきゅう》坊主だな」

と、義円はいった。

「それから……世阿がついておる」

こちらの歩みはとまった。義円はしばし黙りこんで眺めていたが、

「あの一休を青蓮院へつれてゆけ」

と、命じた。

すぐに帝釈坊《たいしゃくぼう》、羅刹坊《らせつぼう》と呼ばれる僧兵の二人が、そのほうへかけていった。

大薙刀をつきたてて何かいうのに、道服の男が答えている。

羅刹坊がひき返してきて、

「嵯峨《さが》に住んでおる一休小坊主の母親が病気で、世阿弥《ぜあみ》が一休を安国寺へ呼びにゆき、これから嵯峨にゆく途中なそうで、いまよそにゆくのはおゆるしねがいたいと申しておりますが」

と、報告した。

義円の声はかんばしった。

「ええ、つれてゆけといったら、つれてゆけ。いやだというなら、犬をかけておどしてやれ」

羅刹坊は、二頭の犬の綱を受けとって、それを曳いていった。

まるで唐獅子のような二頭の犬は、のどをあげて凄じい牙をむいて、びょうびょうと咆《ほ》えた。自分たちの出番がきたと知ったらしい。

一休と呼ばれる小坊主の頭上に、ぱっと鳥のむれが舞いあがった。

一休のまわりにひざをついていた町衆たちも、悲鳴をあげて逃げ出した。一休といっしょの宗匠頭巾の男さえ、あきらかに恐怖の表情になって立ちすくんだ。

その前に立って、二人の僧兵はわめいた。

「こぬか」

「いやだ」

小坊主は首をふった。

僧兵は犬の綱をはなした。

「ゆけ虎丸」

「雪丸、かかれっ」

犬の名らしい。この号令がかかると、犬は猛獣と化して相手に飛びかかる。——はずであった。しかるに、怪事が起こった。

二頭の犬はいちどは咆えたものの、そのあとは尾をたれ、首をたれ、それどころかその尾をゆるやかに大きくふって一休に近づくと、その腰のあたりにさも親しげに鼻づらをすりつけたのである。

うし、うしっ、と、けしかけたがなんのききめもない。

こんなことはいちどもなかった。僧兵は頭巾のなかで口をアングリあけた。

しかも、見よ、いちど空に飛びちった小鳥のむれは、ふたたび舞いおりて、一休はもとよりその犬の頭や背にとまったではないか。……

墨染めの衣になわの帯、朱鞘の刀をさした異形《いぎょう》の一休は、少年ながら慈愛にみちた眼でそれを見まわしている。将軍家おん曹子など、眼中にないかのようだ。

そんな異装なのに少年僧から発する清朗快活の気は、秋の日ざしを吸いよせたように、ぼうっと光の輪郭にふちどられて見えた。……

「参りましょう」

世阿弥がいった。

と、一休ははじめてちらと義円のほうを見て、指を顔に持っていったかと思うと——

なんと、アカンベーをした。

そのまま二人は背を見せて、立ち去ろうとする。

輿の上で唖然としていた義円は、このときわれにかえって、

「やるなっ、力ずくでもつかまえて、青蓮院へつれてゆけ、みな、ゆけっ」

と、まわりの僧兵たちにあごをしゃくった。

声にはねあがって、僧兵たちはどっと二人のあとを追おうとする。

——と、その前にのそりと立ちふさがった者がある。それまで、一間《けん》ほど離れた大きな柳のかげに立っていたのが、このとき姿をあらわして早足で寄ってきたのだ。

檜笠《ひのきがさ》に野羽織の武士であった。

「弱い者いじめは、いいかげんにせんか」

その笠の下の顔をのぞいて、世阿弥が叫んだ。

「あっ……柳生十兵衛どの！」

三

呼ばれた男は笠をぬいだ。

年は四十をやや越えているだろうが、せいかん不敵のつらだましいで、その右眼は糸

のようにとじられている。——

大和《やまと》柳生谷の出で、いま将軍家御供衆《おともしゅう》の頭人《とうにん》、柳生十兵衛満厳《みつよし》という。

むろん青蓮院の僧兵たちは、その名も顔も知っているらしく、「やあ?」とうめいて、たじたじとなった。

十兵衛はその僧兵たちの頭ごしに一礼した。

「将軍家御供衆の柳生十兵衛でござる。この両人、拙者じっこんの者でござれば、きょうのところは何とぞお見のがし下されまするよう」

輿の上の義円もちょっとひるんだようだが、たちまち、いよいよたけりたって、

「御供衆の柳生が、なぜ公儀の許しを得た青蓮衆のじゃまをするか。ものども、早く犬をかからせろ、いや無礼討ちにせい！」

と、声はりあげた。

三人の僧兵が、犬の首を十兵衛のほうにむけ、薙刀の柄《え》でその尻をたたいた。

うおおおっと雷鳴のような咆哮《ほうこう》をあげて、三頭の犬は十兵衛めがけて襲いかかる。さっき小坊主に対してはふしぎに尾をたれた犬だが、こんどはその野性を発揮するのにためらいはなかったらしい。

稲妻がひらめいた。次の瞬間、あたりが真っ赤になった。

稲妻と見えたのは、柳生十兵衛の抜き討ちの白刃であった。真っ赤になったのは血潮の風であった。

唐獅子《からじし》のような巨体は、三頭とも首を斬り落とされて路上に散乱した。

たとえ斬ったのが犬であろうと、あまりの剣技の凄じさに僧兵たちはのけぞるように飛びのき、二、三人あおむけに転倒した。

輿の義円も木像と化したかのようにうごかなくなっている。

「おそれいった儀でござるが、まだ春秋《しゅんじゅう》あるお年ごろゆえあえて申しあげる」

と、十兵衛は錆《さ》びた声をかけた。まわりを見まわして、

「京わらんべが、このように見物しております。ご威光ぶりも度がすぎますれば、将軍家のお名にかかわりましょうぞ」

息を三つほどしてから、義円は黙ってあごをしゃくった。輿をまわせと合図したのである。

完全に戦意を喪失したむれと化して、青蓮衆は大路《おおじ》を去ってゆく。

「かたじけのうござった」

人々がざわめきつつ散ったあと、世阿弥がおじぎした。

十兵衛は刀を懐紙《かいし》でぬぐいながら、ニガ笑いして、

「はじめて血を味わう三池典太《みいけてんた》だが……それが犬の血とは、典太が泣くな」

と、つぶやいた。彼の愛刀の名らしい。

さて、十兵衛がきく。

「どこへゆかれるかな」

「この一休坊の母御《ははご》が嵯峨にお住まいでな。知り合いなのできょうふと訪ねたら、高い熱で寝ておられる。ほかに看《み》とる人もない。で、一休坊に知らせに安国寺へいって、これからいっしょに嵯峨へゆくところでした」

「さようか。いや、あの青蓮衆は、目をつけたらなかなかしつこいときく。私も送っていったらごめいわくか」

「いや、とんでもない。あなたとはいちど話をしたいと思っていたのです」

「おれも……おれは、世阿弥どのと話をしたいが、それよりそこの一休坊、実にマカふしぎな小坊主どので、その神童ぶりはかねてからきいておる。その一休坊と話したい」

そのとき、すこし離れたところから、こわごわこちらをのぞいている犬神人《いぬじにん》——白い頭巾に柿色の衣《ころも》をつけた京の町の清掃人——の姿を見ると、十兵衛は呼んで銅銭をわたし、「犬の屍骸をかたづけてくれ」と、たのみ、三人は西へ歩き出した。

四

頭上の鳥たちは、依然飛びめぐりながら、そのあとをついてゆく。あきらかに一休という少年を追っているのだが、この現象だけでも「神童」としか思えない。

さっき十兵衛は義円に、「この両人、拙者じっこんの者でござるが」といったけれど、能楽師世阿弥元清《もときよ》の顔見知りだが、少年僧一休と接触したのは、いまがはじめてだ。

「なんでまた義円さまに目をつけられたのだ」

「それが、いっこうわかりません」

世阿弥が首をひねる。

「突然、輿《こし》の上の義円さまがこちらをごらんになられて、あの一休を青蓮院へつれてゆけ、と仰せ出されたので」

そして、世阿弥は一休に顔をむけて、

「一休さん、あんたはご存知か」

「わしにもわからんよ」

一休も狐につままれたような顔をしている。

「二人、めんとむかって会ったこともないよ」

「そうか。しかし一休さんは神童としてこのごろ評判だから、あちらはどこかであんたを見かけられたものじゃろ」

突然、世阿弥は小声ながら朗々と口ずさみ出した。

「吟行の客袖《かくしゅう》、幾時《いくばく》の情ぞ
開落す百花、天地清し
枕上《ちんじょう》の香風、寐《び》か寤《ご》か
一場の春夢、分明《ぶんみょう》ならず。……」

そして、うっとりと十兵衛のほうを見て、

「これは一休さんが、この春作った絶句でござるが、なみの詩家も及ばぬ名吟としてひろく口ずさまれております」

「ほう？　おれにはよくわからんが」

それでも十兵衛は一つの眼を大きくして、

「一休さんはいくつかな」

と、きいた。

「たしか十四のはずで……なあ、一休さん」

「さよう」

得意顔もせず、はにかみもせず、小坊主一休は可笑《おか》しくも悲しくもない風で、ぽくぽく歩いている。

「詩はわからんが……なるほど、神童なことはわかる」

十兵衛は首をふって、まだ一休の頭上を飛びめぐる小鳥のむれをあおいで、

「あの鳥は何だろう」

と、世阿弥にささやいた。世阿弥は答えた。

「実に奇態なことだと私もふしぎなのですが……この一休さんはどういうわけか、鳥や犬猫にひどく好かれるので。……」

「人間にゃ好かれんなあ」

と、一休が笑った。

「そりゃ一休さんがいいたい放題だから……あんたにかかっちゃ、僧正《そうじょう》さまがたもかたなしじゃ」

「いまの坊主どもはみな腐れ茄子《なす》だからな」

一休は腰の刀を丁《ちょう》とたたいて、

「京の坊主ども、みんな首を斬って、茄子や瓜といっしょに四条大路の道ばたにならべてやりたいわ」

「ほほっ」

十兵衛はまた一つ目をむいて、

「それにしても、僧形《そうぎょう》で朱鞘《しゅざや》とは奇観でござるな」

「ぬけば玉ちる……」

と、一休がその朱鞘を三分の一ほどぬいてみせた。

「降魔《ごうま》の利剣」

竹光《たけみつ》であった。竹を削っただけの刀だ。

が、それにしても奇抜な小坊主にはちがいない。まだ十四というのに、そしてすばらしい活気がひかりかがやいているようなのに、一方、なるほど「一休さん」と呼びたくなるような飄然《ひょうぜん》とした風韻《ふういん》をただよわせているのである。口吻《こうふん》からして、とうてい十四歳とは思えない。

「これがほんものなら、いまの悪坊主、一刀のもとに断首していたところだ」

と、たいへんなことをいう。

「――や」

十兵衛はふと気がついた。

「あの義円さまも、たしかことし十四歳ときいたぞ。……」

首をひねって――ひょっとしたら、それがいまの騒ぎの原因であったかも知れんぞ、と思いついた。

安国寺の味噌すり坊主一休の詩が評判になっているのをきいて、同じ十四歳の義円さまが、何をこしゃくなとヤキモチをやいて、たまたま出会った一休をさらって、青蓮院でいためつける気を起こしたのではないか。

まことに無法な話だが、十四くらいならあり得る、いや、年に似合わず意地っぱりの噂のある義円さまならあり得る、と十兵衛は考えたが、さすがにそれは口にしなかった。

世阿弥と一休

一

それっきり黙りこんで歩いている十兵衛に、世阿弥は話しかける。

「しかし柳生さま、義円さまのお犬を三匹も斬られて、あと大丈夫でございますかな」

「非はあちらにあるのだ。あんなことで、まさか将軍家御供衆の頭人《とうにん》たるこのおれを、どうともなされまい。おれを頭人に命ぜられたのは父君の義満公だからな」

ふいに思い出したことがある。

「数日後、北山第《きたやまてい》の金閣で道阿弥《どうあみ》の上覧能があることになっておるが……」

「さようでございます」

「おぬし、見るのか」

「上様より是非見るようにとのお言葉で」

当然のことのようにうなずく世阿弥に、十兵衛はいぶかしむ眼をむけて、

「つかぬことをきくが、世阿どの、おぬしの上覧能を久しく見ぬが……」

と、いった。かねてから疑問に思っていたことだ。

「おぬし、何か上様のごきげんを損じたことがあるのではないか？」

世阿弥は答えず、こんどは彼のほうが黙って歩いていた。

十兵衛が世阿弥と相知ったのは、彼が上洛して御供衆頭人の役目について以来のことで、そのころは世阿弥の能をしばしば見た。上覧能もあったし、寺々の勧進能《かんじんのう》もあったが、ことごとく感服した。そして世阿弥と親しくなった。といって、二人でゆっくり話し合ったこともないが、十兵衛は世阿弥に——なお世に大道芸人視する眼もあるなかに——なみなみならぬ敬意と興味をいだいたのである。

だいいちこの人物には神秘感がある。

十兵衛はずっと柳生ノ庄にいたからくわしくは知らないが、きくところによると父の観阿弥《かんあみ》とともに、以前それこそ大道芸にひとしいものであった猿楽《さるがく》を、いま天覧上覧に値するほどの能というものに大成させた人間だという。

その道の天才であるのみならず、鬼夜叉《おにやしゃ》ついで藤若《ふじわか》と呼ばれたころから稀代《きだい》の美少年で、そのため将軍義満公の寵童《ちょうどう》となり、その後世阿弥と名をあらためたが、室町の花の御所は世阿弥ならでは夜も明けぬ時代があったという。

それから何十年か。十年ほど前十兵衛が京にきたころもその残映があった。ところが近年に至って、世阿弥は急速に義満公の寵を失ったかに見える。将軍はあてつけのようにほかの能楽師を観能するようになったのである。

そのわけを十兵衛は知らない。

しかも、あきらかに将軍から遠ざけられているのに、世阿弥は平然としている。そばで見ているわけではないけれど、決してやせがまんを張っているわけではないようだ。

世阿弥は、そんな貴顕《きけん》のひいきや世の毀誉《きよ》とは別の世界に没入している人間に見えた。だいいち世阿弥は俗界を超えた、実にいい顔をしている。もう四十なかばになるはずだが、往年の美男ぶりはいまもいぶし銀のようにけぶって、気高ささえ感じさせる。

ともあれ十兵衛には、神秘性すらおぼえさせる世阿弥元清であった。

二

四条大路から北へそれると、往来は急にまばらになってくる。

そこをしばらく黙々と歩いてから、世阿弥がいった。

「おそらく、私が上様のお申しつけをきかぬからでござりましょう」

「上様のお申しつけ？　それはなんだ。きいては悪いか」

世阿弥はちらと一休のほうを見やった。一休は十歩ばかり前を、何やら謡《うた》いながら歩いている。

「……また秋も末になり候《そうら》えば、嵯峨野《さがの》のかたゆかしく候ほどに、立ち越え一見せばやと思い候。……」

世阿弥作といわれる「野宮《ののみや》」の一節のようだ、と十兵衛は耳の遠くできいている。

「いえ、かくすほどのことではござらぬ」

と、世阿弥は苦笑していった。

「実は上様は、世阿は王朝のころ、あるいは源平のころの謡曲は作るが、南北朝のものは作らぬ、それを作れと仰せられるのでござりますが、そのお求めをいまだに果たさぬので。……」

「ほ？　そんなことか。……しかし、そうきけばおれもふしぎだ。なぜ南北朝に材をとった謡曲を作られぬ？」

「その時代は、私の記憶もあまりになまなましく、わが志す能の世界にはなじまぬからでございます」

「ははあ？」

「そこが義満公には不得心のごようすで」

十兵衛も、わかったようで、わからぬようでもある。

「はばかりながら、世阿弥の能は世阿弥の世界、それにそぐわぬ世界を作れといわれても、たとえ仰せられる方が征夷大将軍《せいいたいしょうぐん》でおわそうと従うわけには参りませぬ」

ひとりごとのようだが、はじめてこの能楽師の不敵なつらだましいを見たような気がして、十兵衛は心中うなった。

前で一休が謡曲を謡いつづけている。

「これなる森を人にたずねて候えば、野宮《ののみや》の旧跡とかや申し候ほどに、逆縁ながら一見せばやと思い候。……」

それはしかし、嵯峨野に近づくにつれて不安がまし、しかもこちらに足をあわせるための、がまんの謡《うたい》であったらしい。

小倉山が見えてきたころ、ついに一休は鞠《まり》のようにかけ出した。そういうところは少年だ。

一休の母が住むという家は、野宮《ののみや》神社に近い大竹藪のなかにあった。竹林に夕日が美しい縞もようをえがいてゆれている。野宮神社は謡曲「野宮」によれば、源氏の六条の御息所《みやすどころ》が亡霊となってあらわれる神社だ。

少年の足にはかなわない。

だいぶおくれて、世阿弥と十兵衛がそこに近づいたとき、一休はもう母に会って、家――というより、庵《いおり》のような小屋《しょうおく》の前に出迎えていた。

「おかげさまで、母の熱はすこし下がったようで」

と、別人のようにうれしげな笑顔でいう。

「ほ、それはよかった。柳生さま、どうぞ」

勝手知ったようすで世阿弥がみちびく。

入口をはいると、すぐの部屋に、織機《おりき》や糸ぐるまなど、ハタオリの道具が見えた。

そして、反古《ほご》でつくろった唐紙《からかみ》がすこしあけられて、そのむこうの床の上に起きなおってこちらをむいている女の姿が見えた。

「熱が下がりましたと？　ほんとうでござるか、伊予《いよ》さま」

世阿弥が声をかけた。

「はい、少しは」

と、相手はほそぼそと答えた。

三

白いかいどりを羽織り、髪もいそいでくしけずったような按配《あんばい》だが――連子窓《れんじまど》の西日を背にして、その姿をぼうと金色《こんじき》の光がふちどっているように見える。

「一休など呼んできていただかなくてもいいと、あれほど申しましたのに……でも、きてもらって、やはりほっといたしました。お礼を申します」

と、女はいった。そのようすからみると、まだ熱はあるようだ。

「でも、おはずかしうございます。こんな姿で。……」

「いや、気にせられるな。ところでこれは将軍家御供衆頭人、柳生十兵衛満厳《みつよし》と申されるお方ですが、ちょっと妙な送り狼がついてくる心配事があったので、ご同行ねがった次第で」

十兵衛はおじぎするのも忘れて、相手に隻眼を吸われている。

「どうなされた?」

世阿弥にきかれて、十兵衛ははっとわれにかえって、

「いや、なに」

と、いったが、それ以上声が出ない。

——実は十兵衛には、三十代のはじめ亡くなった阿波という妻があった。その美しさとやさしさは、彼女がいなくなって時を経るほど十兵衛の胸に、いたいほど深く彫られてきて、それ以来いまだに彼が独り身でいるのはそのためであったが、いま眼前にみる女人に、その亡き妻そっくりの印象を受けて、彼は息をのんだのである。

よく見れば、むろんちがう。

阿波も気品にみちた女であったが、これは、そんな病中の姿であるにもかかわらず、俗界にあり得るとは思えない高貴の香がただよっている。

が、最初ひと目見たときの衝撃は変らない。

一休と世阿弥は、こもごもさっきの四条大路の青蓮衆の件を告げている。むろん十兵衛の話も出る。

「それでは、一休を安国寺にいれておいてもあぶないのでしょうか?」

「いや、寺におれば、ま、大丈夫でしょう」

そんな問答のあとに、

「なんじゃと？　一年じゅう寺にしゃがんでおれと？　そんな雪隠詰《せっちんづ》めは拙僧はおことわりですよ」

という一休の口をとがらした声もきこえる。

それを耳の外にききながら、

――あの十四になるという風変りな小坊主に、こんな若い母親があったとは……どう見ても三十以上とは見えんが。……

と、十兵衛は心中に首をひねりつづけている。

一休が茶を出した。それをのんだのもうわの空である。

どれほどの時をすごしたか。やがて、「もう日がくれますから」という世阿弥の声に、やっと正気にもどって、

「一休さん、板きれと筆はないかな」

と、十兵衛がいった。

一休は厨《くりや》らしいところで何かガサゴソいわせていたが、しばらくして棒のようなものを持ってきて、

「板はないが、このスリコギがござった」

と、それをつき出した。十兵衛は破顔して、

「これでけっこう」

いうと、小刀《しょうとう》をぬいて、そのスリコギをさっとけずって、白い平面に、

「用心棒。御供衆頭人、柳生十兵衛満厳」

と、書きつけて、

「これを門口《かどぐち》にぶら下げておけば、少しは魔除《まよ》けになるでしょう」

と、微笑した。忘我の境にありながら、さっきからの会話はみな耳にいれていたのだ。

「これはよい」

世阿弥はめずらしく大声を出して、手を打った。

「伊予さま、この柳生十兵衛さまは、わしの見るところでは京はおろか、まず天下にならぶ者なき大剣人でござりまするぞ」

「マジナイだからききめがあるように、いっそ天下無双柳生十兵衛、と書いたほうがよかったかも知れんな」

と、十兵衛はいった。

「もっともおれには、愛洲移香斎《あいすいこうさい》という神か鬼かの大師匠があるから、そうはホラは吹けんわ。あはは」

やがて二人は家を出た。

一休も、いまのスリコギを持って出て、入口にぶらさげた。

「たとえ十兵衛さまがおられなくてもな、この家に害をなす者は柳生十兵衛を敵にまわすと知れば、ちょっと手は出せんじゃろ。これがほんとの用心棒じゃて、ふふふ」

と、世阿弥が笑うと、一休はケロリとして、

「鰯《いわし》のあたまも信心から、というからノウ」

と、いった。

世阿弥と十兵衛は絶句して、顔見合わせた。

しばらくして二人は、嵯峨の竹林のなかを歩いていた。夕日が夕月に変り、竹藪の奥から吹いてくる風はうそ寒いが、十兵衛はそれを感じない。身体に心熱のようなものがある。

「いま思い出した。おれにも柳生ノ庄に、あの一休坊と同じ年の伜があるが……同年とは思えんな」

と、十兵衛が苦笑した。阿波が残したただ一人の男の子だ。

「機鋒神変《きほうしんぺん》……まさに、鳳雛《ほうすう》でござるな」

と、世阿弥がうなずく。

十兵衛は顔色をあらためていい出した。

「それはそうと、いまのお方があの一休坊のおふくろだとは胆をつぶしたな。いくつで生まれたのだ？」

「たしか、十七歳のとき、と承わりましたが」

「すると……」

「いま三十でございますな」

「三十……ふうむ」

嘆声をもらして、

「ふしぎな美女がこんな藪の中で暮しておるもの……ただの女人《にょにん》とは思えぬ。

「ありゃどういう素性の方だ？」

「もと御所にお仕えなされておった方でござりますが」

「御所とは大内裏か」

「さよう。……私はそのころからのお知り合いなので」

「道理で……ただの素性のおひととは見えなんだ！」

はじめて腑に落ちた顔をしたが、すぐにまたいぶかしみの表情になって、

「それで、一休坊の父御《てゝご》は？」

世阿弥はため息をもらして答えた。

「さるお公卿さまでございますが……もうとっくにお亡くなりになりました。一休さんが六つのとき寺にいれ、それ以後その子が名僧になるのをたのしみに、伊予さまはあの竹林のなかでひっそりとハタを織ってお暮しなのでござりますが、さてあれが名僧になりますか、どうか。……」

魑《ち》魅魍魎《みもうりよう》の金閣寺

一

それから数日後の午後、秋晴れというより冬晴れの蒼い空へ、洛北金閣寺から時ならぬどよめきがあがっていた。

もっとも、そのころは金閣寺とはいわれなかった。正確には鹿苑寺《ろくおんじ》だが、それも後の名で、当時は世人から、北山第《きたやまてい》、ふつうには北山殿《きたやまどの》と呼ばれていた。

足利将軍邸はもともと室町にあって、花の御所と呼ばれているが、その別荘として作られたのではない。はじめからここを新幕府として設計され、大々的に室町から移ってきたのである。それからもう七、八年になる。

西の衣笠山の山麓一帯に、南北十五町、東西十六町にわたる宏大な敷地に、御所、小御所、寝殿、泉殿、舎利殿《しゃりでん》その他無数の大建築、小建築が配置されている。鏡湖池《きょうこち》などの大庭園や、風趣ゆたかな赤松林をめぐらしているのはいわずもがなだ。

のちに金閣寺と呼ばれたのは、そのなかの一舎利殿にすぎない。もっとも、その三階の最上層には金箔がおしてあるので、当時からこれを金閣と称してはいた。

その金閣の倒影をうつす鏡湖池のちかくに能楽堂があった。そして、それをとりまくようにして白洲《しらす》と、そのまわりに桟敷《さじき》の見所《けんじょ》が作られている。臨時のものではなく、二階建てに屋根までつけて、ちょっとした円形劇場だ。

どよめきは、そこからあがっている。諸大名とその家族、家臣たちだ。

人々がどよめいていたのは、舞台でいま犬王道阿弥《いぬおうどうあみ》の猿楽《さるがく》「天女の舞」で、まるで大空を翔《か》ける鳥が、はばたきをやめて風のまにまにただよっているような舞いを見せたからだ。

猿楽は舞いとものまねを基本とするが、道阿弥は舞いを得意とする近江猿楽の代表者で、ここ数年前から急速に将軍のひいきを得てきた。

その将軍は、白洲の見所をへだてて能舞台を真正面に見る書院の緋毛氈《ひもうせん》をしいた広縁に大坐して見物している。左右にはその妻妾やおん曹子、姫君たち、管領《かんれい》以下の重臣らがいながれている。

将軍義満、このとし五十歳。

青あおとした入道あたまで、中国風の法衣に金襴《きんらん》の袈裟《けさ》をつけているが、ゆったりとして四十代はじめとしか見えない。その豊頬《ほうきょう》の血色など、二十代といってもよさそうだ。

五十というのに全身から光芒《こうぼう》を発しているような美丈夫であった。

十一歳にして征夷大将軍となり、名臣細川頼之の徹底した帝王学教育によって成長し、それまでしばしば謀叛《むほん》気を見せた山名や大内などの大豪族を一掃し、ほとんど蹉跌《さてつ》というものを知らない、天馬空をゆくような人生をすごしてきた人物だが、なかでもその大願をはたしたのは、三十五歳のときに成った南北朝合一だろう。

合一とはいうが、祖父尊氏や父義詮《よしあきら》を悩ましぬいた南朝はここで消滅したのである。足利のたてた傀儡《かいらい》政権の北朝が、南朝の三種の神器を手にいれて、正統の天皇家になったのである。

そして、すでに彼義満は、明《みん》帝に対する国書に「日本国王源道義」と署名している。

道義は彼の法名だ。

この日本国王を自称する人物が、このときその顔を横にむけて、

「世阿よ」

と、呼びかけた。

二

すぐ近くに坐っているのは世阿弥であった。

見所の人々のなかには、この日、将軍よりも世阿弥のほうに注目している者が少なく

なかった。彼がそこにいるのがふしぎだったのだ。もうずいぶん前から将軍に遠ざけられ、その落日ぶりはだれの口にもささやかれ、さらにもう話題にもならなくなってからひさしい世阿弥であった。

その世阿弥が、きょうはめずらしく将軍のすぐそばに侍《はべ》っている。――

「どうじゃな、道阿弥の芸は」

きかれて、世阿弥はうなずき、

「やはり、みごとなものでござります。夜の日輪と申そうか、銀椀《ぎんわん》の雪と申そうか」

と、答えた。

その声にくぐもりはない。おなじ芸道にたずさわる者としての、無心な讃嘆の声にきこえた。

能舞台では、次なる演目「葵の上《あおいうえ》」に変っている。

橋懸《はしがか》りに、作り物の牛車《ぎっしゃ》の轅《ながえ》に侍女の姿でとりすがり、

「三つの車に法《のり》の道、火宅の門《かど》を出でぬらん、夕顔の宿の破《や》れぐるま。……憂世《うきよ》は牛の小《お》ぐるまの、憂世は牛の小ぐるまの……」

と謡っている。

「では、道阿弥を天覧に供してよいか」

と、義満はまたきいた。

実は、来年の春以降になるが、義満はこの北山第にはじめて天皇の行幸を仰ぐ予定で

いる。これはそのとき天覧にいれる余興のリハーサルもかねたもよおしなのであった。その品さだめを世阿弥に求めたのだが、これはむごいこころみであった。世阿弥と道阿弥は、以前からライヴァルの仲と見られ、ついに凋落したかに見える世阿弥に対し、道阿弥の芸が天覧されるとは決定的な事態だ。その芸をいま世阿弥に批評させようとは。が、世阿弥は淡々と応ずる。

「何よりのことと存じまする」

「じゃが」

と、義満はいった。

「世阿、お前の芸も、是非いちど、みかどのお目にかけたいのじゃが」

この将軍にはめずらしくみれんげである。

「南北朝に材をとったお前の能をのう。わしの望むのは、後醍醐帝の亡霊が、わが祖父尊氏どののお力で退散するという能じゃが、それを是非いまのみかどの天覧に供したい。できぬか」

「できませぬ」

世阿弥はニベもなくいう。

「なぜじゃ？」

「いつぞや申しあげたように、南北朝はあまりに近く、能に使うにはまだ熟《な》れず、私の志す幽玄の世界にそぐわぬからでござりまする」

義満の顔がふくれあがった。

自分の意志は天の意志だ、と考えて一髪《いっぱつ》のうたがいを持たない彼にとって、きょうこの席に世阿弥を呼んだのは、三分くらいの悪意もあるが、七分は譲歩のつもりであった。

それは自分の所望する世阿弥の能を見たかったからだ。ほんとうは天覧にいれたいのは、世阿弥の能であったからだ。

そもそも義満が世阿弥を花の御所に呼び出して寵童としたのは、彼が二十一歳、世阿弥が十六歳のときであった。むろん世阿弥の稀代《きだい》の美少年ぶりにひかれたからだが、それだけでなく、大和猿楽の花世阿弥の芸の天才を認めたからであった。

それ以後、年を経て、寵童としての仲は消滅したが、その芸への共鳴はいよいよ深くなった。

世阿弥が父の観阿弥とともに、ものまね芸を根幹とする大和猿楽を、しだいに能という新芸術へ昇華させてゆく過程で、義満もいろいろと助言し、援助したものである。

にもかかわらず、いつのころからか、その道でも世阿弥は自分とは別の存在になった、と義満は感じるようになった。

世阿弥のなかに、自分とは離れた世阿弥がどっしりと存在しているのを認識しはじめたのである。その芸のみならず、人間的にも、天下にただ一人、という自信にみちた一個の能楽師を。

むろん世阿弥はものしずかな男で、義満に対するうやうやしさは、以前にまさるとも劣らない。それなのに世阿弥に、ふしぎなふてぶてしさを義満は直感するようになったのである。

そして数年前、ふと世阿弥に南北朝に材をとった能を作るように命じたところ、一言もなくそれを拒否されて義満は腹をたてた。

彼としては以前から、その時代の能がないのをいぶかしいと思っていた。さらに自分の持ち出した主題は、南朝に対する北朝の勝利宣言になると考えた。

といって、最初はたんに一つの思いつきのつもりであったのに、世阿弥の拒否ぶりが何ともけんもほろろといった風に感じられたので、義満は怒り、かえってこのことに執着するようになったのだ。

義満は世阿弥を遠ざけ、その代り、世に世阿弥と双璧《そうへき》といわれている近江《おうみ》猿楽の犬王道阿弥を、あてつけのようにひいきにするようになった。

が、世阿弥は動じたようには見えない。

ときどき呼び出して、うながしたことが何度かあるが、そのたびに、

「おそれいってござりまする」

と、世阿弥は平伏するだけであった。それが向うも、もはや自分に対して意地を張っているように見える。

――そして、きょう。

天覧能を餌《えさ》に、彼としては下手《したで》に出たつもりなのに、またも拒絶されて、

「世阿、お前はあくまでわしにたてつくな」

義満は、陽性な人間にはめずらしく陰々たる声音《こわね》で、

「能、猿楽と申したとて、もとはしょせん放浪芸、それをとりたてられて世にいささか名を知られたので、増上慢《ぞうじょうまん》になりおったか」

「あいや、めっそうな」

世阿弥は手をふった。これはけんめいな声であった。

「そのような途方もないことを、どうして私めが」

「お前は、自分の能は自分の世界、他人の指図や口出しは受けぬと思うておるであろうが。——ただこの義満は別だ。この地上、いかなる人間の世界も義満の支配する世界であることを知らぬか」

そのすこし前から、桟敷で万雷の拍手や、「やんや、やんや」のかけ声が鳴りわたっていたので、この義満と世阿弥のやりとりをきいていたのは、まわりの義満の家族だけであった。

能舞台では、犬王道阿弥や囃子方《はやしかた》がひれ伏していた。猿楽は終ったのである。

ただ、義満の家族以外に、この問答を耳にして、ひやひやしている者があった。柳生十兵衛だ。

三

彼は、義満と世阿弥のいる広縁から下りるみじかい階段《きざはし》のすぐ下の白洲に坐っていた。階段をはさんで、もう一方には、シャレコーベが白髪をかぶったような老人が坐っていた。将軍家剣法指南役愛洲《あいす》移香斎《いこうさい》である。年のほども知れぬ老人で、いま犬王道阿弥のみごとな猿楽を見つつ、それに顔もむけないで、コクリコクリと眠っている。

この愛洲移香斎は、起きていることがめずらしい。いつも眠っているのが常態だという人物で、いまも舟をこいでいるのだが、いったい何のためにきょうここに坐っているのかだれにもわからない。

そして、二人の左右に、広縁にそってズラリとならんでいるのは将軍家御供衆であった。その数三十人ばかり。

将軍家御供衆は、むろん将軍が外出するときのお供をする役目だが、ふだんでもその身辺の護衛にあたる。

柳生十兵衛はその将軍家御供衆の隊長であり、愛洲移香斎は後見役《こうけん》なのであった。

京のすぐ南方にある小豪族柳生家にとっては、将軍親衛隊の隊長たることは無上の光栄であり、かついのち綱《づな》の地位でもある。

いま将軍と世阿弥のやりとりをきき、義満の「世阿弥はおのれの世界を頑守して、将軍たりとも一指もささせないのか」という立腹の声を、いつぞやきいた世阿弥の自負と思いあわせてその通りだと思い、世阿弥の頑固さに舌をまきながら、世阿弥に好意を持っているだけに、十兵衛はハラハラしていたのだが、といって自分の立場からして、どうすることもできなかった。

だいいち、その応酬の内容からも、どう判断していいかわからない。

「ええ、もはやたのまぬ。未来永劫《えいごう》、お前の能は見ぬぞ。追って沙汰する。さがりおれ」

義満の怒声が降ってきたとき、十兵衛はふと自分の配下の数人が立ちあがったのに気がついて、そのほうを見た。

薙刀《なぎなた》をかかえた八人の僧兵と、その先頭に小柄な法師が歩いてくる。

それに五頭の大きな犬をつれている。——将軍のおん曹子義円と青蓮衆にまぎれもない。

さらに、彼らだけではなく、三人の雲水《うんすい》をとりかこんでいる。墨染めの衣に網代笠《あじろがさ》という姿だが、そのうち二人は背に琵琶《びわ》を背負い、腰に大きなひょうたんをぶら下げている。三人とも、握りのはしが環《わ》になったふとい杖をついていた。

足どりはたどたどしいが、べつにいやいや連行されてきた風でもない。ごくすなおな態度であった。

能舞台の前で一団をとどめると、義円は階段の下にあゆみ寄って、そこに坐っている

柳生十兵衛をちらと見たが、そのまま顔をあげて、

「父上」

と、呼んだ。

義満は四男坊の突然の出現に、いぶかしげな表情をしていたが、

「義円か、いかがしたか」

と、きいた。

「その沙門《しやもん》たちは何者じゃ」

「このごろ都の大路や寺々の境内で評判の辻芸人でござる。油壺《あぶらつぼ》の法眼《ほうげん》一座と申すものの由で、いまこの近くの鹿苑《ろくおん》の辻でやっておりましたので、ここへ連れて参りました。是非いちどおききのほどを」

と、義円は答え、三人の雲水に、

「笠をとらぬか、将軍家の御前であるぞ」

と叱りつけるようにいった。

青蓮衆の僧兵たちはみなひざまずいている。

雲水たちは網代笠をとった。

三人はみな眼をとじている。琵琶法師らしく、その例にもれず、盲僧らしい。

太平記を詠《よ》む幻術師

一

まんなかの僧は五十年配で、これが油壺の法眼だろう。あと二人は三十代に見える。みなひきしまった容貌をして、僧にしてはたくましい身体つきだ。

「さっき辻でやっていたことをここでやれ。あそこで語っていたところを、もういちど謡《うた》え」

と、義円は命じた。

若いほうの二人は、杖を地においた。一人が腰のひょうたんをはずした。一人はふところから大きな朱の盃をとり出した。

そしてその盃にトクトクと液体をそそぐと、年配の僧にささげた。どうやら師と弟子の関係らしい。

油壺の法眼が大盃をかたむけて、それをのんでいるあいだ、二人の弟子は背中から琵琶をはずしている。

やがて、二人の撥《ばち》から美しい五絃の音《ね》がながれ出し、油壺の法眼の口から音吐《おんと》朗々たる声があがり出した。

「楠木、京を出でしより、世の中のことは今はこれまでと思う所存ありければ、一足もひかず戦って、機すでに疲れければ……」

そう高くはないのに、錆《さび》のある声はよく通った。

「湊川《みなとがわ》の北にあたって、在家の一村《ひとむら》ありければ中に走りいって、腹を切らんために鎧《よろい》をぬいでわが身を見れば、斬傷十一ヶ所まで負うたりける。……」

桟敷の人々がみな水をうったように静まりかえったのは、その沈痛美にみちた声もさることながら、語っている内容が思いがけないものであったからだ。

人々は、はじめ平家琵琶かと思っていた。が、ちがう。

琵琶はひいている。もっともふつう平家琵琶はひき語りだが、これはべつの二人による合奏であった。

節《ふし》まわしは平家と同じだ。しかし内容はあきらかに「太平記」であった。が、後世のいわゆる「太平記読み」ともちがう。このころ「太平記読み」はまだなかった。

「太平記」はどちらかといえば南朝方の色彩をおびているので、公然とこれを読みきかせるのはいまの幕府にはばかるところがあったからである。

それをこの油壺の法眼は、平然と謡いつづける。

「正成《まさしげ》座上にいつつ、舎弟の正季《まさすえ》にむかって、『そもそも最後の一念によって善悪の生《しよう》をひくといえり、九界《きゆうかい》のあいだ何かご辺《へん》の願いなる』と問いければ……」

琵琶の音《ね》がたかまって、

「正季からからと打ち笑って『七生《しちしよう》までただ同じ人間に生まれて、朝敵をほろぼさばやとこそ存じ候え』と申しければ……」

彼らはこれを京の寺の境内や辻々でもやっていたのである。

義円は数日前からその評判を耳にしていた。そしてさっき、この近くの辻でそれをたしかめて、ここへ連れてきた。

ゆくさきは将軍のいる北山第《きたやまてい》だとはいわなかったが、ただならぬけんまくなのに、彼らは抵抗のそぶりもみせず、牛のように黙々とついてきたのである。

いまその油壺の法眼の切々たる声はつづく。

「正成世にうれしげなる気色《けしき》にて、『罪業《ざいごう》ふかき怨念なれどもわれもかように思うなり。いざさらば同じく生《しよう》を変えてこの本懐を達せん』と契《ちぎ》りて、兄弟ともに刺しちがえて、同じ枕に伏しにけり。……」

義円は歩みよって、階段を三段ばかりのぼってきた。

将軍の四男坊だから、十兵衛もこれをとめることはできない。

「世阿」

と、義円は呼んだ。

「例の能まだできぬか」

父と世阿弥との能にからまる悶着は知っているらしい。

「いまの太平記のあのくだり、あれをきいても能にならぬか」

まだそこにいた世阿弥は黙っていた。

そこから義円は、十兵衛を見下ろしていった。

「あの盲僧ども、南朝方の者だ。斬れ」

十兵衛はぎょっとして、むこうの三人の僧に眼をむける。

油壺の法眼は声はりあげて謡いつづけている。こちらの声はきこえないだろう。が、いまごろ南朝の人間が都大路を徘徊《はいかい》しているとは思われない。「太平記」を読んだから南朝というのは、どう考えても十四歳の少年の軽率さだ。

だいいち「太平記」はご禁制の書ではない。実は十兵衛のひそかなる愛読書でもある。

「八幡《はちまん》、おれの眼に狂いはない。十兵衛、斬れ」

十兵衛は心に惑乱しながら、しかし動かず、ただ頭を下げた。

「信じられませぬが、たとえ南朝の者なりとも」

そのとき、琵琶が異様な音をたてた。二人の僧が撥《ばち》をひときわ強くかき鳴らしたらしい。

二

両人は琵琶を地において、杖をつきながらこちらへ歩き出した。あとにつづく油壺の法眼の声は高潮する。

「智仁勇の三徳をかねて、死を善道に守るは、いにしえより今にいたるまで、正成ほどの者はいまだなかりつるに、兄弟ともに自害しけるこそ、聖主ふたたび国を失いて、逆臣よこしまに威をふるべきその前表のしるしなれ。……」

二人の僧は地を蹴《け》った。

盲僧ではなかった。その眼はかっとひらいていた。

手にふりかざしている杖は、杖ではなかった。柄《つか》がしらがまるい環になった、いわゆる環頭大刀《かんとうだち》という直刀だ。しかも杖にしていたくらいの長剣であった。

「逆賊義満、おん首頂戴」

「南朝の遺臣推参！」

二人の僧は、口をひっ裂いて突進してきた。

その直前に十兵衛は躍りあがり、階段をかけのぼって、そこにいた義円をつき飛ばした。義円は階段から横ざまに、もんどり打って地にころげ落ちた。

このとき十兵衛は、やむを得ず敵に背をみせる体勢になった。その体勢のまま十兵衛は抜刀し、うしろなぐりになぎはらった。

階段の下まできて、電光のごとくつき出した敵の直刀の一本は宙に飛んだが、一本は彼の左ふくらはぎを刺した。

が、十兵衛は猛然とむきなおって敵を見下ろした。一人は刀を失って狼狽《ろうばい》の相を見せ、もう一人はあおむけに転倒している。そのはずみに腰のひょうたんの紐が切れたとみえて、そばにころがっていた。

十兵衛は階段を飛び下りて、しかしがくと左ひざをついた。ふくらはぎから足ぜんたいにけいれんが走ったからだ。

「あぶない、十兵衛」

と、ヨダレのたれるような声がした。

ゆらゆらと立ちあがり、十兵衛のそばに立ったシャレコーベのような愛洲移香斎であった。それまで居眠りをしていたのが、さすがに眼がさめたと見えて、抜刀していた。

そのあいだに二人の敵は、ひょうたん一つを残して、むこうへのがれている。

二間《けん》ばかりへだてて、その配下をかばうようにして、油壺の法眼が出てきて、立ちどまり、移香斎と相対した。その眼はこれまたひらいていた。

移香斎は刀身をあげず、法眼のほうも杖を横なりにして――抜けばやはり環頭大刀になるのだろうが、その鐔《つば》もとにあたる部分に口あてて、凝然《ぎょうぜん》と立っている。

これを何百人という人間が桟敷《さじき》から見ていたのだが、みな白日夢でも見ているようにしずまりかえっている。最初のうちは驚いて声も出なかったのだろうが、このときは相対したこの両人のあいだからひろがる名状しがたい鬼気にしばられてしまったからにちがいない。

遠い桟敷はもとより、白洲にならんでいた御供衆、ひとかたまりになっていた青蓮衆、そして五頭の犬までがみな石のようになっていた。

ずいぶんながく感じられたが、一分たつかたたないかのことであったろう。

ふと、油壺の法眼がうごいたようだ。目に見えた動作ではなかったが、かすかながら動揺したようだ。

「きょうはやめた」

と、いった。

あわてもせず油壺の法眼は背を返し、

「ゆくぞ」

と、二人の雲水をうながした。

移香斎との沈黙の対決のあいだに何があったのか。法眼がそれ以上の行動をあきらめたのはたしかである。

雲水たちは、地においてあった琵琶を背に負った。

外見では、ゆうゆうと背を見せて歩き出す。

同時に、それで呪縛《じゅばく》をとかれたように、青蓮衆と御供衆がどっと渦をまいて動き出した。まず青蓮衆が、五頭の猛犬とともに追いすがろうとした。

と、三人がふりむいた。

まんなかの法眼の口がとがった。その口から、ビューッと黒い煙が噴き出したとみるや、その先端が一団の黒雲のごとく僧兵たちをつつんだ。次の瞬間、それは直径一間《けん》ばかりの火炎のかたまりとなった。

二人の雲水が、バラランーンと高らかに琵琶をかき鳴らした。

「わあああっ」

悲鳴があがったのは、その炎のなかだけではない。ぐるりととりまいた栈敷席すべてからであった。

炎は一息つくほどのあいだに消えたが、あとは半焦げの衣をまとった僧兵四、五人と、たてがみを焼かれた獅子のような二頭の犬がのたうちまわっている。——

三

優雅なるべき観能の場は、さながら人獣争闘の古代ローマの円形劇場と化した。

つづいて追っていた御供衆は、この地獄図にたたらをふんだが、逃げる敵が、栈敷と栈敷のあいだに作られたいくつかの通路の一つへむかっているのを見ると、

「待てっ」

「逃がすな！」

と、そのほうへ殺到した。

油壺の法眼はふりむいた。とがった口から、ふたたび火の糸が噴き出し、その先端が炎のかたまりとなって御供衆を覆《おお》った。そのなかで、また悲鳴があがって、虚空《こくう》をつかむいくつかの影が見えた。バララーンと、また琵琶の音《ね》が高鳴った。

そして妖《あや》しの琵琶法師たちは通路にはいった。たちまちせまい通路は黒煙につつまれて、彼らの姿は見えなくなったが、それでなくとももう追う者はなかった。

――あとでわかったことだが、その三人はその方角にひろがる鏡湖池《きょうこち》につながれていた舟遊び用の舟にかけこんで、その池をまっしぐらにわたって、どこへともなくのがれ去ったという。

彼らの消えた方角を、柳生十兵衛は片ひざついたまま、じいっと見送っていた。

「……やはり、南朝方であったか？」

十兵衛をしばりつけていたのは、足の痛みより、まずその驚きであった。

彼らがもし南朝方の遺臣にまちがいないならば、きょうここへ連行されることを――連行者が義円であることから、おそらくゆくてを察し、これぞ待ちに待った好機、と、あたかも秦《しん》の始皇帝を狙う易水《えきすい》の荆軻《けいか》のごとく心中雀躍《じゃくやく》したにちがいない。

が、将軍義満に迫ろうとして、あと一足ではばまれたのだが、見方によってはあっぱれというしかない。

――だれも知らないが、実は柳生十兵衛は足利将軍の親衛隊長でありながら、心情的にはいささか南朝同情派なのであった。

いま、あとに残された一個のひょうたんの栓がとれて流れ出している液体は、水でも酒でもなく、あきらかに強い油のにおいをたてている。さっき油壺の法眼は大盃でそれをのんだのだ。

してみると、あの火炎の術はその油を霧として噴いたのにちがいない。

いつであったかこの北山第で、近ごろ堺にやってきた南蛮船からつたえられたという絵本に、ペルシャの幻術師とやらがやはり火を噴いている絵を見たことがあったが、まさかそれから学んだわけではあるまいが、何にしても怖るべき妖術といわなければならない。

「柳生っ、なぜ追わぬ？」

耳もとで、かん高い声がひびいた。

「せっかくおれがつかまえてきた南朝の残党をむざむざととり逃がし、何をへたりこんでおるか？」

四

さっき階段からつき飛ばされた義円が、そばに仁王立ちになっていた。彼もまた、こ

れまで眼前にくりひろげられた思いがけない大修羅場を茫然と見ていたのだが、いまやっとわれにかえった風で、

「いや、そもそもはじめからお前は、わしのいうことをきかなんだな」

と、なじった。

このとき十兵衛は、足の傷のために追える状態ではないことを自覚している。その傷は義円を救うために受けたのだが、そんなことを口にする十兵衛ではない。

また実際義円のいうとおり、先刻の義円の言葉をまさかと信じなかったのだから、それについては一言もない。

「おそれいってござる」

十兵衛は頭を下げたが、動こうとはしない。

それを、おのれを少年と見てのふてぶてしさとかんちがいし、かつまた先日の大路での争い以来、柳生十兵衛に対して決してあのままますまさぬという意趣《いしゅ》をいだいていた義円は、

「それで足利家御供衆の頭人《とうにん》といえるか。うぬのような役立たず、これを機にここで始末してくれるわ」

たたきつけるようにいって、

「移香斎、お前は柳生の推挙人だ。十兵衛を斬れ」

と、ふりかえった。

返事はない。

剣聖という尊称もある愛洲移香斎は、もとの位置にもどって、地上でコクリコクリと舟をこいでいるのであった。

余人は知らず、この将軍家指南番の眠り病はもう人間世界のものではないことを知っているから、さすがの義円もこれはあきらめた風で、腰におびた白銀《しろがね》作りの佩刀《はいとう》をとんとたたき、

「父上、この十兵衛をここで成敗してもよろしうござりましょうな？」

と、声をかけた。

義満より、そばの世阿弥がきいた。

「なんの罪をもってでござりまする？」

さっき義満から退去せよと命じられた世阿弥だが、その直後の騒動のために、まだそこにいたと見える。

義円は叫んだ。

「御供衆でありながら、曲者《くせもの》をとり逃がし、追おうともせぬからだ」

「十兵衛どのは、あなたさまをお助けするのに、足に怪我《けが》を受けたようでございます」

と、世阿弥はいった。

義円はまばたきして十兵衛をちょっと見たが、すぐに世阿弥をにらみかえして、

「こやつ、先日四条大通りで、おれの愛犬を三匹も斬りおった！　あの狼藉《ろうぜき》を捨ておけ

ぬ。いまその処罰をするのだ」

「あれは一休坊を救おうとする余勢からでございました」

あのとき、その場に世阿弥もいたのである。

「おお――その一休の――」

義円は一瞬とまどったが、

「ははあ、わかった。世阿も柳生も南朝に心をよせる同じ穴のむじなだな」

と、妙なことをいい出した。

「いずれ一休もそのままには捨ておかぬが――とにかく、いまこの柳生十兵衛には誅戮《ちゆうりく》を加えるぞ」

「義円さま」

世阿弥は、ひくいひくい声で、

「柳生はともかく、一休坊に理ふじんなお手を出されまするると……大逆罪になり申すぞ。従って一休坊を護ろうとして犬を斬った柳生を討たれるのも、これまた無道」

義円はみるみる顔色を変えて、

「それは……一休が皇子《おうじ》であるということか」

と、すっとんきょうな声を出した。

世阿弥は義満に眼をむけて、

「足利家を大逆のご一族といたしてよろしうございましょうか？」

と、いった。これまた不可解な、異様な言葉だ。

周囲にざわめきが起こった。

十兵衛もこの問答に、あっけにとられている。愕然《がくぜん》としている。そして、不可解ながら、全身が鳥肌になるのを感じている。

さて、先刻まで能論議で世阿弥に大叱責を加えた義満は、その世阿弥がまだそこにいて、自分を威嚇するような眼をむけたのに、とがめるどころか、鉄丸でものんだような表情をしていた。

そもそも天下の森羅万象に、神のごとく明快果断な指示を下す義満が、さっきからひとことも口をきかないのがふしぎであった。

実は義満は、もともと四男坊の行状にたんげいすべからざるものを感じていたのである。

義満には十数人の男子があった。そのうち長男で正腹の義持《よしもち》にあとをつがせるのが正道だろうが、義満はいまいちばん寵愛している春日の局の生んだ次男の義嗣《よしつぐ》にゆずりたいと考えている。

ついでながら、二百五十年ほどのちの寛永時代、大徳寺の紫衣《しえ》事件に際し、徳川将軍の乳母お福なる女性が強引に参内《さんだい》して春日の局という名をかち得たことをさきにしるしたが、その称号は義満時代のこの春日の局に由来するのである。つまり柳生十兵衛のごとく、両時代に同じ名の人間が存在したのだ。

ところで義満が、子供のなかでいちばん気にしていたのは、四男の義円であった。

愛しているのではない。それどころか、自分の子のくせにうす気味悪いのだ。ことし十四歳だが、とうていそんな年齢とは信じられない行状である。少年とは思えない強烈で奇矯で徹底的な性格である。狂童子といっていい。青蓮院という寺にいれたが、そこで僧兵を編成して、都大路を巡邏《じゅんら》するなどということをやりはじめたが、それが十四歳の頭でそれなりの筋を通そうとするのだから、こわい。

あれだけには足利の家を譲りたくない、と義満は考えていたが、一方では、まあ四男坊だからそんな事態は起こり得まい、とも思っていた。

しかるに――なんたる魔天の悪戯か。

二十年後、なんとほかの兄弟とのクジビキによって、この義円が六代将軍足利義教《よしのり》となり、万人戦慄《せんりつ》の恐怖政治をしくのである。そして、七十をこえた世阿弥は、この義教のために佐渡《さど》へ流刑《るけい》に処せられるのである。

さて、いま義円に「十兵衛を成敗してよいか」と、きかれ、世阿弥に「足利家を大逆の一族にしてよいか」と、きかれて義満はすぐに返事せず、じろっ、じろっと両人の顔を見ていたが、

「ま、この件は、これ以上さわがぬほうがよかろう」

と、彼には珍らしくあいまいな返事をして、ふきげんな表情でぷいと座を立とうとした。

「あいや、しばらく」

そのとき、地上から声がした。柳生十兵衛が平伏の顔をあげていた。

「義円さまのお怒り、重々ごもっともに存じまする。十兵衛、御供衆頭人の儀、これを機にお役ごめんに相成《あいな》りたく、伏して……」

故山の剣俠

一

将軍家御供衆頭人《とうにん》の役をごめんこうむったのは、よかったか、悪かったか？　豪快といっていい性格の柳生十兵衛が、このことについてまだ考えこんでいるのはめずらしい。

師走にはいってはいたが、小春日和といいたいようなお天気で、彼は足の怪我《けが》もほぼ癒《い》え、柳生の屋形《やかた》から三里ばかりの大河原村弓ケ淵というところにきて釣りをしていたのだが、岩の上から糸をたれたまま、頭はなおそのことを考えているのであった。

背後はせまい枯野をへだてて伊賀街道が通っているが、冬のこととてそこをゆく人影もない。ただ空の蒼《あお》に枯野の黄がひっそりと浮かんで、天地は静かだ。

蟄居《ちっきょ》のつもりなので、お供は一子の又十郎と足軽の軍助爺《じい》だけつれてきた。

京の北山第《きたやまてい》の騒ぎのあと、強引にお役ごめんを願い出てからもう半月以上もたっている。

将軍義満がそれを許すとも許さぬともいわないうちに、彼はさっさとそこを立ち去り、そのまま所領の柳生ノ庄へ帰ってしまったのだ。

まかりまちがうと追手をかけられて、柳生とりつぶし、などという事態もまねきかねない。とくに義満の傍若無人な気性では、充分そのおそれはある。

にもかかわらず、彼がその行動に出たのは、むろん十四歳のおん曹子義円の悪態が腹にすえかねたからだが、それ以外に、あのまま自分が京にいるなら、とんでもない悶着にまきこまれそうな予感をおぼえていたからであった。

なぜかは知らず、義円はあの一休という小坊主を目のかたきにしているらしい。

その一休には、あんなに美しい母がある。その女人《にょにん》は、若くして死んだ自分の妻を思い出させる。いや、はるかに神性をおびた女人だ。その隠れ家に彼が「用心棒、柳生十兵衛」と札を――札ではない。スリコギに書いたのが可笑《おか》しいが――そんな文字を残したのは、彼の心魂をゆるがせたふしぎな衝動のためであった。

いや、心の衝動はそのときだけではない。

あれ以後も十兵衛は、ただスリコギの魔除《まよ》けをぶら下げただけではすまない波を感じつづけている。それを自覚し、自分への恐怖のために、実は十兵衛は、あの義円の罵《のの》しりの鞭《むち》を受ける以前に、京からの逃走を考えていたほどであった。

しかも、事態はいよいよ面妖なものになった。

あのとき世阿弥や義円の口走ったところによれば……なんと一休小坊主は皇子なそうな。

とみには信じられないような言葉だが、もしそれが事実だとすると、一休の父君はもう亡くなった某公卿だといつか世阿弥がいったのはいつわりで、いま京の御所におわす天子さまということになる。

そんな貴い身分の母子《おやこ》が、どうして巷《ちまた》であんな暮しをしているのか？

それらすべてをひっくるめて、自分が京にいると、外界のみならずおのれの心の世界でも何か途方もない大渦に巻きこまれそうな予感がして、十兵衛は無我夢中といった心情で、柳生ノ庄へ退散してきたのだが。——

さて、いまとなると。

その胸に刀痕のように残って痛みを与えるのは、やはりその一休やあの母を京に残してきたことだ。用心棒のスリコギを放り出したままにしてきたことだ。

十兵衛よ、お前はあの母子を見すててよいのか？

心のなかで、その声が呼ぶ。

それはお前のすべてを捨てたことではないか？

あの一休母子を捨てることは、自分のすべてを捨てること、というのはちょっと飛躍があるようだが、それにはわけがある。

そもそも彼の生甲斐《いきがい》は剣にあった。

二

古来日本では、武術を弓馬《きゆうば》の道といったように、流派をたてるまでの刀術はなかったが、室町期にはいってから、鹿取《かとり》の刀法とか念流とか中条流とかいう特殊技術としての剣法が云々されるようになった。

この義満の時代はまだその草創期にあったのに、柳生家では十兵衛の父にあたる石塔《せきとう》斎《さい》家宗がひどく剣法に興味をもって、そのころ修行者ながら名人としてきこえた愛洲《あいすい》移香斎《こうさい》なる剣人を招いて、三年ばかり教えを請うたことがある。

柳生家は鎌倉期春日大社の社人であったものが、南北朝のころ柳生播磨守永珍《はりまのかみながよし》という人が独立して柳生ノ庄の領主となったのだが、石塔斎は当時の争乱をきりぬけるためにそんな必要を感じたのであろう。

もう二十余年前のことだ。

そしてまだ二十代であった十兵衛は、移香斎の指南を受けた。

その剣法は、移香斎が日向《ひゆうが》の鵜戸《うど》神宮に千日参籠《さんろう》して夢のなかで開眼《かいげん》したという「陰《かげ》流《りゆう》」と称するものであった。

移香斎は当時すでに八十歳とかいう老人で、その秘伝の内容は雲をつかむようで、それをここに紹介してもちんぷんかんだが、それを今流に解釈すると。――

たとえば野球でピッチャーとバッターが相対するとき、彼らは肉眼で相手の体形を見つつ、実は心眼で相手の心を読みとろうとしている。ピッチャーが外角を投げるか内角を投げるか、バッターが外角を狙うか内角を狙うか、その他あらゆる球種打法を読もうとして、その心が読みとれなければ、相手の姿はないにひとしい。――同様に陰流の奥義は、剣をもって相手と対するとき、自分の心を相手に隠し、そうすれば姿まで見えなくなってしまう、という剣法なのであった。

陰流の理論は十兵衛にもよく理解できないところがあったが、事実この愛洲移香斎と立ちあってみると、呂律《ろれつ》もよくまわらない八十歳の師匠の姿が、忽然《こつねん》と消えているのに舌をまいた。

「自分の心を陰《かく》すとは、自分を無にすることじゃ」

と、移香斎はいった。

そういわれても、おのれを無にして敵と戦う、などということは容易ではない。

三年ばかりして、移香斎は飄然として柳生を去った。

去るにあたって、お前の姿は相手に影のように見える境地にまで達した、といって移香斎は十兵衛に印可状を与え、これは自分にとってはじめての印可状だ、といった。

この師にはるかに及ばず――と、自覚しながら、十兵衛はそれを移香斎のお世辞とは思わなかった。そんなまねをする師とは見えなかったし、彼自身も剣の道においてある程度の――ひょっとしたら、師以外の人間なら負けることはないのではないか――と、自信を持つほどの域に達していたからである。

移香斎の印可状がお世辞でなかった証拠が、やがてあきらかになった。

この老剣客はその後足利家に召し出され、将軍の剣法指南役となり、さらにその親衛隊御供衆を編成することになって、その頭人に柳生十兵衛を推挙したのである。

移香斎は、あまりに老体ゆえ、自分は後見役として、事実上の隊長は十兵衛にたのむ、というのであった。彼は百歳を越え、明けても暮れても居眠りばかりしている半植物人間のような大老人となっていたから、それもむりはない。五年前のことだ。

その示達《じたつ》を受けて、驚くと同時に、正直なところ十兵衛は勇躍した。そのころ父はもう亡くなっていたが、生きていれば十兵衛以上によろこんだに相違ない。

話が飛ぶようだが、実は柳生家は南朝とふかい縁があった。

「太平記」によると、例の元弘《げんこう》の変で後醍醐天皇が笠置山《かさぎやま》におちてきたとき、一夜、紫宸殿《ししんでん》の庭に南へむかって枝のはり出した大木あり、その下に無人の玉座《ぎょくざ》あり、百官が列座している夢をごらんになった。さめてのち、南へのびた木とは楠であろうが、この近くに楠という者はないかとたずねたところ、一僧が首をかしげて、この近くにはないが、河内《かわち》の金剛山《こんごうさん》のふもとに楠木正成《まさしげ》という弓矢とってはならぶ者もない武士がござる、と答え、かくて正成が後醍醐帝に召されるきっかけとなった、という有名な話が書かれている。

ところが柳生家に伝わる歴代の記録「玉栄拾遺《ぎょくえいしゅうい》」という秘書によると、この一僧の名は中坊といい、その兄が笠置のすぐ南の柳生の土豪柳生永珍《ながよし》であったとあるのである。
柳生家が独立を認められたのは、これを機縁にしての後醍醐帝のおゆるしによってであったという。

これは「柳生創世記」だ。

が、こんな話はあるにはあるが、それから七十余年。

すべての大名が、寄せては返す波のような大争乱にまきこまれた南北朝の修羅の世に、京のすぐ南に猫額大《びょうがくだい》の領地を持つ柳生家の数代が、その土地を守るために必死の努力をそそいだのはあたりまえで、いつまでも右の半伝説にこだわってはいられない。

そして、いまや完全に北朝の、従って足利の天下となった世に、柳生十兵衛が足利将軍の親衛隊隊長となったことを、柳生家の光栄としたのも当然のことであった。

仕えてみて、十兵衛は将軍義満にのみこまれてしまった。

三

南北朝合一を果たし、幕府に対して一敵国たらんとした山名や大内などの大豪族を一掃するという軍事的政治的な成功のかたわら、室町に「花の御所」を作り、前代未聞の七重塔をそびやかす相国寺《しょうこくじ》を建立し、さらに壮大な北山第に移るという大工事をくりひろげる。

その一方で、彼の日常は、和歌、蹴鞠《けまり》、舞楽など、平安朝もかくやと思われる貴族的生活をたのしみぬいている。

およそ後代をふくめて日本の権力者のうち、その権力の甘味《かんみ》をほしいままにした点で、彼にまさる者はない。義満は、信長の独裁と、秀吉の豪奢《ごうしゃ》と、道長の優雅をかね、いずれもその極限を味わいつくした。

しかし、そばちかく仕えて十兵衛をのんでしまったのは、そんなかがやかしい閲歴よりも、よかれあしかれ義満から発する人間味であった。

よくいえば天衣無縫、わるくいえば大だだッ子だ。

四、五歳のとき摂津の琵琶塚というところの景色を見て大いに気にいり、家来に、「この土地をかついで京へ持ってゆけ」と、だだをこねてみなを困らせたというが、その大気《たいき》はそのままつづいている。

大明《みん》への国書に、「日本国王　臣　源 道義《みなもとのどうぎ》」としるして、これは当時から問題になったが、それはひとえに貿易による巨利を求めてのことで、来日した明人たちに自分の輿《こし》をかつがせて悠然としているのである。

いつも上きげんで、冗談好きで、相手のよろこびそうなことをしゃあしゃあとした顔で約束するのはいいが、すぐに忘れてしまう。

それどころか、雲ゆきがひとつ変るとたいへんなことになる。その憤怒は雷電のごとく怖ろしい。

それからまた、八方破れにみえて、なかなかの打算家で、強きを助け弱きをくじいて、ぬけぬけとしたところもある。

義満は南北朝合一のときも、南朝から決して降伏ではない、対等の和平だと念をおされて、数々の誓約をむすんだのだが、合一が成ってしまうと、すべての約束をふみにじって平然としていた。

が、それら感心すべきことがら、感心できないことがらをふくめて、すべて天空海闊《てんくうかいかつ》だ。

この人物には、何のコンプレックスも罪悪感も爪のアカほどもない。

そこから放射される太陽風のようなものに、十兵衛はすっかり心服してしまった。生まれながらの王者とは、こういう人をいうのだろうと思う。

ところで、さて。

この超人的主君に、あと足で砂をひっかけて彼は故山に帰ってしまったのだ。ほかにも理由があったとはいえ、いまとなって、あれはおれの軽はずみではなかったか、と迷う心が出たとしてもむりからぬところがある。

ほかの理由とは、あの一休と母のことだが。――

ある予感から眼をつぶって身を離したつもりだが、いまその二人について考えると、いても立ってもいられないような不安を禁じ得ないのだ。

また京にとどまれば、なぜか予感される大いなる剣の世界を、みずから捨ててしまったような悔いもひろがってくる。

京にいたが是か。柳生にいるが非か。

「父上」

と、そばで釣糸をたれていた息子の又十郎が声をかけた。

さっきから彼は、ちらっちらっと心配そうに父親の横顔を見ていたのだが、この父がときおり放心忘我の状態におちいることはよく承知しているので、いままで黙っていたのだが、

「かかったようですぞ」

と、父の糸の先の蒼い渦に立つさざなみを見ていった。

「お」

われにかえって十兵衛は竿をあげようとしたが、そのとき背からびょうびょうと犬の咆《ほ》え声がながれてきて、彼はふりむいた。

四

枯野のむこうの伊賀街道を、西のほうから異様な集団が歩いてくる。

薙刀《なぎなた》をかついでいる僧兵たちと、その頭上にゆられている輿と、それから三頭の大きな犬と。

そして、犬は僧兵に綱でつながれているようだが、こちらを見て、みな凄《すさま》じい口をあけて吼えているのであった。

見まがうべくもなく、青蓮衆だ。輿にいるのは義円さまにちがいない。

——きたか。

討手《うって》だ、と直感した。

さすがに全身の毛穴がしまる思いがした。

十兵衛は竿をあげて、かかっていた鮒《ふな》を足軽《あしがる》軍助の鼻先へ持っていって、

「とれ」

と、命じた。

「又十郎、立つな。ここから動くでないぞ」

いうと、十兵衛は竿をおいて立ちあがり、枯芦のそよぐ河原をひとりで歩き出した。

青蓮衆はいっせいに立ちどまり、こちらを見ている。はじめ八頭いた犬は、京の四条通りで十兵衛に斬られたりして、三頭にへっている。青蓮衆も何人か北山第で南朝の遺臣の火炎に焼かれたりしたはずだが、その後また補充したとみえて、見たところ十人を下らない。

犬が吼えたのは、四条街頭での十兵衛をおぼえていたからだろうか。

が、意外だったのは、近づく十兵衛を迎えて青蓮衆が、こちらは意外そうな態度を見せたことだ。

「柳生よな」

板輿《いたごし》の戸をあけて呼びかけたのは、果たせるかな義円であったが、これもめんくらった顔で、

「京を退散して、こんなところで何をしておる？」

十兵衛は、この一団が自分への討手ではなかったことを知った。よく考えてみれば、討手なら柳生の屋形へ向うはずで、この大河原へくるというのは面妖ではある。

「釣りをしております」

「やあ、ここは柳生ノ庄のうちか」

はじめて気がついた風で、

「おのれ、勝手に御供衆を退《ひ》きおって、ここで魚釣りなどしておるとは横着《おうちゃく》しごくなやつだ」

先日、十兵衛を御供衆の職務怠慢の咎《とが》で成敗《せいばい》を加える、とまでいきまいたことは忘れているようだ。

ふいにぎらと眼をひからせて、

「あ！　十兵衛、まさかお前、一休を柳生ノ庄にかくまってはおるまいな？」

と、きいてきた。

「えっ、一休どのを？　あの小坊主どのがどうしたのでござる？」

「数日前、京からその母とともに姿を消したのじゃ。あの世阿弥も同時に。――」

「へーっ」

　これにはめんくらわざるを得ない。

「どうじゃ、十兵衛、その三人をかくまってはおらぬか」

「そんなことをしていたら、ここで拙者が太平楽に釣りなどしてはおりませぬ」

　十兵衛は苦笑したが、心に波は立っている、犬は咆えつづけている。

「そうか。それではやはり伊賀だ」

　と、義円はうなずいた。

「伊賀？」

「世阿弥の故郷じゃ」

「や」

　そういえば以前、世阿弥の出身地は隣国伊賀の服部ノ庄だときいたことがある。

「世阿がそこへ、一休母子を連れて逃げたと見こんで、われらはゆく途中なのじゃ」

　それで義円一行がここを通りかかったわけがわかったが、同時に新しい疑問がわきあがった。

「義円さま。……その三人が京から消えたのを、なぜご追及になるのでございますか」

「一休が南朝とかかわりのある小坊主だからだ」

「南朝？　先日、北山第でうけたまわったところによると、一休坊は皇子《みこ》、すなわちいまのみかどのお子とかで。……」

いまのみかどは後小松《ごこまつ》天皇だ。——実はこれはおくり名なのだが、この物語では在世中の天皇もその名で呼ぶことにする。

後小松天皇はいうまでもなく足利氏がたてた北朝の天皇である。

「母親が南朝方の公卿《くげ》の娘なのだ」

と、義円は答えた。

一息おいて、十兵衛はまたいった。

「しかし、父君がいまのみかどなら、一休坊は南朝方の皇子とはいえないのではありませぬか。母君がたとえ南朝方のおかたにせよ、それがなんの罪。いわんや、見たところによると、その母君は浮世を避けてひっそりと嵯峨で機を織ってお暮しのていで、また一休坊も安国寺で小坊主として……」

「一休はふだん、ぬけぬけと南朝びいきの言動をあらわにしておるそうな」

にくにくしげに義円は、

「自分では南朝方の人間のつもりでおるのだろう」

「何にせよ、ともかく皇子を罪人《つみびと》のごとく追われることは……」

「その所在をつきとめておかなくてはならんのだ」

じろっとねめつけて、

「やはりうぬも南朝派だな」

十兵衛はわざととりあわず、

「三人が伊賀へいったというのはたしかなのでござるか」

「それをたしかめにゆくのだ。世阿とあの母子が京から同時にいなくなったのがいぶかしい」

変声期らしく、義円の声は大部分は小童のように黄色くかんだかいが、ときに中年男のような銅鑼声《どらごえ》がまじる。

身体は年相応の小軀《しょうく》だが、いっていることはまったく少年らしくなくて、うすきみわるい。

「ついでに世阿の素性をたしかめにな」

「世阿弥の素性？」

「きゃつ、なぜか南北朝の能を作れという父上のお申しつけをきかぬ。ひょっとしたら、世阿の出自にからんでおるのではないか、と思いついたのだ」

「あ。——」

「いや、ここでお前とこんな問答をしているひまはない。このまま伊賀へゆくが、十兵衛、お前のふるまいにも納得ゆかぬところがあるぞ」

義円はまた十兵衛自身に不穏な眼をむけ、

「あの一休の母の嵯峨の家に、用心棒、将軍家御供衆頭人、柳生十兵衛と書いたのは、どういうつもりだ」

あれを見つけたと見える。十兵衛は狼狽した。

「いえ、あれは魔除《まよ》けで」

「魔とはだれだ」

「へ、だれとも知らず、ゆきあたりばったりでござる」

「とぼけたことをいうな」

義円は叱咤した。

「父上がな、あの十兵衛は変り者だが惜しいやつだ。大目に見てやれ、と仰せられたから、いままでのことは見のがしてやるが、かさねて申しておく、今後もこの義円をさかなですようなことがあれば、もはや柳生の家はないと思え」

義円は、輿《こし》をかついだ僧兵にあごをしゃくった。

「ゆけ」

青蓮衆は、その全隊が一個の戦車のような威風を示して動き出した。

彼らは、木津川の上流伊賀へ渡るつもりだろう。

その凶々《まがまが》しい影が東の杉並木のむこうへ消えるまで、十兵衛は棒のように立っている。

五

おそらく青蓮衆は一休の母のかくれ家を発見し、見張っていたのだろう。また世阿弥も同様に監視していたのだろう。それが数日前、双方前後していなくなったので、あちこち探しまわったあげく、世阿弥たちが伊賀へ向ったという何らかの情報をつかんで、それを追ってきたものに相違ない。

一休母子と世阿弥のゆくえをつきとめて、さてあの義円さまはどうするつもりか。

「父上」

そのとき、川のほうから又十郎と軍助が近づいてきた。又十郎がいぶかしげにきく。

「いまの僧兵、何者ですか」

柳生にいる又十郎は、京で泣く子も黙る青蓮衆を知らない。

「京で知った法師連だ。……帰る」

十兵衛はそれだけいった。

「軍助、馬を」

十兵衛と又十郎はここへ馬できた。近くの杉林につないであった二頭の馬を、軍助がひき出してきた。

その馬にゆられながら、十兵衛は思案のていだ。

柳生への木津川沿いの帰路をたどっているが、反対の伊賀へ向った青蓮衆についての不安が彼の背に糸のようにからみついているのだ。

太陽はいつしか西にかたむいている。

大河原村は木津川の南北にまたがっているのだが、弓ケ淵は北側にあるので、柳生に帰るには途中で渡し舟に馬といっしょに乗らなければならない。

笠置山を川向うに見るその渡し場の一つに近づくと、そこで舟を待っている七、八人の人影が見えた。みな百姓や物売りらしかったが、そのなかに三人だけ、異風の姿がある。

一人は武士風だが、あとの二人は市女笠《いちめがさ》の女人と、小ぶりながら網代笠《あじろがさ》の僧であった。その雲水《うんすい》は河原にしゃがんで、小鳥と遊んでいた。せきれいや、ゆりかもめや、それがその小さな墨染め姿のまわりや頭上をとびめぐっているのだ。

――あれは一休坊ではないか！

十兵衛は隻眼《せきがん》を見張った。

竹の皮笠をかぶった武士風の男も、驚いた顔で迎えた。十兵衛は馬から飛び下りた。それが柳生の殿さまだと知って、あわててひざをつく農民や行商人たちを、「かまうな、かまうな」というように手でおさえて、

「世阿弥どのではないか。どこへゆかれる」

「伊賀へ参るつもりでおりますが」

なるほど、伊賀へゆくにはここから南岸へ渡ってゆくという道筋もある。

「ああ、柳生はこの近くでござりますな」

と、世阿弥はいった。

「いかん！」

十兵衛は首をふった。

「ほんのいましがた、例の義円さまが青蓮衆をひきいて、あなたがたを追って伊賀へ急行してゆかれたぞ」

「えっ」

これには世阿弥ものけぞらんばかりになった。

「あなたがたが、京にいないことに気がついてのことらしい」

「私たちを追ってとは、義円さまが何のために？」

「その所在をたしかめるためと、それから……ああ、伊賀でおぬしの素性を調べるためとか申されておった」

いかにしてか、追う者が追われる者より先行したことになったようだ。

「何にしても、あなたがたが伊賀へゆかれるのは、みすみす網にかかるようなものだ」

十兵衛はこのとき、もうある決心をしていた。

「柳生へこられい」

と、いい出した。

「何のご用で伊賀へゆかれるか知らぬが……しばらく柳生ノ庄へきて、ようすを見られたらどうじゃ？」

十兵衛が敬語を使っているのは、世阿弥にではなく、その背後の市女笠の女人《にょにん》に対してだ。

四十男の彼が自分の背なかが熱いような感覚を感じている。——それは嵯峨の竹林の奥にいた一休の若い母伊予さまであった。

のがれたはずのものが、追ってきた。

「ふうむ。……」

世阿弥もさすがに動顚《どうてん》した表情で伊予さまを見やって、

「おききになりましたか。それでは柳生どのの仰せられるとおり、しばらく柳生家にかかりの宿をおねがいするほうが安穏だと存じまするが。……」

と、いった。

それ以上、話をしているいとまもない。船頭が街道のほうに向って叫び出した。

「おういっ、舟が出るよーっ、笠置の渡しの舟が出るよーっ」

ほかの客にまじって、彼らは馬といっしょに舟へ乗りこんだ。

舟が夕焼けの川波にゆられはじめてから、十兵衛が伜《せがれ》の又十郎を一休母子に紹介した。

又十郎に、自分が京でおつき合いをねがっていた方々だといい、一休を見て、

「たしかどちらも十四。……同い年です」

「やあ、お世話になります。よろしく」

一休は快活に又十郎に頭を下げる。

ふとそのとき、この少年が朱鞘《しゅざや》の竹光《たけみつ》を腰にしていたことを思い出し、いまそれとちがったものをさしているのに気がついて、

「一休どの、あの竹光は？」

ときくと、一休はそれを腰からぬいて、

「いや、このほうが効験《こうげん》あらたかと存じて」

と、十兵衛の鼻先につきつけた。

見て、十兵衛は絶句した。あの「用心棒」のスリコギだ。

やがて、対岸の笠置山麓の村から夕《ゆうべ》の鐘がきこえてくるあたりに達すると、一休は眼をつぶり、口ずさみ出した。

「日暮に鐘、遠寺の楼よりゆるげば
詩人、聴《ちょう》に入《い》りて愁《うれ》いたえず
風狂の旅は白く客船の枕
日は落つ、山城《さんじょう》柳生の秋。……」

その横顔から世阿弥に片目を移して、

「あれは……一休坊の作られた詩でござるかな?」

と、おずおずと十兵衛がきく。世阿弥はうなずいた。

「さよう。どうやら即吟らしい。それが……なんとちゃんと韻を踏まれておるようで、怖ろしい」

おなじ十四でも、おれの伜とはだいぶちがうな、と十兵衛はうならざるを得なかった。

しかし、又十郎が特に劣っているとは思わない。この少年僧が異常なのだ。

そして、この一休だけでなく、先刻のあの青蓮衆の義円も。——

――二人とも、魔童子《まどうじ》じゃな。

と、十兵衛は心中に嘆声を発した。

世阿弥がささやいた。

「あの一休どのがただのお生まれでないことを、どうやらお知りになったようですな」

十兵衛はひくく答えた。

「いかにも。……父君はいまのみかどとやら。……」

山城《さんじょう》　柳生いろり咄《ばなし》

一

　十兵衛は柳生ノ庄に世阿弥たちを連れて帰ると、翌日すぐに、仲間《ちゆうげん》軍助とその他二人の手練《てだ》れの者を、百姓や行商人に化けさせて、伊賀の服部ノ庄に物見に出した。

　服部ノ庄は後年の伊賀上野あたりの土地である。

　それが、一日ごとに一人ずつ帰ってきて報告したところによると、青蓮衆《しようれんしゆう》は服部ノ庄の豪族服部家におしかけて宿泊していたが、三日目に京へ向ってひきあげていったということであった。世阿弥や一休母子など来ていないことを確認したらしい。

　そして義円らは、ついに柳生へこなかった。

　その前の十兵衛との応対から、柳生には疑いなし、と見たようだ。

　それでも、妙に執念ぶかい義円のことだから、ひょっとしたら帰路こちらにまわってくるかも知れない、という危惧もあっただけに、十兵衛は、やれやれ、と胸なでおろした。

世阿弥が十兵衛に、じぶんと一休母子についての大秘事をうちあけたのは、滞在四日目のことであった。

大みそかちかい柳生の屋形には、銀のような氷雨《ひさめ》がふりしきっていた。

柳生もまた小国だから——というより、まだ国のていをなしていない——一休は、見ない柳生を山城《さんじょう》と詠《うた》ったけれど、むろん城などというものではなく、まさに屋形にすぎないが、しかし鎌倉期からの建物は巨木を組んだもので、それが歳月といろりの煙に黒ずんで、いかにも山城という形容がふさわしい。

世阿弥の請《こ》いにより、その母家《おもや》のひろい一室の、いろりをかこんでの十兵衛と世阿弥の対話であった。

「義円さまは、おそらく観世家の素性を調べあげられたに相違ござらぬ。それをいま柳生さまにかくしだてしても無用のことでしょう」

と、世阿弥はいい出した。

「私の父清次《きよつぐ》は伊賀の服部一族に生まれ、縁あって大和猿楽四座の一つ、観世家に養子にまいりましたが、母は河内《かわち》の楠木入道正遠《まさとお》の娘でござります。楠木正遠は、あの正成の父であります。清次の母は、正成の妹にあたります」

「やっ」

思わず十兵衛は叫んでいた。

「いまも人の知る兵衛《ひょうえ》正成の妹が伊賀の一土豪《どごう》、しかも大道芸と呼ばれた猿楽者の嫁にくるとは、と、いぶかしう思われるかも知れませぬが、正成とて河内の一土豪、いわんやその父正遠のころは、世に〝悪党〟と呼ばれた散所《さんじょ》の民のかしら分でござりました。かたや、どういうわけか、古来伊賀には忍びの術なるものが脈々と伝えられ、わが服部家はそのかしら分でござりました」

世阿弥は微笑して、

「ま、当時としては恰好の縁組だったのではありませぬか」

十兵衛は一つ眼をまんまるにしている。

「私思いまするに、のちの楠木の神変の兵法は、その縁を通じて伊賀から河内へ流れたものではござりますまいか」

「ほほう。……」

「また、大和の猿楽は物まねを基本といたし、父清次はそれを変身の芸にまで高めましたが、これも伊賀の伝統の忍びの術を昇華させたものと私は見ております」

世阿弥は微笑しながら、ふところから油紙《あぶらがみ》の包みをとり出した。

「わが観世家にとって何物にもかえがたいものなので、肌身はなさずここへも持って参りましたが」

油紙をひもとくと、二、三冊のとじ本と、そのあいだに折りたたまれ、しわだらけの、何やらゆいしょありげな紙片があらわれた。

二

紙のほうをひらくと、「観世系図」とある。そのなかのある個所を指さして、世阿弥は十兵衛に手わたした。

指さしたのは、清次から元清へつづくあたりだ。

系図の常として母の名など書いてないが、清次のところに細字でビッシリ何か書いてある。読むと、簡潔な清次の履歴であったが、なかに、

「法名観阿弥、母ハ河内国玉櫛ノ庄楠木入道正遠ノ女《むすめ》。応安七年京ニ起ル。父母ノ家筋ハ鹿苑《ろくおん》殿ニ秘シテ座ヲ立ツルモノ也《なり》」

という文字が見えた。

「応安七年京に起る、とはその年、今熊野《いまくまの》ではじめて義満さまのご上覧をたまわって、京で観世一座の名を高めたことを申します。また鹿苑殿すなわち義満さまに父母の家筋を秘した、というのは、同時に秘せともいうことで、観阿弥のかたい遺言でもございました」

「…………」

「なぜならば父観阿弥は、足利家の世からはいま逆賊の巨魁と目されておる楠木兵衛の甥であり、あの四条畷《しじようなわて》で討死した正行《まさつら》とは従兄弟《いとこ》の縁にあたるからでございます」

ひとつ嘆息して、十兵衛はいった。

「では……では……おぬしが南北朝の能を作らぬのは、そんな家筋のものであったからか」

「それもござります。が、それ以上の理由があるのでござります」

世阿弥の声は沈痛のひびきをおびた。

柳生屋形には、ほかの家来もいるのだが、氷雨のせいかしんかんとして、ただ中庭をへだてて少年の声がきこえる。

一休の遠い声だ。

一休と伜又十郎は同年で、また又十郎が生来素直《すなお》な性質のゆえか、たちまち一休に心服し、何がきっかけか一休から「平家物語」の講義を受けることになったようで、いまその講義中なのであった。そこに一休の母、伊予さまも同座しているはずだ。

「父が猿楽の世界にはいったのは、そういう家筋を捨てるためもあったでしょうが、その道をえらんだ以上、その道を大成せずにはおかない父でござりました。父は物まねの猿楽を能にまで高めました。――たまたま、ここにあるのは、能の芸についての私の書きものでござりますが」

世阿弥は、いまの系図といっしょにとり出した二、三冊のとじ本をさして、

「これは私自身の芸についてというより、父から伝えられた秘伝についてのおぼえがきでござります」

その冊子の表紙には、「風姿花伝」とあった。

「で、ござりますから、この系図にも書きましたように、応安七年、今熊野で義満公のご上覧をたまわりましたときは、ついに観世が天下に認められる時がきた、と雀躍したものでござります。この上覧能によって父は足利家同朋衆《どうぼうしゅう》にあげられ、私は義満公のお小姓《こしょう》に召し出されました。私が十二のときでござります」

小姓といったが、寵童であったことは、十兵衛も知っている。

「そのときは私も無上の光栄と身をふるわせました。が、そのあと年を経るにつれて、そのことが私のつらい重荷となったのでござります」

世阿弥の声は、消えいるようにひくい。

「あの楠木と同じ血を分つものが、足利将軍のご寵愛を受ける身となろうとは。……しかも、やがて能の世界においても、南北朝の能を作れとのお申しつけを受けようとは。……」

能面を思わせる世阿弥の顔が、かすかにけいれんして、

「それはできませぬ。おそらく将軍家は、足利のご威光に打たれる正成の亡霊をごらんになりたいのでござろうが、七生生まれ変っても朝敵をほろぼさんといいのこした楠木兵衛の亡霊を、さような能に出すことは、世阿弥、いかなるご厳命であろうと、決してお受けつかまつるわけには参りませぬ」

十兵衛は、世阿弥が南北朝の能を拒否しぬいたこの心情を了解した。

三

しばらく、トロトロといろりの火の燃える音ばかりきいていたが、やおら、

「それでおぬしは、一休坊とその母御《ははご》をかばおうとしたのか」

と、十兵衛はあらためてたずねた。

「先日、義円さまから、あの母御は南朝方のおかただときいたが」

「義円さまはそこまで申されましたか。いかにもあのおかたは南朝にお仕えなされた北《きた》畠《ばたけ》少納言さまのご一族でございます」

「ほ？　あの神皇正統記《じんのうしょうとうき》の親房卿《ちかふさ》の」

「いえいえ、親房卿との直接のお血筋ではございませぬが、北畠家のご一族に相違はございませぬ」

世阿弥は語り出した。

「ご承知のように天下が南北の二つに分れたとき、お公卿衆《くげしゅう》もまた――同じ一族でも二つに分れました。そしてご合体のとき、南朝につかれたお公卿衆も京へご帰還になったのでございますが、そのときは北朝のお公卿衆と同格に扱う、というかたいお約束があったにもかかわらず、南朝方のかたがたはあたかも敗残のようなお立場に落ちられたのでございます」

「………」

「お伊予さまも吉野からお帰りになると、やがて御所へご出仕になったのですが、父上の少納言さまはご合体のごたごたのなかで亡くなられ、ほかにたよるに足る後見《こうけん》もなく、そこへいま申したような南朝いじめの朝廷ですから、いかにも、はかなげに見えるのに、かえって後小松《ごこまつ》のみかどがお目をとめられました」

「………」

「それにあのおん美しさです。あたかも源氏物語の桐壺《きりつぼ》の更衣《こうい》でござるな。いや実際にお伊予さまは伊予の局《つぼね》と呼ばれる更衣になられたのでござる。そして身籠《みご》もられました。ご合体の翌年、後小松のみかどもお伊予さまも、おん年十六歳でおわしたそうで」

「………」

「なみの世、なみの人なら、めでたさのかぎりでござるが、さていま申したように南風《なんぷう》競《きそ》わぬそのころの御所のなかです。この皇子《みこ》生《あ》れましてもはたしておしあわせか、どうか……十六のお伊予の局はおなやみになった。一方、いかなるご心境か、やはり十六のみかどは、はやほかの更衣に眼を移されていた」

「………」

「そのときお伊予さまは、たまたま平家琵琶の祇王《ぎおう》のくだりをおききになりました。清盛入道の寵を受けながら、入道が新しい白拍子仏御前《しらびょうしほとけごぜん》に心を移したのを知って、嵯峨に隠れた祇王でござりますな。……お伊予さまは、身籠ったまま御所を出て、ほんとうに嵯峨の竹林の奥へ身をひそめられてしまったのでござります」

「………」

「その竹林のなかで誕生したのがあの一休坊で。……翌《あく》る年の一月一日のことであったと申します」

――きくにつれて、いろいろの意味で十兵衛たるもの、嘆声を発せざるを得ない。まさしく「源氏」の桐壺、「平家」の祇王をかねたような物語だ。

「みかどのお心はすでにほかにあられ、そのころことさら探す者もなかったと申します。いまから十三、四年も昔の話で、当時私は室町御所にお仕えしておりましたが、みかどの御所にかようなことがあったとは、ついぞ耳にしたこともござりませなんだ」

「………」

「それを知ったのは近年のことで、たまたま安国寺に参った折り、あれが評判の神童一休だと教えられ、だれか、実はあれはいまのみかどのご落胤《らくいん》じゃときく、と教えてくれた者があります。それから一休坊と知り合い、嵯峨の母御をも知った次第で」

「………」

「お伊予さまの仰せでは、出生《しゅっしょう》のことは、この世に生きて恥ずかしからぬふるまいをさせるために、一休だけには教えたと申され、一休坊もいちども他言したことはないそうですが、やはりどこかに知る者もあったのでござりましょう」

「あの義円さまもご承知だな」

「さよう。悪い人に知られました。あれが一休坊を目のかたきになされるのは、神童と呼ばれる同年者をつらにくく思われるばかりでなく、そのおん血筋、とりわけ母御のほう、南朝方の血をひいた人間へのご反撥があるものと、私は見ております」

「………」

「また一休坊が、父君のことを一語ももらさず、自分はただ母者《ははじや》だけの子だと思いこんでおるらしく、ことさらに南朝びいきの言葉を吐かれるので……あの小坊主どのの奇矯性は、その出生の秘密から発しておるのかも知れませぬなあ」

四

世阿弥のいっていることは、的《まと》を射ていた。

一休の一生をつらぬいての反骨、風狂、傍若無人、天衣無縫のよってきたるゆえんは、この出生の血にあった、といえるかも知れない。

その一休坊の「平家物語」の一節をそらんずる声が、朗々とながれてくる。

「……ただ末代に生《しよう》を受けて、かかるうき目にあい候《そうろう》重盛が、果報のほどこそつたのう候え。……」

どうやら重盛諫言《かんげん》のくだりらしい。

「さらに加えて、義満公の……」

と、いいかけて、世阿弥はふいにはたりと沈黙した。

宙をあおいだ顔を、下からいろりの焚火《たきび》がめらめらと映している。その眼は恐怖の色を浮かべていたが、十兵衛はわけがわからず、いつまでたっても世阿弥が次の言葉を出さないので、

「義満公は、そのことをご存知かな？」

と、たずねた。

「それは、義円さまがご存知ですから、義満さまもご存知でござりましょう」

と、世阿弥はいった。さっき何かいいかけた言葉はのみこんだようだ。

「ただし私の知るかぎり、直接義満さまが一休坊をごらんになったことはないようでござりますが」

と、世阿弥は答えた。

「で、その義円さまから、こんどおぬしたちがのがれてきたのは、あちらに何かの危険なしるしでもあったのか」

「いえ、私たちが京から逃げたのは、義円さまのためではござりませぬ」

十兵衛は、あっけにとられた。

「私たちは義円さまがご追跡になっていることさえ知らず、伏見稲荷《いなり》などへ立ち寄っておりました。……それでかえって、青蓮衆をやりすごすことになったと見えます」

世阿弥はいった。

そういえば笠置の渡し場で、青蓮衆の追跡を告げたとき、義円さまが何のために？と世阿弥が問いかえしたのを、いまさら何を、と、ちらとふしんに思ったことを十兵衛は思い出した。

「では、おぬしらはどうして京から逃げてきたのじゃ？」

「……そのことについてお話しすべきかどうか、この三日ばかり迷っておりましたが、一休坊の素性まで打ち明けました上は、もはやかくす理由はございますまい。いえ、柳生さまのお助けをねがう以上、是非ともお話し申しあげねばなりませぬ」

世阿弥は決心したように、

「私たちが逃げたのは、南朝方の遺臣衆の手からでございます」

「な、なに？」

十兵衛は左だけの一眼をむいて、

「南朝の遺臣というと――あれか」

「さよう、北山第にあらわれました例の琵琶法師ども」

世阿弥はいった。

「あのとき、私はとんだ失敗をしてしまいました。義円さまが御供衆頭人《とうにん》たるあなたを罵《ののし》るあまり、いずれ一休もただではおかぬと口走られ、その理不尽さにがまんなりかねて、つい私が一休坊に手を出されては大逆となると口に出してしまいました」

「おお――そういうことをいったようだな」

「それにつられて義円さまも、それは一休が皇子ということか、と申された」

「うん」

「一休坊が皇子であることは知る人ぞ知る、で、多くの人は知りませぬ。が、あのとき見所《けんじょ》の席にはたくさんの公卿衆もお侍衆もおられました。私の想像では、そこから話が伝わったのではありますまいか」

「どこへ？」

「いまだ南朝忘れがたき人々へ――そして、あの場所に出現したあの遺臣どもへ」

「あの油の火を吐く琵琶法師か」

「されば」

「南朝の遺臣。――ご合体後、もう十五年以上にもなるのだぞ。あんな化物がまだこの世に残っていようとは知らなんだ」

「私、ひそかに将軍家ご側近からもれきいたところでは、ご合体のときなおそのことに不承知の方々が吉野からのがれて、人馬も及ばぬ雲煙のかなた、伊勢との国境《くにざかい》の大杉谷の奥あたりに、後南朝《ごなんちょう》とやら称して御所を作り、再興の機を待っているようでござります」

「ほほう。……では、あの法眼《ほうげん》とやらはそこから出てきたものか」

「さように存ぜられます」

「何のために京へきたのかな。琵琶で南朝の悲歌を奏《かな》でるためか」

「彼らの真の目的はわかりませぬが——彼らは少なくとも一つの目的を見つけました」

「なんだ？」

「一休坊をその後南朝の御所へつれてゆくことではないか、と思われます」

「やっ？」

「十日ほど前——あの将軍家のご叱責以来蟄居《ちっきょ》しておりました私の家に一休坊がこられて、ふしぎなことを申します。嵯峨の母から使いがきて、ここ数日まわりの竹林のどこかで、夜琵琶と歌声がきこえる。きみがわるいから泊りにきておくれとのことで、これから嵯峨の家へ帰るけれど、念のため私もきてくれないか、とのたのみで。——」

「ふうむ。……」

「それで私もついて嵯峨へ参りましたところ、夜ふけて子《ね》の刻《こく》、なるほどバララーンと琵琶の音が。……」

さすがの十兵衛も、ぞっと背すじに冷たいものがはしるのをおぼえた。

「そして、遠く歌う声が、たしかに——獅子《こ》子を生んで三日を経《ふ》るとき、数千丈の石壁よりこれを投ぐ。なんじすでに十歳にあまりぬ、一言耳にとまらばわが教誡《きょうかい》にたがうことなかれ、と、きこえました」

「…………」

「いうまでもなく正成《まさしげ》が、兵庫の戦いに赴《おもむ》く前の、一子正行《まさつら》との桜井の別れのくだりでござる」

「…………」

「家を出てみましたが、人影はおろか、どちらの方角からきこえてくるのかわかり申さぬ。しかし、まちがいなく北山第できいたあの琵琶の音、あの歌声でござる。そのうち、ふっとその声は消えました」

「なんのために、きゃつら、一休にそんなまねをするのだ？」

「一休坊を呼んでおるのでござりましょう」

「…………」

「はじめ、母にその琵琶をきかせて一休を呼ばせ、こんどは一休を竹林のなかへ呼び出そうという。――」

呼ぶ声

一

いろり火はトロトロとおとろえてきたが、十兵衛は新しい榾《ほだ》をくべるのも忘れている。

「これはあくまでも私の推測でござりますが、後南朝のめんめんは、一休坊が皇子であることを知り、その母御《ははご》の素性も知った。そこでなんとかさらってゆきたいという気をおこしたが、強引にさらうことはむずかしい。彼ら自身、いまはおたずね者の身でござりまするからな」

世阿弥は話しつづける。

「それにおそらく一休坊の、ふだんの南朝びいきの言動も知ったでござりましょう。そこで、できればなんのさわぎもおこさず連れてゆきたいと念じて、その琵琶の音《ね》をきかせたものと存ずる」

「…………」

「が、それをきいて、私はうろたえました。万一、一休坊があの連中の手に落ちれば、ただ一休坊の災難であるばかりでなく、まわりの事情が一変します」

「と、申すと？」

「一休坊を、いまのみかどのおん子すなわち北朝の皇子と認めれば、後南朝方にとって恰好の人質となります。逆にその母御のお血筋さらには当人の意志で南朝の皇子ということになれば、これまた何よりの道具になります。琵琶の呼び出しが意のごとくならず、私たちが逃げたとあれば、あるいは手荒《てあ》らな手段に出るかも知れませぬ」

「なるほど。……」

「実申すと、私は義円さまをそれほど怖れてはおりませなんだ。あの一休の出自をご存知の上は、わるさにも限度がある、と見ておったからでございます。が、そういう事態になれば、あるいはそういう事態になるおそれがあると見れば、もう話はべつでございます」

「ふうむ。……」

「さらに、それどころか将軍家も捨ててはおかれますまい。あの御供衆をかり出されることも充分考えられます」

「御供衆。……」

十兵衛は嗄《か》れた声で、

「あれは……おれがいなくなってから、どうなっておる？」

「愛洲移香斎さまが頭人《とうにん》になられたようで」

「ほ、あの老師が？」

「ただし移香斎さまはあのとおりのご老体なので、実際は赤松鉄心、斯波《しば》刑部《ぎょうぶ》、細川杖之介《じょうのすけ》のご三人が交替で指揮をとって、目下あの後南朝のめんめんをご探索中とうけたまわりましたが」

「そうか。いやあの三人は名門ながら、みなみごとな腕、おれが頭人であるよりましかも知れんぞ」

「ひょっとしたら将軍家、義円さまともども、足利をなやませる禍根となる小坊主、いっそこの世から消してしまえ、ということにも。……」

「おう」

十兵衛も愕然たる声を発した。

「私がとるものもとりあえず、一休どのおん母子を京から連れ出したのは、以上のようなわけからでございます」

いい、いろりの火は燃えつきてしまった。

が、十兵衛はそれには気づかず、大息をついて、

「いずれにせよ、ここへ逃げてきてよかった」

と、いった。

「ありがたいことでございます」

世阿弥は頭を下げたが、やがてあげた眼をのぞきこむようにして、

「十兵衛さま、ほんとうにそう思われますか？」

「それは、どういう意味だ？」

「私どもがここにおることが、いつまでも京に知られぬということはあり得ませぬ。そうなったとき、もし後南朝、青蓮衆、さらに将軍家御供衆がおしかけて参ったら……」

十兵衛は沈黙した。

世阿弥はしゃがれた声で、

「一休坊おん母子より先に、あなたさまと私の首がとびましょう」

そのとおりだと思う。

実は一休母子をかくまう、などいう事態になる以前に、すでに十兵衛は柳生家のことを考えて、自分の行動に迷い、懊悩《おうのう》していたのだ。

「あのおん母子はお助けしたい。さればこそ私は京からお二人を連れ出して参りました。さりながら……正直申して、このいのち捧げても、と、いいきる勇気は、私にはございませぬ。楠木との血縁はあれど、それは何十年も昔のこと。……」

実は十兵衛も、後醍醐帝と柳生家との縁で南朝には同情を持っているが、むろん心情的南朝派にすぎない。

世阿弥は苦しげに、

「それに私は、私のいのちよりも大事なものがあるのでござります」

「それは？」

「能でございます」

祈るような眼で、世阿弥はいう。

「私の能は、まだ未完成でござる。それを大成するには、あとまだ十年、二十年は生きたいのでございます」

「それはおれも同じだ。おれの剣法も未完成だ」

と、十兵衛はうなずいた。

「陰流でございますか」

世阿弥は、そこまで知っている。

「おのれの心を無とし、おのれの姿まで相手の眼から陰《かく》すという。――」

世阿弥は、かたわらの「風姿花伝」にちらと眼を落として、

「秘すれば花なり。秘せずば花なるべからず。……」

しみいるようにつぶやいた。十兵衛には何のことかわからない。

二

そのとき、また遠くから少年一休の声がながれてきた。

「いたましきかな、不孝の罪をのがれんと思えば、君のおんためにすでに不忠の逆臣と

なりぬべし、進退、これきわまれり。……」

十兵衛はうめいた。

「では、おぬしはあのおん母子を見殺しにせよと申すのか」

「世阿弥進退きわまり、別の世に逃げたいほどでござります」

世阿弥はいい、ふいに名状しがたい眼で十兵衛を見つめて、

「十兵衛さま、ふしぎなことがござる」

と、いった。

「なんだ？」

「このごろ、私の耳にふしぎな声がきこえてくるのでござります。謡《うたい》の声で」

「謡の声？」

「それと、笛、鼓の音が。——一度ならず、幾たびか」

「どういう謡の声だ」

「それが、まことに奇怪な内容で……私の知らない謡なのでござります。ときを定めず、とぎれとぎれにきこえてくるので、話の筋もつかみかねますが、どうやら私世阿弥自身をシテとする能のようでござります」

「いまのお前を？」

「いまの私の場合のようでもあり、……ときに、老いさらばえた私の場合もあるようであり……とにかく、主君の寵を失い、世のひいきも失せ、一座破滅して、君をうらみ、

世を呪う歎《なげ》きの世阿弥らしく。……」

「わからんな」

「はじめ私は耳鳴りか幻聴かと思いました。が、その声がきこえてくると、かならず同時に、すうっと高いところから落ちるような感じに襲われるのでございます。いえ、暗い空をどこか遠いところへ翔《と》ぶような」

「ほう。……」

「私にもわけがわからなかったのでございますが、そのうち気づきました。これは未来のだれかが私を能に仕立てて、その声がきこえてくるのではあるまいか、と。――」

「未来の声？　ばかな。――」

十兵衛は肩をゆすった。

「未来はまだ存在しないではないか。存在しないものの声がきこえるか」

「未来はまだ存在しないのでありましょうか。そう思っているのは、いまここにおる私どもの錯覚ではござりますまいか。われわれは今生きているように思っておりますが、未来の人間から見ると、もう存在しない過去に生きているのではござりますまいか」

「え……？」

「いえ、この世は過去と未来はべつべつでござりましょうが、能では、それは同時に存在する世界なのでござります」

世阿弥は奇妙なことをいい出した。

「ご承知のように能は――とくに私の能の大半は、過ぎ去った世の物語でござる。登場するのは過去の人間すなわち亡霊でござる。が、それははじめから亡霊として出現するのではなく、過去の人間のワキが、シテの亡霊を呼び出すしかけになっております。すると、見る者はそのまま過去の世界へひきいれられてゆく。――この世界は過去の世界に変ってしまうのでございます」

「…………？」

「観阿弥は私の父でありながら、神変の名人でありました。父が源平の船いくさの能を舞い謡うとき、私には波の音さえきこえました。その波の音は、いまの波の音ではござりませぬ。源平のころの波の音なのでござります」

「…………？」

「これを逆に、過去の世界の人間から見れば、現在のワキに呼び出されて現在に出現することになる。すなわちシテは未来へ翔んだことになります」

「…………」

「能は過去を呼び出すと同時に、未来へ翔ぶ芸なのでござります」

十兵衛は、何とも形容しがたい表情になっている。彼を笑わせなかったのは、神託を伝えるような厳粛な世阿弥の雰囲気の力であったといっていい。

「私、思いまするに、未来に私の父観阿弥のごとき無双の名人があって、その人間にとっては過去の私を演ずることによって、いまの世界、いまの私になり変ろうとしているのではないか――私はそう思いはじめたのでござります。そうとしか考えられない呼び声なのでござります」

「その未来の人間が、いまのお前になり変ると?」

十兵衛はぼやけた声を出した。

「それではいまのお前はどうなるのじゃ?」

「おそらく私はその人間に翔び移るのではござりませぬか。ただし、能で過去から呼び出された亡霊としてでござりますが」

「亡霊として、な。……」

「ただし、こちらの場合は、向うで呼んでくれねば未来に出現することはできませぬ」

「ふうん。あちらがこちらに翔び移る。こちらがあちらに翔び移る。途中で衝突しやせんかな」

まるでスカッド・ミサイルvsパトリオット・ミサイルみたいなことをいう。

十兵衛はときにユーモラスな言葉を吐くことがあるが、本人は意識して諧謔を弄しているつもりはない。

この場合も大まじめであったが、のちにこの危惧が冗談ではなかったことが証明されるのである。――作者が思うに、そもそもスカッド・ミサイルとパトリオット・ミサイルの戦いは、近代戦というより魔界の戦いではなかったか。

「さ、それは……ま、そんなことはありますまい」

世阿弥はあいまいな顔をして、話をひきもどし、

「その人間のいる未来がいつのころの世か、まだわかりませぬ。が、ときに老いさらばえた私を謡《うた》っておるときもありますから、おそらくそれ以後でござりましょう。私はその年まで生きているらしい。……私はまだ十年、二十年生きたいのでござります。父と私で作りあげた能がいかが相成《あいな》るか、それを見とどけたいのでござります」

世阿弥は能面のような顔をつき出して、

「ただいまの騒動がどう結着するにしろ、十年後、二十年後、柳生のお家がどうなっているか、十兵衛さまはお知りになりとうはござりませぬか」

「そ、それは」

十兵衛は混乱している。

「それは見たいが、おぬしはともかく、呼ばれぬおれが、そんな先の世へ翔ぶわけにはゆくまい」

「私がお連れしましょう」

「おぬしが、おれを——どうやって？」

「だれにも叶《かな》うことではござりませぬ。あなたさまにはそのお力がある」

「どんな力が」

「ご自分を陰とし、無にするお力が——陰流の名人として」

「そんな力はないが、もしあるとして、どうしておれがおぬしの道連れにならなければ

ならんのだ？」

「何より、そんなことになる場合、私一人では心細うござります。だれか、連れが欲しい。それには柳生十兵衛さまがいちばんふさわしいので。——」

魔魅《まみ》の光としかいいようのない眼にみいられて、十兵衛はふらっと頭が麻痺し、高いところから落ちるような感覚に襲われたが、はっと頭をふって自分をとりもどして、

「つまり、亡霊となって未来に出現するというのじゃな」

「さようです」

「わっ、そんなことはおれはいやだよ。やめてくれ！」

と、手をふり、

「そんな馬鹿話はさておいて、世阿、いまあの一休母子をどうするのだ？」

と、世阿弥を一喝した。

「あ」

世阿弥も頭に手をやった。

「それでござります。さしあたって、それが難題中の難題で。——」

怪異な幻覚物語から醒めて、彼もまた水をあびたような顔色であった。

火の消えたいろりを前に、軒を打つ氷雨《ひさめ》の音につつまれて、二人はすでに亡霊のように坐っている。

朝《あした》は山中暮には市中

一

柳生ノ庄にも正月がきた。

谷あいの村にも、門松が立てられ、ふだん見かけない三河万歳《みかわまんざい》、猿まわし、暦売り、歩き巫女《みこ》などがチラホラして、やはり正月らしい趣きはあったが、柳生屋形は平生どおりひっそりとしている。

まだ松の内のある午後、十兵衛と世阿弥とお伊予さまは、いろりをかこんで坐っていた。

床の間の大花瓶には、お伊予さまが生《い》けた梅の花が飾ってある。このころの正月はいまの暦では二月だから、もう近くの月ケ瀬《つきせ》の梅林から花の枝がとどけられているのであった。

話のたねは一休坊のことだ。それも一休のいたずらと頓智《とんち》についてである。

「こないだ、廚《くりや》でおんな衆がさわぐ声がするので、ひょいとのぞいたところ」

と、世阿弥が話す。

「一休坊があぐらをかいて、大きなお椀で何か食っております。そばで大鍋に何やらぐつぐつ煮えて、匂いからするとどうやら鯉こくらしい。一休坊はその鯉こくをふうふういいながら食っているのでござる。それで私は、一休坊、沙門《しゃもん》の身をもって魚を食われるのか、と、きいた。——」

世阿弥は笑いながら、

「すると、返ってきた返事が——なんじを助けんとすれば逃げんと欲す、逃げて地上に死せんよりは、しかじ愚僧が糞となれ、かぁつ！　といい、これで引導をわたしました、といって、またパクパクと鯉にとりかかった。——」

十兵衛がいう。

「その廚に、おくりという女がいたろう。あまり顔が黒いので。みな、おくろ、おくろと呼んでおるが、先日雪がふった際、縁側にいた一休坊が、その雪からおくろに眼を移して、しみじみとした声で、

ふる雪が白粉《おしろい》ならば手にためておくろの顔にぬりたくぞ思う

と、詠《よ》んだのには、女たちもどっと笑いころげたわ」

「まあ」

お伊予さまが顔あからめて、

「ほんとに遠慮というものを知らない子で」

この女人《にょにん》が顔あからめたり、ほのかに笑ったりすると、夕暮に花が咲いたような感じになる。同時に十兵衛は酔ったような感じになる。

ほんとうのことをいうと、彼は一休坊のことより、お伊予さまについて話題にしたいのだ。一休坊の父君後小松天皇をいまお伊予さまはどう考えているか——それは口にはできないまでも、お伊予さまが吉野にいたころの話や、嵯峨の竹林のなかで暮していたあいだの話などを。

が、彼女については、なぜか一切言葉が出ない。

やむを得ず、話は一休のことばかりになる。また一休の話になると、その奇行奇語、ここへきてからだけでも雲ほどある。

「まだあった。先日、家来どもが集っての雑談に、だれか、一つ、二つ、三つ……と、九つまでみなつがつくのに、十に至ってつがないのは奇妙だ、と、くだらない疑問を口にしたやつがある。すると、そばにいた一休坊が、五つで、つを二つ取っちまったからさ、といった。——」

「ほんとうに、やくたいもないへらず口ばかりで」

お伊予さまはため息をついた。

「いやいや、そうではござらぬ」

世阿弥は首をふって、

「たまたま、いま出た話はただ一休坊の、自由自在の頓智ぶりをあらわすだけの話ですが、ちらっちらっと刃《やいば》のごとく見せる言動には、ある種の性向があって、少年とは思えない凄味《すごみ》がござる」

「と、申されますと？」

「あの小僧どのは、どうもこの世の、さよう、モッタイぶり、コダワリ性《しょう》、マヤカシモノ、そんなもの、そんな人間を笑おうとしておられるようで」

「ほんとうに、ひねくれた子で」

「いや、それが異をてらっておるのではなく、まったく本来の純真潔癖から発するらしいので、私など、はっとするのです」

十兵衛を見て、

「どうも私の能、あなたの剣なども、一休坊の笑いのたねになりそうでござりますぞ」

「まったく同感だ」

十兵衛は頭に手をあてて、

「何しろ、常人とちがって、お生まれが――」

と、いいかけて、ヘドモドしている。

「それが、ふしぎなことに」

世阿弥はお伊予さまに笑顔をむけて、

「その、こわさ知らずの一休坊が、母上さまだけには頭があがらぬようで」

「いえ、まだ乳ばなれしないのです」

お伊予さまは、また頰あからめた。

だれがこれを、十四歳の――いや明けて十五の少年の母と思うだろう。この母は、まだ三十一か二のはずだ。

二

実際、人を人くさいとも思わず、天馬空《てんばくう》をゆくような一休が、この若い母親に対してだけは、見ていても可笑しくなるくらい従順な子供に返るのであった。おそらく六つで安国寺にはいるまで、嵯峨の藪《やぶ》のなかで、母子二人、抱き合うようにして暮してきたせいだろう。

「お、一休坊といえば、きょうは声がきこえませぬな」

世阿弥はふと気がついて、

「又十郎どのの声もせぬようだが、どうしたことでござる」

「きょうは朝から二人、部屋にとじこもっています。何でも宗純が又十郎どのに、般若《はんにゃ》波羅蜜多心経《はらみったしんぎょう》の講義をするとかで、障子をたてきって。――」

と、伊予さまがいう。宗純とは一休の本名である。

「なに、般若心経を――」

世阿弥は眼をまろくした。

一休はここへきて、同年の又十郎とすぐ意気投合していい友達になった。友達というより、又十郎のほうがすっかり心服して、まるで師弟のようなのである。十兵衛はニガ笑いしているが、一休の神童ぶりを見ると、それも当然と考える。

それどころか、いまも、

「一休坊の般若心経の講義とは、こっちもききたいな」

と、十兵衛までが大まじめな顔でいったとき、縁側のほうから何人かの足音が近づいてきて、障子をあけてどやどやとはいってきた者がある。

いま話に出た一休と又十郎だ。それを軍助爺《じい》をはじめ、四、五人の仲間《ちゅうげん》がとりかこんでいる。

「どうした？」

と、けげんな眼をむけると、

「お二人で、村をまわって、あんなものを門々《かどかど》でふりたてて――」

と、軍助が指さした。

二人は手に青竹を持って、そのさきにそれぞれしゃれこうべがくっついている。

「門松は冥土の旅の一里塚、めでたくもあり、めでたくもなし、などと大声で歌って、はね踊っておられるのでござる」

と、報告した。十兵衛は首をひねって、

「はてな、般若心経を講義しておるとのことであったが。——」

いつのまにか、城下へ飛び出していたと見える。

「それより、そのしゃれこうべは何だ？」

「木津川の河原の草葉のかげから拾ってきました」

と、又十郎も面白げに笑う。冬というのに、両少年の肌から湯気が立っている。

そんな野ざらしが、道ばたの野や河原で発見されるのもめずらしくない時代ではあったが——十兵衛はわれにかえって、叱りつけた。

「木津川、そんなところまでいったのか。又十郎、一休坊を外に出してはいかんと、あれほどかたく申しつけてあるではないか！」

京からいつ討手ないし人さらいがくるかも知れない——という心配があり、正月なので外からはいってくる旅芸人のたぐいを、軍助たちに見張らせていたのだ。見回りの軍助たちが両少年をここへひっぱってきたのは、いまきいたしゃれこうべの奇行より、その無断外出そのものに驚いてのことに相違ない。

「いえ、拙僧が又十君をさそったので」

しゃあしゃあとした顔で、

「この年ごろの人間を、いつまでも柳生の山屋形にとじこめておこうというのはむりですよ。明日《あした》は月ケ瀬の梅を見にゆこうと話していたところを、軍助爺に首ねっこをつかまえられて——」

と、一休は不平そうに口をとがらせたが、

「何を気楽なことをいっているのです」

と、伊予さまに叱られて、たちまちしゅんとなった。

「ここにお世話になってから、私たちを守って下さるためのみなさまのご苦労は、毎日見ているはずではありませんか。それを知りながら、ことわりもなく勝手にとび歩いて――」

本気な顔で怒っているお伊予さまであった。

「それもお正月というのに、そんな気味のわるいものを持って、城下の人々にいやがらせをしていたなんて――それが仏道修行中の者のすることですか。早くそれをどこかへ埋めて菩提《ぼだい》を弔《とむら》っておあげなさい！」

「はっ、おそれいりました！」

と、一休は直立不動の姿で答え、喪家《そうか》の狗《いぬ》といったていでスゴスゴと出ていった。あわてて又十郎もそれを追う。

十兵衛も世阿弥も、一休をつかまえてきた軍助爺もあっけにとられて見送ったが、ややあって十兵衛が、あははと笑い出し、お伊予さまは申しわけなげに身をよじらせた。

……

三

こんなことがあって、三、四日後のひるすぎだ。

十兵衛と世阿弥が、何かの用で庭を歩いていると、遠くで――「かぁつッ」という少年のおたけびと、何か妙なひびきがきこえた。

あきらかに一休の声だ。彼が何かといえば又十郎に、いわゆる「喝」をいれるのはしょっちゅうのことであったし、声の距離も遠かったので、そのままききながしていると、しばらくしてその又十郎が、探し探しやってきて、

「父上、一休どのが呼んでおられます」

と、告げた。

悄然として、何やらただごとでない顔色なので、二人が又十郎の部屋にみちびかれてゆくと、床の間の前に一休が仁王立ちになり、例の用心棒のスリコギを八双にかまえ、

「生あるものは？」

と叫んだ。

世阿弥はめんくらいながら、一休坊得意の禅問答だと思って、とっさに答えた。

「必ず滅す」

「形あるものは？」

こんどは十兵衛が応じた。

「必ず砕けん」

すると一休はくるりと背を見せ、床の間に紫のふくさをかけてあったものを、スリコギでぱっとはねのけた。

「やっ」

さすがの十兵衛も片目をむき出した。

そこにおいてあった香炉が割れている。――いや、割れたものをいったんくっつけて、ふくさをかぶせてあったらしいが、それがいま、また二つになって台からころげおちたのである。

それは数年前、十兵衛が将軍から拝領した明《みん》渡来の玉《ぎょく》で作ったもので、ふたの把手《とって》が虎の彫物なので「虎の香炉」と呼ばれている、柳生家第一の美術品であった。

それを横目で見て、

「焼けば灰、埋めれば土となるものを
なにが残りて罪となるらん」

朗々と一休が詠《うた》い、にやっと笑うのを、十兵衛と世阿弥は口アングリとあけて見まもるばかりであった。……

あとでわかったところによると、それまで一休は又十郎と向いあって、その日はほんとうに般若心経の講義をしていたという。そのうち、突然一休がなんのまえぶれもなく、

「電光影裡《えいり》に春風を切る！　かぁっ！」

と叫んで、スリコギでなぐりかかってきたのだという。

「いや、私の剣術の境地がどこまですすんでいるか、ためすのだといって――ときどきふいに痛棒をくらうのです」

と、あとで又十郎は、しょっぱい顔をしていった。

ところがそのとき又十郎は、さすが十兵衛の子だけあって、あやういところでこれをかわした。

すると一休は半ころびにつんのめっていって、スリコギで床の間の虎の香炉を割ってしまったのだ、といい、まったくもののはずみでそうなったので、そのあと一休があんな禅問答をしかけたのは、苦しまぎれの方便だと思います、と又十郎は一休のために、けんめいに弁明するのであった。

「じゃ、あれはいたちの最後っ屁《べ》というやつか」

「それにしても、神変の機鋒と云わざるべからず。――」

十兵衛と世阿弥は呆れ顔を見合わせて、さてややあって、

「……いや、そればかりではなく、あの小僧どのの心底、はかりがたいものがござるぞ」

と、世阿弥が懐疑的に首をひねると、十兵衛は深刻な顔で、

「義満公からの拝領物を大事らしく飾ってあったのが気にくわなんだのかも知れんな。

……」

とにかく、ああまでぬけぬけとひらきなおられては、とがめる勇気も消え失せる。幽玄の世界に舞う大芸能者と、元・将軍親衛隊隊長の大剣法者が、この人をくったいたずら坊主にはすっかり翻弄《ほんろう》されている。

四

その日の午後、伊予さまが自分の部屋に一休を呼びつけて、なかなか出てこないということをきいて、十兵衛はちょっと心配になり、縁側を彼らしくもなく忍び足で歩いて、ようすをうかがいにいった。

すると、障子のなかから、伊予さまと一休の、ひくい問答がきこえてきた。

「なぜお前はふつうの仏道修行ができないのです。お前は自分の出生や学問を鼻にかけているのですか。出生など、仏門になんの関係もありません。ほんとうに坊さまになるのに、万巻の経典もなんの役にもたちはしません」

「それはわかっていますが、ほんとうはこのごろ、僧になる道に、宗純は疑問を持ってきたのです。あちこち寺をまわって、高僧といわれる方々を見たり聴問したりしましたが、いままでのところ、尊敬できる人はひとりもありません。近づいてよくよく見れば、みんな欲ふかな俗物ばかりでした」

「また例の天狗の雑言《ぞうごん》、十五になったばかりのお前の眼に、なんで広い高い世界がみな見えるのですか。達磨大師やお釈迦さまは、あんなにおえらい方々なのに、なぜあんな血のにじむような修行をなさったのですか」

しずかだが、毅然としたお伊予さまの声であった。

「それに私は、お前を高僧にしようと思ってお寺にいれたのではありません。この私が極楽へゆくか地獄へゆくか、私が死ぬときそれを見とどけてくれるお坊さまになって欲しい。それだけです」

一休の返事はきこえなかった。

……十兵衛はそっと障子をはなれた。大感心のていである。

これで一休坊も、以後すこしは神妙になるだろう。……

――その夕方だ。

十兵衛が世阿弥にこの話をしているところへ、あわただしく又十郎がかけてきて、一休の出奔《しゅっぽん》を告げた。

「いないのです。一休坊の姿がどこにも見えないのです」

「なぜそれが出奔だとわかるのだ？」

「とにかく早くきて下さい！」

連れてゆかれたのは、ひる、香炉を割った部屋であった。

そこのあちこち剝《は》げた銀屛風《ぎんびょうぶ》の前に、お伊予さまがひとり立ちつくしていた。先に報告を受けたらしい。

彼女は黙って屏風を指さした。

そこには、十五歳の手とは思えない——が、あきらかに一休の、天馬空をゆくような文字が墨痕《ぼっこん》りんりと、

「狂雲だれか知らん狂風に属するを
朝は山中に在り暮には市中
帯するは十兵衛用心棒
風吹かば吹け貴種は流漂す」

と、書きのこされていたのである。——

「私が叱ったからでしょう」

さすがにお伊予さまも動顛《どうてん》している。いや、悲しみと苦悶に、水をあびたような顔色であった。

「どこへゆかれたかな」

と、世阿弥がつぶやくと、

「やはり、京だと思います。朝《あした》は山中、暮には市中、とありますから」

「安国寺でござるか」

「いえ、そうでなく、あれがこれはと思う坊さまを探して」

「何にしても、京へゆけば」

十兵衛がいった。

「一騒動の起ることは必定《ひつじょう》じゃが」

どうやら一休は、例の十兵衛の用心棒のスリコギだけを腰にして出ていったらしい。

それから、あとで判明したことだが、廚《くりや》のおくろからもらった、月ケ瀬の梅干入りのおむすびを三つと。

と、そのあくる朝。柳生ノ庄にあられまじりの寒風が吹き荒れる日であった。

「お伊予さまが見えませぬ」

と、おくろが飛んできた。

こんどはお伊予さまが消えてしまった。

短い置手紙があった。それには、いままでの柳生家の心づくしに謝し、一休を探して京へゆきますけれど、あとは一切ご心配下さらないように、と書いてあった。

その手紙を黙って世阿弥にわたすと、世阿弥は坐ったまま、じっと宙に眼をそそいでいる。

「どうした?」

「また、いまきこえるのです」

「何が?」

「私を呼んでいるとしか思えない謡《うたい》の声が」

ふいに夢からさめたように、世阿弥はその手紙に眼を落とした。

十兵衛は立ちあがった。

「京へゆかれるか」

と、世阿弥がきく。十兵衛は決然として、

「いわずと知れたことだ」

「京には、あの後南朝と青蓮衆が血まなこで待っておりますぞ。それに、事と次第では将軍家御供衆を敵にすることになるかも知れませぬが」

「どうなろうと、あの母子を見殺しにはできぬ」

「お一人でか」

十兵衛はちょっと考えて、

「どういう事態になるかわからぬ。家来などつれていってはかえって足手まといになるかも知れぬ」

にやっとして、

「おれの陰流をためすには、一人のほうがよかろう」

世阿弥はうなずいて、これも立ちあがる。

「私も参りましょう」

十兵衛の眼中には、すでに世阿弥などない。

後南朝党

一

一月下旬の淡い冷たい日ざしのかたむいた、ある午後であった。

内裏《だいり》の西を南北に通る東洞院《ひがしのとういん》大路を、南のほうから一人の雲水《うんすい》が歩いてきた。大きな網代笠《あじろがさ》をかぶり、胸に頭陀《ずだ》ぶくろをさげて、一人前の雲水のすがただが、少し小柄だ。少年僧としか思えないが、どこか飄々《ひょうひょう》たるおもむきがある。それに、腰に棒状のものを刀のようにさしているのも異風である。

御所は方一町《ほういっちょう》といわれる広さで、いまは影もない平安のころの大内裏とはくらべものにはならないが、それでもけっこう長い築地塀《ついじべい》は古びて、あちこち崩れたところさえ見える。

その長い塀に沿って、西の門に近づいたとき、その扉がぎいとひらいて、なかから一団の行列が出てきた。

「あ、みかどのお出ましじゃ！」

そんな声がつっぱしると、あたりを往来していた人々は、いっせいに道ばたによけて、ひざをついた。

それは、行列のなかに紫の幕をまわした葱花輦《そうかれん》を見たからだろう。葱花輦は天皇か上皇だけの乗物だ。

その行列が自分のほうへ進んでくると知って、小さな雲水はいささかあわてたようであったが、ともかくも道のはしによけ、そこにもひざをついている数人が見えるのに、これは棒のようにつっ立ったままであった。

「何をしておる」

「主上のお通りであるぞ」

「ひかえおれ、土下座せぬか！」
二、三人、先頭に立っていた白丁《はくちょう》がかけよってきて、それでも棒立ちのままの雲水をつきとばした。
小雲水は一間《けん》ばかりとんで、あおむけにころんだ。網代笠のひもが切れて、まさしく十四、五歳の少年僧の顔があらわれた。

が、彼はくるりとはね起きて、そのまま逃げるかと思ったら、

「あまりいばるな、足利のあやつり天皇のくせに」

と、つぶやいた。――いや、その声がよく透《とお》ってきこえたからたいへんだ。

むろんこれは、足利が立てた北朝の天皇にはちがいない。どこかへ行幸《みゆき》の行列と見えたが、人数は雑色《ぞうしき》のたぐいもふくめて三十人足らず、以前の天皇なら、どこへ出かけるにしてもこんな人数ではなかろう。供奉《ぐぶ》の公卿《くげ》たちの衣裳もみなどこかうらがれている。が、それだけに怒りは、異様なうなり声となって一団をどよめかしたが、そのなかで、

「あっ……あれは安国寺の一休じゃ！」

という声を立てたものがある。

同時にその一群を水を打ったような沈黙が覆ったのは、その声の意味するものをみな知ったからに相違ない。

「そうよ、一休だよ」

と、少年僧はうなずいた。

「それを知ってるなら、もうかくしてもしょうがない。……実は拙僧、生まれて十五年、まだめんとむかって自分のおやじさまにごあいさつしたことがない。せっかくだから、ここでひとつご対面と参ろうか」

つかつかと歩み出して葱花輦のほうへ近づいてくるのを、とっさにとめる者もなく、みな金しばりのようになっている。

一休は頭陀ぶくろから一個の鉢をとり出して、

「おもうさま。……いまは一介の味噌すり坊主ながら、あなたさまの伜《せがれ》でございます。なにとぞ一休の托鉢《たくはつ》にご奉謝」

と、いった。

葱花輦のとばりがすこしひらいて、なかからチラと白い顔がのぞいた。

後小松《ごこまつ》のみかどであった。この天皇は十六年前、南北朝合一の大業が成ったとき、すでに北朝の天皇であったが、このとしまだ三十一歳なのであった。

その若い天皇は、いまはじめて十五になる、乞食坊主のようなわが子と対面したのである。

この父の胸に、このときいかなる感慨がながれたか、それこそお釈迦さまでもご存じあるまい。

「六条。……一休坊に布施《ふせ》せよ。ゆけ」

声とともに、紫のとばりはとじられた。

われにかえったように動き出した行列のなかから、一人の公卿が扇子にのせたものを、一休の頭陀ぶくろに落とした。どうやら若干の宋銭らしかった。

一休は合掌し、頭を下げたが、さてそのつぎに。——

「おもうさま」

と、離れてゆく葱花輦に呼びかけた。

「ふたたびお会いすることはありますまいから、これを機に申しますが、宋学によれば……南朝のほうが正系でござりまするぞ」

実に鬼神もよろけるような言葉だが、それに反論する者もなく、天皇の行列は大路を遠ざかってゆく。

二

一休はしばらくそれを見送っていたが、やがて両側の道ばたにひざをついていた人々が、ざわめきながら立ちあがるのを見、そのなかに夫婦らしい乞食を見つけると、その前に近づいて、

「布施しよう」

といって、頭陀ぶくろに手をつっこみ、いま天皇からもらったばかりの宋銭を地に落とした。

そして、眼をまるくしている乞食から離れて、あともふりかえらずスタスタと歩いてゆく。

それにしても、柳生ノ庄から忽然《こつねん》と姿を消してから半月ばかりになるが、これまで彼はどこへいっていたのだろう？

母のお伊予さまは、京へ帰ったにちがいないといったけれど、実は一休は江州堅田《ごうしゅうかただ》の禅興庵という寺へいって、かねてから秋霜烈日《しゅうそうれつじつ》の名僧ときいていた華叟《かそう》和尚のもとに参禅していたのである。柳生城の屛風《びょうぶ》に「貴種《きしゅ》は流漂す」と彼は書き残した。自分で貴種といっていれば世話はないが、彼の場合は精神の貴種をもってみずから任じていたのか

も知れない。

そこに半月ばかりいて、何を思ったか、こんどはまた京へもどって、こうして飄々と托鉢して歩いているのであった。

一休はぶらりと大路から、春日小路へはいっていった。

途中、ときどき立ちどまって、頭陀ぶくろから布施の米をつかみ出して、路上にまく。

すると、空から雀や椋鳥《むくどり》、鳩や尾長《おなが》などが十数羽、さっと舞いおりてきて、それをついばむ。

いや、彼のゆくところ、空に光あるかぎり、その頭上にはたえず鳥のむれが飛びめぐっているのである。

ときには何匹かの野犬やノラ猫がお供して歩いていることもめずらしくない。

と、その鳥のむれが、いきなり羽音をはためかせて、ぱっと飛び立った。

「待てい、小法師」

うしろで、声がきこえた。

ふりむくと、三人の虚無僧《ほろんじ》だ。ほかに人影はない。

そのなかの一人が、

「いましがた、御所前でのみかどとの問答をはからずも耳にさしはさんだが、実に容易ならざる言葉」

と、いった。

さっき路傍に土下座していた連中のなかにでもいたものか。

天蓋《てんがい》と呼ばれる深い筒形の編笠をかぶっているので顔は見えないが、着ている白衣《びゃくえ》も灰色に古び、まるぐけの帯もよれよれで、腰にさしているのは錦様《にしきよう》ではあるがうすよごれた布ぶくろで、かたちからすると尺八をいれているのだろう。

三人とも杖をつき、そのうち二人はべつにひょうたんを腰にぶら下げていた。

一休は首をひねって、

「問答といっても……はて、あちらは何といわれたかな。そうだ、布施をせよ、というひとことだけだったがね。ふふん」

「いや、おぬしのほうが、南朝が正系だ、と。……」

という虚無僧の両側の二人が、すっと出てきて、一休のそばに立った。

「それについて、もうすこしききたいことがある。われらとご同行ねがいたい」

あきらかに一休を連行しようとするかまえであった。

姿は虚無僧だが、市中の風聞などに聴耳《ききみみ》をたてている幕府の密偵にちがいない。そう考えるのが当然なのに、一休はあわてた風でもなく、ジロジロと虚無僧たちを見あげ見下ろして、

「どこへな」

と、きいた。相手は答えた。

「室町の御所へ」

いうまでもなく、幕府の旧所在地だ。

一休はけろりとして、

「そうか。それじゃ参ろうか」

と、トコトコと歩き出した。

三

また、東洞院大路へひきかえす。ここは人通りが多い。

家並《やなみ》のかなたに、朱と金のきらびやかな塔が見えた。そう遠い距離ではないので、化物じみた巨大さだ。相国寺の七重塔であった。

そのすぐ西側に旧室町御所はあった。

ふと一休は大路の前方を見やって、

「やあ、あそこにくるのは将軍家御供衆の赤松鉄心どのじゃないか」

と、小声で叫んだ。

なるほど北のほうから、ものものしい騎馬の一隊がやってくる。

一休は自分をかこんでいる三人の虚無僧を見まわして、

「あのな、いま拙僧が、後南朝の火噴き男ここにあり——と、大声はりあげたら、どうなるとお思いかな」

と、いった。

三人の虚無僧は、ぎょっとして立ちすくんだままだ。

「いや、そんなまねはせんから、ご心配あるな」

網代笠のなかから、一休は笑い声をたてる。

赤松鉄心ひきいる御供衆の一隊十人ばかりは、しかしこちらに異常を認めなかったのか、それともべつに一休や後南朝党を探索しているわけでもなかったのか、そのまま大路をすれちがって南へ遠ざかってゆく。

吐息とともに、虚無僧たちがいった。

「おそれいってござる」

「ご存知であったか」

「どうして？」

一休は答える。

「いやなに、いまふっと、そうじゃないかと思うてな」

しいていえば、虚無僧が腰につけているひょうたんからひらめいたのだが、さればとてこのころ、水や酒をいれる容器として、ひょうたんを使うのは庶民のならいであったから、それより南朝云々の自分の言葉をききとがめたという相手から、直感的にその正体を看破したのだ。

北山第《きたやまてい》における後南朝の火噴き法師の話は、世阿弥からきいた。あいまみえるのは、いまがはじめてだが、彼らがうたう「太平記」の謡声《うたごえ》とぶきみな琵琶の音は、嵯峨の竹林でなんどか聞かされている。

「きょうは琵琶は持っておらんな」

歩きながら一休はいう。

「太平記を詠む琵琶法師は、まあ天下のお尋ね者だろうからな」

そのために彼らは虚無僧すがたに変えたのだろうが、それにしても京から遁走もせず、いまなおこのあたりを徘徊しているとは、なんとも大胆しごくなめんめん。

いや、それより大胆、というよりその心事不可解なのは少年一休で、そもそも彼は、この一党からのがれるために伊賀へゆこうとし、また柳生ノ庄にひそんでいたのではなかったか。

その妖しき一党にいまなかば捕虜になって、

「おい、どこへゆく？」

と、一休は自分のほうからうながす。

「は、室町の御所へ」

と、答えたのは、油壺の法眼《ほうげん》だろう。正体がばれても同じ行先を口にした。

「へ？　やっぱり、そこへゆくのか」

これには一休も眼をまろくする。

「あそこは無人の館でござりますれば」

げている。

と、法眼はいった。本人も気づかず、この南朝の遺臣は、自分たちのつかまえた少年僧にペコペコ頭を下げている。

いつしか彼らは、室町御所の裏手にあたる道を歩いていた。

このちかくの観世小路と呼ばれるところに、世阿弥の屋敷がある。世阿弥が将軍の寵をほしいままにしていたころ拝領したもので、実は一休も何度か訪れたことがある。

その世阿弥は柳生においてけぼりにしてきたが、はてあれからあの男どうしたか、と思い出した。世阿弥自身追われる身となったのだから、まさかその観世小路の屋敷に戻っていることはあるまいと思う。

しかし、世阿はともかく、母者《ははじゃ》びとはどうされたのかしらん？

それだけが一休の胸をかげらす暗雲であった。

ほんもののみかどの御所どころではない。南北二町、東西一町とかいわれる長い長い築地塀《ついじべい》の壁は剝《は》げ、瓦はおち、あちこち完全に崩れて、なかの庭が見とおせる場所すらある。

前後を見すましたあと、そのひとつの崩れた通路から、三人の虚無僧は自分の家にでも案内するようなようすで、ついとなかへはいった。

庭は枯草ながら、背丈ほどの草に埋めつくされている。冬のことで落葉した樹々が多いが、なお松杉のたぐいがおいしげって、まるで深山のなかへはいりこんだような気がする。

そのむこうに、黒ずんだ建物群が浮かびあがっているが、巨大なだけに魔界の館としか見えない。

これがかつて、「花の御所」と呼ばれた室町御所のいまのすがたであった。

四

将軍義満がこれを作ったのは、三十年ばかり昔のことである。

世に花の御所と呼ばれたほどの華麗なこの屋敷を、しかし義満はみれんもなく捨てて、十年前、洛北衣笠山《きぬがさやま》のふもとに、もっと高雅な、禅の趣味を満たした北山第を新築してそちらに移った。

当時、将軍の居館はすなわち幕府である。で、幕府の大官、侍の屋敷、および諸機関はそれに従ってすべて北山第周辺に移ったので、あとはこのとおりがらんどうの一劃《いっかく》になってしまったのだ。

まあそんなことだろうと思って、一休もなんどかここの築地塀の外は通るけれど、いちどものぞいてみたことはないけれど、いまはじめてはいってみると、想像以上の荒廃ぶりである。

「ここに番人はおらぬのかな」

と、一休はたずねた。

「いや、一隅に何人かおるようでござるが、なにしろこの広さで、いまは見まわりにも参らぬ」

と、一人が答えた。

まさかこのまま廃墟にするつもりでもあるまいが、将軍のほうがまだ北山第を完璧なものにするのに没頭していて、こちらを保存するいとまがなく、住む者がなければ屋敷はみるみる荒れはてるもので、いつしかこういうありさまになりはてたのだろう。

案内されたのは、その空屋敷のなかの一棟であった。何に使っていたものか、相当に大きな建物だ。

古御所の妖怪みたいにあらわれた四、五人の法師は、

「一休坊をお連れした」

と、紹介されて、みなギラと眼をひからせた。待望のものが手にはいった、という表情であったが、

「これよりこちらの話をきいていただき、一休坊のお考えをうけたまわりたい。そのつもりで」

と、首領の法眼《ほうげん》のていちょうな言葉に、へどもどした顔を見あわせた。

一室に通される。

一休の前に坐ったのは、出迎えた法師たちをあわせて七、八人であったが、おどろい

たことに高杯《たかつき》に木の実や干肉らしいものが盛られて出された。

雨戸がとじられているので、なかは雨戸のふし穴かひびからはいる光だけで、薄闇といっていい。

ぶきみ千万な状態だが、一休は平気だ。むしろ好奇心にもえる眼で、まわりのようすと事態の推移を見まもっているようだ。

——それにしても、京のまっただなか、かつて幕府の中枢であったこの建物に、いまも足利に抵抗する唯一の集団「後南朝」の一党が巣くっていようとは。

「南朝の遺臣、坊城具教《ぼうじようともり》と申す」

と、油壺の法眼はあらためて名乗った。

坊城という名からすると、素性は公卿なのだろうが、薄闇のなかに、五十年配、面長《おもなが》ながら精気があぶらびかりしているのが見える。

そのうしろにいる配下らしいめんめんも、みな頭は剃っているが、ことごとく黒く日にやけて、眼ばかり銀光を発し、異様な、山気《さんき》とも呼びたい獣めいた匂いをたてている。

「われらのこと、すでにご存知のようなので、のっけから申すが」

と、具教はつづける。

「一休どのは、いまのみかどの皇子《みこ》でありながら、南朝びいきでござるそうで」

「なに、心情的南朝派というところだよ」

「それだけでも当方にとっては、涙の出るほどありがたきことで……それにしても、お父上は北朝でおわすというのに」

「いや、大義名分からして、南朝のほうが正統じゃと思う。足利で立てた北朝は、いかんせん傀儡《かいらい》の偽朝といわざるを得ん」

しばらく考えてから、

「いや、そんなことより、拙僧の母は南朝の人だということの影響が強いかも知れんがね」

鼻水をすする音が盛大に起こった。獣めいた匂いをはなつ男たちが、みんな落涙しているのだ。

五

――実は彼らは、去年の初冬のあの北山第のさわぎのあと、いま北朝に仕えている元南朝の公卿から、安国寺の小坊主一休が後小松天皇の落胤《らくいん》らしい、という情報を得て、すわ、と色めきたった。

これは自分たちにとって、何よりの道具になる、と考えたのだ。たとえば一休を自分たちの住む伊勢山中の隠れ御所へさらってゆけば、幕府の追及をふせぐ人質になる、と見たのである。

しかるにその後、その一休の母が南朝派の女で、かつまた一休が公然と南朝びいきの言動をほしいままにしていることを知って、かえって混乱をきたした。単純に敵方の皇子として敵視できなくなったのだ。

それに一休小坊主の天衣無縫のふるまいを知るに及んで、それが人質の用を果たすかどうか動揺してきたのだ。

嵯峨の竹林の奥に一休の家を探しあてたものの、遠くから琵琶の音などきかせて呼びよせようとしたのは、彼らの迷いのあらわれであった。そして、その迷いはその後もつづいていた。

ところが、事態が一変した。正確にいえば、ほんのいましがたのことだ。一休の新しい使い道を見つけ出したのだ。

「後南朝というものがあることはきいていたが、くわしいことは知らん。それはどこにある？　そこでどんな暮しをしておる？」

と、一休は好奇心にかがやく眼できく。

一休のほうは自分が人質になるなどいうおそれは感じていない。いちど京から逃げ出したのは、世阿弥のうろたえに誘いこまれたのと、母が怖がるのでつい行を共にしたにすぎない。

恐怖どころか彼は、いまも吉野のさらにかなたに南朝の旗をひるがえしつづけている後南朝党なるものに、同情を超えて敬意すらおぼえ、かつまた好奇心をそそられている。

一休の問いに、油壺の法眼こと坊城具教は、後南朝の御所は大和と伊勢の国境に近い大杉谷のさらに奥の、獣もかよわぬ三《さん》の公谷《こ》という所にあり、南朝の最後の後亀山《ごかめやま》天皇の皇子を奉じているむねを答えた。

「そんな深山幽谷から、どうしていまごろ京へ出てきたのじゃ」

と、一休はきく。

「辻々で太平記を詠《よ》んで、南朝の正しさを流布《るふ》するためか」

「それもござる」

と、法師は答えた。

「そんなことで、いまの北朝がひっくりかえるとは思えんが……これだけの人数では、どうしょうもあるまい」

「いや、ほかにもおります。二十人ばかり」

「えっ、それはどこにおるのじゃ？」

「この屋敷の、別の座敷に」

はじめて一休は、気味悪そうな顔をした。

同じこの棟の屋根の下に、まだ二十人もの後南朝党がいるという。いままで気がつかなかったのもむりはない。そんな気配は全くないからだ。花の御所を無断借用しているのだからあたりまえだといえるが、それにしても影の精のような連中だと思わざるを得ない。

「しかし、それだって……あの将軍義満公には、龍車にむかうカマキリみたいなものだろう。……北山での騒動をきいたが」

法眼は苦笑した。

「あれは義円どのに追いつめられての、苦しまぎれのひとあばれでござった」

「あの一件はともかく、天下の大勢がよ。後南朝の人々にはつくづく同情するけれど、もう三種の神器がそちらに移るということはあり得ないだろうなあ」

一休は詠嘆して、

「だからこそ、愚僧は南朝びいきなのだが。……」

と、つぶやいた。

六

「いま、三種の神器といわれたな」

突如、きっとして法眼がいった。

「実は、われらが上洛したのは、その三種の神器のためで……」

「やっ」

一休は眼をむいて

「おぬしら、それを奪いにきたというのではあるまいな?」

「まさか、そんな大それたことを」

法眼は手をふった。

「実はこの坊城具教、吉野朝にあったころは、行宮《あんぐう》の内侍所《ないしどころ》に奉仕しておりました。内侍所は三種の神器を祀《まつ》るところでござる。ただでさえ宮中最大の聖殿でござるが、とくに南朝にあっては、これぞ南朝正統のあかしとして、われら全身全霊をあげてご守護申しあげておりました。それを十五年前、両朝合一《ごういつ》によって北朝に移すのやむなきにいたり、われら魂を失ったも同様になりました。われらというのは、このたび上洛した二十余人、みな内侍所に仕えた神器守護兵の者どもだからでござる」

そこにいる後南朝党の大半は、床にはいつくばって肩をふるわせていた。

「その神器はいま北朝でいかように祀られておるか、聖なる古式は守られておるか。それも気がかりながら、それより何より是非いまいちどじかに礼拝いたしたく、そのために渇するがごとく京に上ってきた次第で――離《さ》かれても思いをたちきれぬ女に会いにきた男の心、と申せばおわかりいただけようか」

と、こわい顔に似合わしからぬせりふを口にして、

「いや、こりゃ小坊主の一休どのには不向きなたとえでござるが」

「わかる、わかる」

と、小坊主はのみこみ顔でうなずいた。

「さりながら、ことはそうたやすう参らぬ。御所の奥にある神器を拝ませて下されと申しこんでも、かりにわれらの素性を知らずとも、とうてい叶《かな》えられぬ望み」

「そりゃ、そうだろう」

法眼は顔色をあらためて、

「そこで一休どの、あなたにご相談のことがあると申したのはそのことで」

「何ですか」

「右のわれらの望み、是非叶えて下さるように、あなたに御所へのお手引きをおねがいいたしたいので」

「御所への手引き？　そんなことは愚僧にも叶わぬ」

「いや、あなたならできる。一休どのでなくてはならぬ」

一休はけげんな顔で、

「どうしてじゃ？」

「一休どのは、いまのみかどの皇子《みこ》でござるからな」

「そのことか。そのことはしかし、知る人ぞ知る、じゃよ」

「いえ、先刻の父君《ちちぎみ》とのご対面、あれを御所の門番たちも見ており申した。一休どのがご皇胤《こういん》であることは、いまや御所のだれもが知ったでござりましょう」

法眼の言葉が途中からていちょうなものになったのは、一休が皇胤のせいもあろうが、こんな依頼をする下ごころが生じたからに相違ない。

「一休どのがお手引き下されば、やりようによっては御所のほうもお許し下さるでござろう。そのやりようは、あとで申す」

「一休がみかどの落としだねだなんてことを、そんなかけひきの道具に使いたくはないよ。それもさっき会うたばかりというのに、またこちらからおしかけて、父君相手に願いごとをするのはごめんこうむる」

「みかどはお留守でござる」

「あっ、さっきお出かけの行列は見たが。――」

「あれは宇治の平等院への行幸《ぎょうこう》で、三日ばかりあちらにお泊りとか。――」

そんなことまで知っている。彼らはずっと御所を見張っていたにちがいない。

「みかどがおわさぬからと申して、御所の警護に変りはありますまいが、それでもやはりこちらにとって一つの好機ではござろう。……一休どの、おたのみ申す」

と、法眼が頭を下げると、あとの法師たちもそれぞれ両手をついた。

「おねがい申す、一休どの」

「われらの悲願お酌み下され！」

「なにとぞ、なにとぞ」

一休は考えこんでいる。

が、「いや」とはいわない。唇がぴくぴくとふるえているばかりだ。

一休は感動していたのである。もともとが南朝びいきだ。いまきいた後南朝のめんめんの悲願は、さもあらんと思う。そもそも彼は、とぼけたことをいっているようで、実はたいへんな熱血少年であった。

それからまた一休は、三種の神器なるものに対して、相当以上の好奇心があった。だいたいさきの南北朝合一自体が、足利が南朝から神器を巻きあげる方便にすぎないものであったと一休は見ている。いや、それ以前源平のころからも、その争奪に何十万という人間が修羅のたたかいをくりひろげてきたことか。天皇の正統性を保証する最高の象徴。しかるに、奇々怪々なことに、だれもそれを見た者がない。だれもその正体を知らない。

一休はこのとき、それを一見したいというとんでもない望みを起こした。なりゆき次第では、それをこの眼で拝観する機会があるかも知れないぞ。

「拝むだけでいいのだな」

と、相手には念をおす。

「もとよりでござる」

と、油壺の法眼は平伏した。

一休の眼が、キラキラと少年らしい光をおびてきた。まるで老僧みたいな口をきき、それがちっともおかしくはないのだが、十五は十五だ。彼がこの途方もないたのみごとに応ずる気になったのは、何よりもその年齢のゆえであったのかも知れない。

「それじゃあ、ひとつ御所に話してみるか。……では、いつ？」

「善はいそげと申す。明日」

神器《じんぎ》盗《と》り

一

翌日の夕刻ちかく、御所の門に、一休と三人の山伏が立った。

少しはなれて築地塀から梅の古木がひくさし出して、その花が散っている。もうそんな季節なのだ。が、その花びらといっしょに砂ほこりをまじえた風は、まだ身を切るように冷たかった。

門番に、一休がいう。

「私は安国寺の一休と申すものでございますが、知り合いの葛城《かつらぎ》の修験者《しゅげんじゃ》三人、このたび上洛し、当御所の三種の神器、なにとぞ拝観礼拝いたしたいと申しますゆえ、つれて参りました。まことにおそれいったお願いでございますが、内侍所《ないしどころ》の外でけっこうだと申しますから、どうかおゆるし願いとうございます」

「なに、安国寺の一休坊……とおっしゃる？」

門番は、穴のあくほど一休の顔を見つめていたが、やがて一人があたふたと奥へかけこんでいった。

知っていたのだ。案の定、きのうのみかどと一休のご対面を目撃していたにちがいない。

後南朝党はまだ二十数人いたが、さすがにその人数でおしかけてはとうてい許されないだろうと配慮して、油壺の法眼と、ほかに股肱《ここう》の二人だけ、こんどは山伏姿に身をやつして一休に従い、あとの連中は御所の四辺の辻々や空地に待たせることにした。

その連中だが——みんな、琵琶を背負った盲目の法師なのだ。いや、盲目はそうよそおっているだけだが、分散したとはいえ、それだけ琵琶法師がかたまっているのは奇妙な風景に見えると思われるだろうが、当時においては案外ふしぎでもなかった。盲人がやけに多く、法師もばかに多く、かつまた琵琶法師もやたらに多い時代だったのである。

ただし、その琵琶法師たちが、みんな馬を曳いていたのは奇怪で、通りすがりに首かたむけてきく者もあったが、これからこの馬にのせられて旅をするつもりで、いま馬子《まご》のくるのを待っているのだ、という返事であった。

とにかく、妖気は四周から御所をめぐっている。

ただし、一休はこんなことは知らなかった。——

さて、御所の門には、奥から一人の老公卿があらわれた。行幸にもお供のできないほど老いさらばえた公卿であったが、これが、

「おう、安国寺の一休どのはあなたか」

と、はじめてきく名ではないような声で呼びかけてきた。

どうやらきのう以前から、一休がご落胤であるということを耳にしていた人らしい。

「なに、神器を拝みたいと？　それはそれはご奇特なことじゃ。ただいま主上は行幸のおるすではござるが、一休どのならよろしかろう。ござれ」

老公卿はそういって、ヨタヨタと先に立った。

一休らはあとに従う。

一休は例の好奇にもえる眼でまわりを見まわしているが、あと三人は、坊主あたまに兜巾《ときん》、すずかけの裳《ころも》に袈裟《けさ》をつけ、二人は金剛杖を持っているが横にして殊勝神妙な顔をしている。

油壺の法眼は、つかの先に円い環のついた刀をさし、あとの二人は腰にひょうたんをぶら下げていた。

いまはここを北朝と呼ぶ者はない。これが唯一の朝廷だが、幕府の巨大な影におおわれて、御所のなかそのものがうらさびしい。だいいち、いやしくも三種の神器奉安所に、老公卿一人で案内するというのがうらさびしい。

その奥まったところに、青竹と注連《しめ》なわがそよいでいる白洲のなかの建物があった。空に太陽はあるのに、ふしぎに幽暗森厳《ゆうあんしんげん》の気のただよう一劃だ。

「あれが神器を奉安する内侍所で」

と、老公卿がいった。

「ここで礼拝なされ」

「ほう、神器はあそこに」

しゃがれ声でうなずくと、油壺の法眼の環頭大刀《かんとうだち》が一閃《いっせん》し、注連《しめ》なわはバサと断ち切られた。

一休は仰天した。

「あっ……何をするんだ？」

「神器は頂戴してゆく」

一休はかん高い声をはりあげた。

「後南朝……だましたなっ」

「神童とか何とかいわれているようだが、やはり小僧は小僧だな」

と、油壺の法眼はあざ笑った。

——彼がきのう、一休の使い道を発見したというのは、御所への道先案内という役であったのだ。

二

飛び出すような眼球でこれを見ていた老公卿が、やっと、

「曲者《くせもの》じゃ！　みな出合え！　神器盗みの凶賊が推参したぞや！」

と絶叫し、両手をふりまわしながら、そのままどこかへ走ってゆこうとする腰骨へ、山伏の一人の金剛杖がのびて、どんとつくと、老公卿は一間《けん》ばかりも前へすっ飛んで、うつ伏せになり動かなくなってしまった。

それもふりかえらず、二人の配下は内侍所へ殺到し、金剛杖で扉をたたきつける。

そう薄い戸であるはずはなく、錠も下ろしてあるのに、その扉のあちこちにくだけた木片とともに大きな穴があいた。その穴に手をいれると、怖ろしい力で両人は、ばりっと扉を観音びらきにひらいてしまった。

「あっ、あっ、あっ……」

飛びあがりながら、腰のスリコギをひきぬいてそちらにかけよろうとする一休の前に、油壺の法眼が立ちふさがって、その鼻先に環頭大刀をピタリとつきつけた。

「一休坊、ごくろう」

法眼の眼が笑った。

「神器はもともと南朝のもの、それが南朝に帰るのじゃ。南朝びいきの一休坊には本望ではないか？」

二人の山伏は、内侍所のなかから出てきた。

一人は五尺ばかりの長い箱様のものを両手でささげ、一人は大小二個、四角で薄いこれも箱様のものをかさねて、胸の前にささげている。どちらも古金襴《きんらん》につつまれ、紫のひもで結んである。

　さっきの老公卿の絶叫や、いまの扉を破るひびきがきこえないはずはない。あちこちから叫喚があがり、かけあつまってくる家鳴りがきこえた。

　みかどの留守とはいえ、うらさびれているとはいえ、かりにも御所だ。まだ北面の武士も残っていれば、公卿雑色《ぞうしき》のたぐいもいる。

　それが十数人かけつけて、この場のようすを見て、卒倒せんばかりになって立ちすくんだとき、三人の修験者は——二人はそれぞれの掠奪品を地において、腰のひょうたんから法眼の手にした朱ぬりの大盃に、何か液体をトクトクとそそいでいるところであった。

　ゆうゆうとして油壺の法眼は、立ったままそれをのみほした。

「ゆくぞ」

　と、盃をふところにしまう。環頭大刀は鞘におさめて、それをななめに持ち、つかのあたりを口にあてている。

　二人の山伏はまた古金襴の箱をとりあげて、これを捧持《ほうじ》して歩き出した。

　まるで夢魔に襲われたような眼で、数瞬この光景を眺めていた公卿侍たちは、三人が怖れげもなく自分たちのほうへ近づいてくるのを見て、

「曲者っ、そこ動くな！」

「天を怖れぬか、この逆賊っ」

と、数人、刀をぬいて立ちむかってきた。

法眼の口がとがった。ななめに刀をあてたそのあたりに、チカッと小さな青い火花が散った。

そこから、一条の細い黒煙がほとばしり出ると、尖端は一団の火炎となって、公卿侍の顔に吹きつけた。

環頭大刀のつかのどこかに、火打石を使った発火装置があるらしいが、それより炎の幻術というしかない。

たまぎるような悲鳴とともに、その数人はもろに顔を焼かれ、虚空をつかんで地にころがる。

あとの連中は、これには胆をつぶして、こけつまろびつ逃げ帰る。

三人の山伏は、しずしずと御所のなかのもときた通路をひきあげてゆく。

たしか法眼は、きのう一休に、「われらは神器守護兵」と自称したが、とんでもない守護兵があったものだ。

三

三種の神器は日本において、最高の神性を持つ宝物とされている。だからこれを手に入れようとして、源平の戦いも南北朝の争いも起こったのだが、これほどの宝物だから、長いあいだには個人的な盗賊も出現してよさそうなものだが、少なくともみかどの御所に闖入《ちんにゆう》してこれを盗もうとした人間は、これまでに一人もない。

古くは、ただいちど天智天皇のころ、新羅《しらぎ》の僧道行《どうぎょう》なるものが、熱田神宮から草薙《くさなぎの》剣《つるぎ》を盗み出して新羅へ持ち出そうとしたが、途中業風《ごうふう》に吹きもどされ失敗したという怪史が「日本書紀」にあるが、これは熱田神宮の話で、しかも虚実も模糊《もこ》とした伝説時代のことだ。

この物語以後のことなら、いちどある。

嘉吉《かきつ》三年、というと、この義満の晩年時代から三十数年ののちのことになるが、その九月、後南朝の楠木正秀なるものの一党が、この同じ御所からまたもや神器を奪い、討手を受けて鏡と剣はとりもどされたが、八尺瓊勾玉《やさかにのまがたま》だけはふところにして、遠く大杉谷三《さん》の公《こ》谷へのがれ去った。

この嘉吉三年といえば、いまの青蓮院の義円が六代将軍義教《よしのり》となって恐怖政治を行い、そのために重臣赤松満祐《みつすけ》の叛逆によって暗殺されたあとのことである。

そして、右の事件によって滅んだ赤松の遺臣が主家の再興を目的として、その勾玉を奪還し京へ持ち帰ったのがさらに十四年後のことで、そのときやっと後南朝が滅んだという。

実に南朝は六十年つづき、南北朝合一後も伊勢大和国境の秘峡に、後南朝なるものがまた六十五年つづいたのである。合わせると百二十五年。

日本人はすべてに淡白だといわれるけど、これを見るとなかなか執念ぶかい歴史的事例もある。ただし、例の隠れ切支丹と同様、事は宗教にからまっている。後南朝はもはや狂信の宗教的存在であったのだ。

ともあれ、神器盗賊はこの時代までは前代未聞であった。

いま、そのゆくてにもはやあらがう公卿や雑色はいない。

一休は、南の門から土御門《つちみかど》大路にころがり出した。

「おういっ、助けて下され！」

さすがの彼も、必死の声をはりあげる。

門外は寒風が砂ほこりをまいて人通りもなかったが、ふっと大路の西のほうに人馬のむれの影を見て、

「だれか——きて下され、御所に曲者ですっ」

と、そちらへかけてゆこうとした。

十歩ばかり走って、一休ははたと足をとめ、ぎょっと眼を見ひらいた。

近づいてくるのは、琵琶僧のむれであった。それがみな馬を曳《ひ》いているのは解《げ》せなかったが、ともかくも後南朝の一党に相違ない。

そういえば、残りの琵琶僧は御所の外に待機させてあるときいたが、それが御所のただならぬ異変を感じとって動き出したものに相違ない。

——これはいかん！

くるっと背を返してかけもどる一休の前に、いま門から出てきた油壺の法眼が立ちふさがった。

「一休坊、三の公谷へゆこう」

法眼がいった。

「われらこれより、伊勢の三の公谷へ帰るがいっしょにゆこう。いや、連れてゆく。少しは何かの役に立つじゃろう。……お」

と、前方を見やって、

「馬がきた。神器を積め」

と、配下に命じた。

琵琶法師のむれのなかから、まず一騎だけ、先に馬を飛ばせてきた。

それが馬から飛び下りると同時に、こちらの神器を捧持した二人が、神器を鞍にとりつけようとする。

その一人のうしろへ一休はかけよると、手のスリコギをふりあげて、そのうしろ頭をポカーンとたたいた。

なぐられてふりむいた山伏は、まだ神器から両手が放せず、それだけに怒り心頭に発した形相《ぎょうそう》で、

「小僧、無益な邪魔だてはよせ。いまお前もひっくくって馬に吊るしてやるぞ」

「そうはゆかんぞ、柳生十兵衛用心棒を知らないかっ」

と、叫んで、スリコギをかまえ、ずっと向うを見て、

「あれ？」

と、奇声を発した。

琵琶法師とは反対の、土御門大路を東のほうから近づいてくる二人の人間に気がついたのだ。

その一人を、どうやら世阿弥らしいと認め、次の瞬間一休は飛びあがった。

「きたっ、わしの用心棒がきたっ」

世阿弥とならんだ菅笠《すげがさ》の影は、あやしむように立ちどまって、じっとこちらを見ていたが、

「十兵衛どのう……たいへんだっ、神器泥棒だ。後南朝の連中が、いま御所から三種の神器を盗み出してゆくところだよっ」

という叫びをきくと、世阿弥を残し、疾風のようにかけてきた。途中でその笠をはねのけている。

四

まさしく野羽織をきた柳生十兵衛であった。

柳生を出て、世阿弥とともにいままで一休母子を探し歩き、たまたま歩いていたこの

大路で、いまやっと一休を見つけ出したのである。

むろん、ここに至る一休のいきさつは知らないが、一休の叫びとそこにむらがる琵琶法師の集団をひと眼見ただけで、事態を理解した。

「あれだ、あの馬にとりつけられたのが神器ですっ」

指さす一休に、

「心得たりっ」

十兵衛はうなずき、その馬のそばに立つ山伏のほうへ、刀に手もかけずスタスタと歩みよっている。

それを見つつ、あまりの無造作ぶりに、山伏の迎撃が一瞬おくれた。

十兵衛の一刀がひらめくと、山伏は血しぶきのなかに二つになって崩折れている。

どうやらいつか北山第で、油壺の法眼に同行していた法師の一人のようであったが、十兵衛はそれに気をとめた風でもない。

「おおおっ……おおっ」

地鳴りのような声が波うつと、あとの馬群と法師たちはいっせいに長剣をぬきはなち、砂塵をまいて十兵衛を包囲しはじめた。

刀は馬腹にとりつけてあった。おそらく神器を奪ったら、それをのせてまっしぐらに南の山岳へ逃走するつもりの馬群で、そのときおそらく予想される追撃にそなえるための長剣であったろう。なかには薙刀《なぎなた》を持っている者もあった。

「待てっ……待て待てっ」

そんな油壺の法眼の声もきこえたようだが、もういかんともしがたい凶暴な殺気の大渦が御所門外に巻きはじめた。

が、法師たちは狂乱してはいない。数瞬そう見えたこともあったが、おそらくこういう争闘に同士討ちを避ける訓練をつんでいたのだろう。たちまち十兵衛をつつむ巨大な輪になって、前後左右から一人ないし二人ずつ襲いかかる戦法に出はじめた。

もともとがただの巷《ちまた》の琵琶法師ではない。幾星霜、深山に棲息して、幕府方の討伐にそなえて、刻苦の鍛練をつんできた人外のむれなのである。

この剣輪に包囲されている柳生十兵衛は——いかに陰流の名剣士とはいえ、その陰流も生かしようがないと思われるこの四周の敵に、これまた常ならぬ戦法をとっている。

彼は一人ではなかった。いつのまにか、神器をつけた馬を奪って、その手綱《たづな》をにぎっている。そして馬を盾《たて》としているのだ。が、その代り愛刀三池典太《みいけてんた》は右だけの片手斬りとなる。

陰流《かげりゅう》恍惚剣

一

すこし風が吹けば砂ほこり、ちょっと雨がふればたちまちぬかるみとなる当時の道だ。これは都大路といえどもまぬがれがたい。いや、大路であれば、いっそう甚だしい。ましてやその日は、寒風の吹きまくっている日であった。もっとも雲は多いが、まったくの曇天ではなく、日の光は数分ごとにさしたり消えたりしている。

吹きつける砂塵はこの御所前もけぶらせて、そのなかに梅の花が雪片のごとくまじっているが、そんなものに眼をとめる者はない。

けだもののような雄たけびとともに、左右からまた二人斬りかかったが、これが同時で、十兵衛の剣は左右遅速のあるはずなのに、またも二人の後南朝党の法師ががっぱと地に這う。

バララーン……というひびきがあがったのは、そのはずみで切れた背中の琵琶の絃の音《ね》であった。

と、それに合わせるように、すッ頓狂《とんきよう》な声がながれてきた。

「極楽は十万億土はるかなり
とてもゆかれぬわらじ一足《そく》。……」

いま寒風にまじる花びらのもと、御所の築地塀《ついじべい》からさし出した梅の古木の枝にまたがっている一休だ。

また苦鳴があがって、バララーン……と琵琶の音が地上であがると、

「引導は無事なるときに受けたまえ
末期《まつご》の旅におもむかぬうち。……」

スリコギをふりまわしながら、一休は吟ずる。

かりにも僧形《そうぎよう》の身で殺生《せつしよう》を歌いはやすとはけしからぬようだが、歌いながら一休は腹をたてているのだ。後南朝党にまんまと一杯くわされたことに対してである。南朝びいきで、なまじ同情しただけにいっそう立腹した。

バララーン。……

「世のなかは食うて糞して寝て起きて
さてそのあとは死ぬるばかりよ。……」

バララーン。……

後南朝党のなかに、こんな歌声をきいているやつはいない。朱《あけ》に染まった墨染めの屍

体はすでに十体前後ころがっている。

彼らは血まなこになっていた。いや、自分たちの眼がどうかしたのかと思った。敵の姿が見えないのだ。彼らが一見むなしく斬られるのは、相手の凄じい刀さばきもさることながら、その動きが砂塵のなかにおぼろな影のようにしか見えないことであった。

十兵衛は陰流をほしいままにあやつる機会を得たことに、はじめ全身を湧かせていた満足から次第に困惑をおぼえ出している。

もともと彼は心情的南朝派で、その一党をかくも盛大に退治することは本意ではない。

ただ元将軍家御供衆《おともしゅう》として、神器を奪われるのをみすみす見のがしてはいられない。

その神器はいま奪還した。

とはいいきれない状態にある。

神器は、じぶんが手綱をにぎっている馬の鞍につけてあるとはいうものの、それを包囲している敵の数はみるみるふえているようだ。鞍に結んだ神器の紐でも切れれば万事休す。

その馬は、この大争闘のなかにただ置物みたいにつっ立っているわけではない。まわりに渦まく剣光と咆哮に恐怖して、さっきから高くいななき、前肢をあげてさお立ちになろうとする。

いまや馬は、十兵衛の盾であると同時に彼の荷ともなった。

それから、当面の敵と戦いながら、もう一つ十兵衛の気にかかるものがあった。油壺の法眼《ほうげん》だ。

吹きたける北風の砂けぶりをふせぐべく、十兵衛は馬を屏風《びょうぶ》にして、敵を南側にまわすように心がけているが、反対の方向に数十歩離れてこちらを見ているそのぶきみな姿は、たえず視界にいれている。

かつて見たときの琵琶法師とちがって、いまは山伏姿だが、まさしく北山第で炎を噴いたあの妖術者だ。

あのとき青蓮衆の数人を火だるまに変えて、ゆうゆうと逃げるこの法師を、さしもの十兵衛も手の出しようもなく見送ったのであった。

その油壺の法眼は、この死闘を寂然《じゃくねん》として眺めている。むしろ味方の腑甲斐なさを冷眼視しているように動かない。

もっともそれは、この敵が味方と戦いはじめてから数分間のことで——その法眼が歩き出した。十兵衛のほうに近づいてきた。

まだ数間はあるのに、彼は立ちどまり、こちらを見すえて、環頭大刀《かんとうだち》をななめに口にあて、その口をとがらせた。

ビューッと一条の黒煙の糸が噴き出されて、こちらから五尺ほどの距離で、ぱっと一団の火炎となった。

「柳生十兵衛と申すか」

と、いった。

将軍家御供衆頭人としてか、もう名まで知っている。

「おどかしただけじゃ」

法眼は、きゅっと口をまげて笑った。

「馬を放せ」

その間も、十兵衛の背後から襲いかかる法師があって、うしろなぐりの三池典太にまた血けむりがあがった。

バラランという音が地上で鳴る。

「世のなかはへちまの皮のだんぶくろ
底がぬければ穴へどんぶり！」

遠く一休の声がきこえたが、一休も十兵衛の危機は見てとれたのだろう、声は寒風にふるえて尾をひく。

「後南朝、神器を焼くつもりか？」

と、十兵衛は叫んだ。

さらに近づいてきた油壺の法眼の足がとまった。

へたに火を噴けば馬の鞍に結えつけた神器は、古金襴の装もろとも燃えあがるだろう。

そのとき大路の前後に叫喚があがりはじめた。

琵琶法師たちではない。この騒動をききつけた町の人々がかけ集まってきはじめたのだ。

二

油壺の法眼はつかつかと歩き出した。あきらかに焦燥の足どりだ。

その口がまたとがった。

こんどははじめからあぶら火の糸が空中を走って、その炎がメラメラメラ……と馬の顔にまといついた。

半面を焼かれて馬は苦鳴とともに躍りあがり、たてがみをふり乱してそのまま狂乱したように駈け出した。いかなる巨人もこれをとめることは不可能な力であった。

「あっ……」

さすがの十兵衛も手綱をふりちぎられて泳ぐ。

三種の神器をのせた馬は、火を噴いた法眼のそばをかけぬけたが、法眼もそれをつかまえることのできない狂奔であった。

そのまま馬は、琵琶僧たちと反対の方角へ疾駆してゆく。

「ちいっ」

法眼は歯がみして見送ったが、その事態を招いたのは彼自身なのである。

しかも彼はそれを追うこともできない。いま背を見せればただちに躍りかかってくる敵だ、ということは明らかだからだ。

一方、柳生十兵衛は盾を失い、むき出しのままで立った。

砂塵のなかだが、ちらっと雲間から太陽がのぞいた。

十兵衛は狼狽していない。

もはや堂々と、この炎の幻術師と対決するよりほかはない。

決闘のはじまる前に、その場に満ちる異様な殺気に打たれたか、数瞬、法師たちもことごとく棒のようになって見まもっているばかりだ。

青眼《せいがん》にかまえて待つ十兵衛に、油壺の法眼は一歩すすんで、

「お……それが陰流か」

剣をもって相対するとき、相手のみには視界から消える陰流極意《ごくい》だが。——

「まだまだ未熟だのう。見よ、お前の影は地上にある」

と、あごをしゃくった。

地上に落ちた自分の影をちらと見て、はじめて十兵衛の身体を動揺が走る。

法眼の口がすぼまった。

火炎が一間《けん》以上もながれて、土が燃えあがった。十兵衛は横に飛んだ。

法眼めがけて躍りかかろうとするその大地へ、また火の矢が飛ぶ。

十兵衛はどうところがっていた。

ただ敵の火を避けるためばかりではない。ころがったのはみずからの身体でみずから

の影を消し、筒のように地を回転しつつ敵に近づくためだ。

その十兵衛の姿が見えたか、見えなかったか。そのまわりに、ぽっ、ぽっ、と法眼のあぶら火は陰火のように燃えあがる。

三

怪異なからす天狗みたいに口をとがらせた法眼は、このとき何か別の風に吹かれたようにうしろをふりむいた。

地上から死相の顔をもちあげて、

「あ……移香斎先生！」

と、十兵衛は叫んだ。

箱のない台に欄干《らんかん》だけの輿《こし》に乗っている師の愛洲移香斎の姿を遠くに見たのだ。それをかつぎ、とりまいているのは将軍家御供衆のめんめんであった。その数、十人ばかり。

「おおっ」

そのなかから声がきこえた。

「油壺の法眼だっ」

十兵衛も知っている御供衆の斯波《しば》刑部《ぎようぶ》であった。

かつて御供衆は北山第でこの怪法師のために苦杯を喫したのだが、それによる報復の念は恐怖を超えていたとみえる。刑部と三人ばかりの御供衆が抜刀して、ばらばらとこちらへかけてきた。

むろん彼らは、法眼のむこうにひしめいている琵琶法師のむれを見つけている。

「南朝党だ！」

だれか叫ぶと、細川杖之介《じょうのすけ》、赤松鉄心らを先頭に、御供衆は砂けぶりたててそちらへ殺到した。

琵琶法師連はどっとどよめき、混乱した。人数はこちらが多いが、すぐに相手を将軍家御供衆と知ったらしく、自分たちが足利の天下に弓ひく闇の存在だと承知しているだけに、こうなると浮き足立たざるを得ない。

「逃げよ、逃げよ」

油壺の法眼自身そう呼ばわっている。

法師たちのうちでまだ馬の手綱をにぎっていた者は、それに飛びのって逃走しはじめた。あと残った連中も、御供衆と斬りあいながら、みるみるひいてゆく。

山伏姿の法眼は逃げようとはしない。

殺到してくる斯波刑部ほか三人の御供衆を迎えて、その口から火の糸がほとばしって、刑部だけがのけぞってあやうくのがれたが、あとは生不動《いきふどう》となって地上にのたうつのを、ほとんど眼中にないかのごとく、じっと愛洲移香斎のほうを見ている。

移香斎の輿は地上に下ろされていたが、そこから立つのも、やっこらしょ、といった態《てい》だ。いや、左右から抱きかかえられているありさまだ。御供衆はけんめいにとめているようだが、抱きかかえられながら、その手をはなせ、といっているらしい。移香斎は腰の刀をぬこうとしたが、それもそばから手をそえてぬいてもらった。二尺にも足りぬちっちゃな刀だ。

さてヨタヨタと歩き出したが、途中でペタンとしりもちをつく始末だ。いちどたおれた十兵衛は、もとよりはね起きている。そして、その光景を見て、思わずそのほうへかけ寄ろうとしたが、しかし踏みとどまった。

その移香斎に油壺の法眼も眼をそそいでいるが、相手の醜態に心ゆるすどころか、決死の気にふちどられているように見える。

いつぞや北山第での騒ぎに際し、油壺の法眼と愛洲移香斎はいちど対決したことがある。

が、あのとき法眼はあえて勝負を決しようとせずに背を見せ、移香斎もそれを追おうとはしなかった。

いまや後南朝の神器盗《と》りは失敗に帰した。で、法眼は、せめて将軍家御供衆の大頭目、愛洲移香斎を討ち果たすべく意を決したと見える。

土御門大路にかたぶく日輪は、雲と砂塵に明滅した。二人の距離は三間ほどになった。

ちょうど日光は、燦《さん》と移香斎を浮かびあがらせた。白髪につつまれたシャレコーべそっくりの姿だ。

きっと見すえた法眼の口がとがった。その刹那、全身に狼狽が走った。

移香斎の姿が法眼に見えなくなったのだ、と十兵衛は直感した。

心を無にすることによってその姿まで無にしてしまう陰流奥義《おうぎ》。だがそれは剣をもって対する相手だけに起こる現象で、それ以外の者の眼には何の変りもない。

が、これを見る御供衆や後南朝のめんめんは、それこそ目に見えぬ縄に緊縛されたように、息をのんで見まもっている。

と、移香斎がフラフラと横にうごいた。

が、十兵衛はかっと眼をむいていた。移香斎のいなくなったあとに、その影は長くのびて残っている！

移香斎の本体は、ゆるい弧をえがいて、夢遊病者のごとく歩みよる。その足もとに影はない。

「……ぼっ」

油壺の法眼の口から怪音が発し、そこから火炎が噴いた。移香斎の影だけ残っている場所に。

突如、法眼の眼が驚愕にむき出され、環頭大刀をぬく手つきを見せた。その刹那、移香斎の短い白刃がひらめいて、法眼の首にかけた数珠《じゅず》と鮮血をとびちらしながら、その山伏姿はけさがけになっていた。

斬って移香斎は、またべたりと坐ってしまった。白髪は返り血に染まり、この世のものでない幽鬼さながらに見える。

その姿から、さっき影の残った場所に眼を移すと、その影はもう消えていた。

母鳥《ははどり》子鳥《こどり》

一

なお動かず、酔ったような感じで佇《たたず》んだまま、

「……アア、われ遠く師に及ばず！」

と、十兵衛は心中にうなり声をあげていた。

首領が斃《たお》されたと知って、まだ残っていた後南朝党は、悪夢にうなされたような叫喚をあげて、こけつまろびつ逃走しはじめた。

これを追って御供衆は、あるいは斬り、あるいは捕えている。

「柳生どの柳生どの」

呼ばれてふりむくと、御供衆の細川杖之介だ。

「京へお帰りか」

十兵衛が御供衆頭人を退いたあと、名目的に移香斎がその役に復帰し、細川杖之介、

赤松鉄心、斯波刑部という名門出の三人が集団でその代役をつとめているとは、世阿弥からきいたことがある。

十兵衛はその問いには答えず、

「いや……おそれいった」

と、移香斎のほうへ頭を下げた。

移香斎は坐ると、もうコクリコクリと舟をこぎはじめ、それを赤松鉄心が抱き起こそうとしているが、老人はほんとに眠りこけているようで、まったく正体がない。

「いつも居眠りしておられるのは承知しておったが。……」

「いや、居眠りどころではない」

細川杖之介も困惑のていで、

「おぬしがいなくなってから、先生のボケはいよいよ急進行いたしてな。もはやほとんど正気のときがなく、ただ食うことと糞するだけで……その糞もところきらわず、しかもいたるところ壁や柱にぬりつけられる始末」

充分、当人にきこえる声だが、杖之介は平気だ。

十兵衛が憮然《ぶぜん》とつぶやいた。

「ふうむ。……まさか、そのために移香斎と称されたのではあるまいが。……」

「そして、ゆくえさだめず外へ出られて徘徊なさる。その徘徊中に珍事をひき起こされたり、ゆきだおれになられては困る。実はここ二、三日前からゆくえ不明になられて、われら捜索に出て、さっきこのちかくでやっと発見したところだ。そこへこの騒ぎの音をきいてかけつけた次第だが。……」

北山第に詰めているはずの御供衆がここにあらわれたのは、そのためであったのか。

「そうですか、しかしいま油壺の法眼をやすやすと斃《たお》されたわざ、まさに神人の剣としか見えなんだが」

「いや、拙者も驚いた」

細川杖之介も嘆声を発した。

「剣をふるうときだけ正気にもどる。……まさに陰流の化身《けしん》じゃな」

移香斎先生は赤松鉄心のさしずでまた輿にのせられている。久しぶりに弟子の柳生十兵衛に会ったわけだが、十兵衛を助けたという意識もないらしい。

剣の陶酔からさめて、十兵衛があらためて再会のあいさつに近づきかけたとき、御所のほうから四、五人の公卿や雑色が、騒ぎはおさまったと見たか、ばらばらとかけてきて、

「神器はどうした」

「神器はいずこにある？」

と、脳天から出るような声をそろえた。

さっき法眼の火に半顔を焼かれて、三種の神器を鞍につけたままかけ去った馬は、いまそちらを見ても影もかたちもない。御所の人々はそれもよく見ていなかったらしい。

十兵衛が蒼ざめたとき、それとは反対の方角から、また一団の人影があらわれた。あきらかに、青蓮衆だ。例によって唐獅子《からじし》のような犬を二、三頭つれている。

二

将軍の四男坊の巡察隊だから、御供衆もひるんで道をひらく。これもここの叫喚をききつけて、やってきたらしい。そのあたりに算をみだして伏している琵琶法師や、生き残りをしばりあげている御供衆などに眼をまるくしているようすであったが、そこを通りぬけて十兵衛たちのそばに近づいてきた。

そして、そこにたおれている屍骸を見て、輿の上の義円は、

「おう、修験者の姿をしておるが、これは油壺の法眼ではないか！」

と、さすがに驚きの声をたてた。

「斬ったのはお前か」

「いえ、移香斎先生で」

と、十兵衛を見る。

「この屍骸、みなか」

「あとは拙者の仕事ですが」

愛洲移香斎は、折りたたまれたボロキレみたいに輿で運ばれてゆく。だれがこの無敵

と見える炎の幻術師を一太刀で仕止めた大剣客と思うだろう。

そして十人以上ものその配下を斬り伏せたという柳生十兵衛は、むしろ憂愁と形容してもいい表情で、そこにうっそりとつっ立っている。

義円は信じられない眼つきをして、

「そもそもこりゃ、何の騒ぎだ？」

と、一帯を見まわした。

「神器盗賊でござる！」

と、公卿の一人が叫び出した。

「さきほど一休どのが山伏三人あまりを連れてこられ、神器拝礼の儀を申しこまれた。一休どのがみかどの皇子《みこ》であることは存じておりますから、つい内侍所《ないしどころ》へお導きいたしたところ、突如その山伏が——」

と、地上の屍骸を恐怖の眼で見やり、

「口から火を噴いて、神器を奪って御所の外へ逃げ出したのでござる！」

そして、両腕をふりまわし、狂ったような声をはりあげた。

「神器はどこへいった？　あれ奪われては日本の一大事じゃ！　神器は……神器は……」

「神器はここにあるぞ。——」

遠くで声がした。

みな、そのほうに首をむけると、一頭の馬を曳いて——たしかに一休と世阿弥が歩いてくる。

しばらく息をのんで見まもっていたが、やがて公卿や雑色《ぞうしき》が奇声を発してそちらへかけより、

「おう、神器じゃ！」

「神器はごぶじじゃった！」

と、そのまわりをとり巻いて、狂喜乱舞した。

その馬は半分顔を焼かれ、怖ろしい形相《ぎょうそう》に変っていたが、それでもおとなしく曳かれてくる。

さっき馬が逃げたのは、一休が梅の枝にとまっている方角であり、かつまた十兵衛といっしょにきた世阿弥のいる方角で、狂奔してくる馬を世阿弥は大手をひろげてとめようとしたが、とめきれず、それを御所の塀の上から見ていた一休が飛び下りて、追っかけた。——そして、やっと地にひきずっている手綱をつかまえて、いまひきかえしてきたのであった。

近づくと一休は、きっと輿の上の義円を見あげて、

「眼がつぶれぬか、三種の神器であるぞ、そこの青坊主、輿から下りて拝礼せぬか！」

と、叫んだ。

少年僧とは思われぬ威厳で、義円は突風に吹かれたように輿から飛び下りて、地面の上にぺたんと坐ってしまった。

「よしよし」

一休は頭をなでるような手つきをして、

「ながく天日にさらすも怖れ多い神器じゃ。はやく内侍所に戻して奉安申せ」

と、おごそかにいって、馬の手綱を公卿に手わたした。それから、

「いや、おさわがせした。あやまります」

と、おじぎして、

「では、愚僧はこれで。——世阿弥どの、十兵衛どの、ゆくとしようか」

と、飄然とゆきかかるのを、

「待てっ」

と、義円は立ちあがって、呼びとめた。

「いまきけば、後南朝党を御所に手引きしたのは一休坊だというではないか。おぬし、後南朝党といかなる縁があってそんなことをしたのだ？」

「そちらは血まなこになって後南朝を探しまわって、一人もつかまえられなかったろうが。あはははは」

一休は笑った。

義円の目鼻がクモみたいなかたちをえがいた。一休のいうとおりだ。

向いあった二人は、やりとりだけきけば十五になる少年同士のようではない。……二人魔童子《まどうじ》、と十兵衛は心中舌をまいている。

三

北山第での騒ぎ以来、青蓮衆は京じゅうの琵琶法師を手あたり次第検問してきたが、後世信じられないほど当時は盲者が多く、かつ法師も多く、したがって琵琶法師は夏の水鉢のボーフラのごとく洛中にうようよしていて、結果として後南朝党を一人もとらえることができなかったのは事実であった。

いまそこに、油壺の法眼にまぎれもない屍体をはじめ、盛大に血潮をまいてちらばった琵琶僧のむれをみて、それがまさしく後南朝の連中だと知って、これだけのやつらがいままでどこに？ と、義円はみずからの眼をうたがっている状態なのであった。もっともその屍骸が、いずれもかっと眼をむいているところから、それらはすべてにせ盲僧であったことが判明したが。——

一休がいう。

「で、後南朝をみんなひとまとめに集める方便として、もったいないが神器を使わせてもらったのよ」

「そして神器を盗ませたのか」

「いや、柳生十兵衛に退治させるためだ。で……その結果は、ごらんの通りだ」

けろりかんとした顔でいう。

義円は、絶句した。一休に愚弄されているような気がするが、これまでのいきさつがよくわからないので、それ以上相手を追及する言葉が出てこない。

とはいうものの、将軍の四男たる自分に対して、対等どころかそれ以下の人間に対するような口をきくのには腹がにえくりかえる。

なに、自分だって一休を皇子扱いにしていない言葉を使っているのだが、それは秘事だから当然のことだ。素性はともあれ、こいつはいま一介の味噌すり坊主ではないか。

……

「そちは、南朝びいきときいたが……」

と、上眼づかいに、やっといった。

一休は答えず、まわりに散乱している法師たちの屍骸を見て、

「頭をさますと、十兵衛さん、少し殺生《せっしょう》がすぎたようだなあ」

といって、スタスタと歩き出した。

十兵衛は粛然《しゅくぜん》たる顔をした。さっきから彼をとらえてきた憂鬱の気はそのことであったのだ。

が、すぐに彼は一休のあとを追い、世阿弥もそれにならおうとする。

「あっ……待て、柳生、世阿！」

あわてて、義円は呼んだ。

義円としては、捨ておけば一休坊は後南朝の道具になる危険があると見、かつまた彼

をかばう世阿弥や柳生十兵衛は南朝に心をよせる一味ではないかと疑い、特に世阿弥の行動や素性を探りに、わざわざ伊賀へいったほどなのだが。——

それがいま後南朝党を退治したとあっては混乱をきたすが、とにかくこの三人がここにいっしょにいるのは見のがしがたい。

「そのほうら、とり調べたいことがある。青蓮院へ同行せい！」

「あいや、先日申しあげたごとく、拙者は足利家を退転いたした身で」

先日とは、去年の師走、木津川のほとり大河原で義円とゆきあい、あまりおだやかでない問答をかわしたことだ。

義円はいった。

「そのお前がなにゆえ京に舞いもどってきたのじゃ？」

「一休どのの用心棒を買って出ましたので」

十兵衛は一礼して、そのまま背をかえした。

「世阿、知ったぞ。……そのほうは逆賊楠木兵衛《ひょうえ》と縁ある家の者じゃとな」

「わざわざお調べ、ごくろうさまでござります」

世阿弥はかるく一笑して、

「その悪縁のためか、私、将軍家のごきげんを損じ、目下小人閑居《しょうじんかんきょ》のていで、たいくつまぎれにこれまた一休坊の付人を相つとめておる身でござる」

いうと、これも十兵衛のあとを追う。

義円はふくれあがったまま、黙って見送るばかりであった。なにしろいま後南朝の一味を退治したのが十兵衛とあっては、それ以上追及すべき言葉につまってしまったのだ。

四

御所の東のはずれあたりで、十兵衛と世阿弥は一休に追いついた。

遠いうしろでまだ叫び声がきこえるが、それはおそらく屍骸の始末や捕縛者を叱る声で、こちらを追ってくる者はない。

一休はうなだれて歩いている。

そばにきた二人をふりかえると、

「十兵衛さん、やはり殺生がすぎたなあ。それも後南朝を」

と、またいう。

まるで最初から同行しているような調子だが、なんと一休はこの正月柳生を出てから、はじめていま十兵衛を見るのである。

十兵衛はあたまを下げて、

「いや、拙者もいまとなってはいささか気がとがめております。神器を守るためには、あの際やむを得ず――」

「わしも少々浮かれすぎた。まんまと後南朝党に一杯くったからよ。ひいきにしていただけに腹を立ててな。ま、神器を奪還するためにはやむを得んか」

と、頭をかき、その頭をかしげて、

「考えてみると、北朝の天子のところへ神器を奪還してやるというのはおかしいな。奪還は後南朝のほうかも知れん」

と、つぶやき、

「わしら何をしたか、わけがわからなくなった」

「そのおかげで、いま義円さまのご追及からのがれることができたのではありませぬか」

と、世阿弥がいった。

「神器が南朝にあろうと北朝にあろうと、実はどっちでもええわい。どっちもおなじ天皇家じゃないか。……ただ、傀儡《かいらい》として北朝を作った足利は気にくわんがね」

一休は腰のスリコギを手にとって、びゅっと打ちふって、

「いま、あの青坊主、逆賊楠木兵衛《ひょうえ》といったなあ。逆賊とはまさに足利家のことじゃが」

そして詠い出した。

「正統傍系みだりに相争う
血をふくんで人に噴《は》けばその口汚《けが》る
南山に雲起り北山も雨

一夜の落花、流水香《かん》ばし。……」

ちんぷんかんだが十兵衛は、うっとりとききすまし、さて、はっとわれにかえって、

先刻から気にかかっていたことを口にした。

「一休どの、母御さまにお会いになられたか」

「なに、母？」

一休は立ちどまった。

「母が、どうしました？　母は柳生におるのではないか？」

「いや、それがこの正月、あなたが柳生を出られた翌朝、母上さまもあなたを探して柳生をご出奔なされたので。……」

と、十兵衛はいった。

「それをまた追っかけて、われらも柳生を飛び出したのですが、そうか、まだ会われませぬか」

一休の顔色は変っていた。

「嵯峨野の家へゆかれたか」

「いったが、おられぬ。どうやら帰られたようすも見えなんだが。……」

十兵衛はせきこんで、

「お心あたりのところはないか。ご縁戚のおうちとか。――」

「な、ないわけではないが」

一休の返事はふるえ、ぼやけている。

その頭上に小鳥のむれが旋回しているが、それも意識の外にあるようだ。

快活、豪胆、飄逸《ひょういつ》、まさに鳳雛《ほうすう》と呼ぶしかない神童の顔が、みるみる幼児の顔になっていた。

「ああ、母上……母上……母上……」

うわごとのように、

「あの母は、嵯峨野の藪のなかからめったに京の町へも出ないで暮してきたおかたなのだ。その母上が……」

断雲のゆきかう空をあおいで、一休は、

「母上、どこへゆかれたのです？」

と、しぼり出すように叫んだ。

お伊予さまのゆくえを一休も知らないと知って、改めて十兵衛は愕然となり、不安に胸が泡だってきた。

――だれにも口外できない彼の心の秘密があった。それは彼がこんど京へはせのぼってきたのは、実は一休よりもその母を案じての行為だということであった。

すぐ近くの相国寺《しょうこくじ》の妖麗な七重塔《しちじゅうのとう》の水煙《すいえん》に、ひょうと風のうなる音がきこえた。

魔天にかける罠

一

義円は怒った。

一休と柳生十兵衛と世阿弥に対してである。

この三人組に不快の気をいだいているのは以前からのことだが、こんどの神器騒動のあと、いろいろ新しい事実が判明して、いよいよ激怒した。

あらためて御所へいって、門番の雑色にきくと、一休が御所の門を訪れたときの口上は、どうきいても、神器を信仰する葛城《かつらぎ》の修験僧たちの願いを叶えてやって下され、という頼み以外に余念は見えず、なにしろいまのみかどの皇子《みこ》のお申しこみなので、つい心をゆるしてひきいれてしまったという。

一休がそんなことをしたのは、その山伏どもの正体が後南朝だと知ってのことか、あざむかれたのかは知らず、それこそ義円のいちばん険呑視《けんのんし》していたことであったのだ。

また、柳生十兵衛については、ききのがせぬ重大な事実が判明した。

この騒動のあと、二日ばかりたってのことだ。青蓮院に奉公する小者で、暮から故郷の木津川のほとりの村に帰っていた男がもどってきて、この正月、一休坊が木津川あたりをシャレコーベを竹の先につけて、ご用心ご用心とどなりながらねり歩いてみなを驚かせたが、なんでも柳生の屋形《やかた》に滞在しているとか耳にした――と、うわさ話をした。

それをきいて、義円は眼をむき出した。

当然彼は、師走《しわす》伊賀への道すがら、その木津川のほとりで柳生十兵衛とかわした問答を思い出した。

あのとき、ふっと気にかかって、自分が「まさか一休母子と世阿弥をかくまってはおるまいな」ときいたとき、十兵衛はすっとぼけた顔で、「そんなことをしていたら、ここで太平楽に釣りなどしておりませぬ」と笑いおった。

きゃつ、あのとき、すでに三人を柳生屋形にかくまっていたのだ！

――実は十兵衛が三人を受けいれたのはそのあとのことで、これは義円のかんちがいであったのだが、この判断に義円の頭は逆上し切っている。

さらに世阿弥に至っては、逆賊楠木兵衛《ひょうえ》と血の糸がつながっていることが明らかになった。

――きゃつら、みな南朝派だ！

その十兵衛が後南朝党を退治したというのはいぶかしいが、その疑問をふくめて、どうあっても彼らをつかまえて、もういちど糾明《きゅうめい》しなければならない。

後南朝党といえば。

あのとき御所前で、後南朝党は、首領の油壺の法眼をはじめ十余人を斃《たお》され、また御供衆がとらえた者が七人あったが、そのほか何人かは逃走した者もあったらしい。

そのとらえた後南朝党を、義円は強引に御供衆からもらい受けて、翌日六条河原でみな斬ってしまった。

斬首する前、彼らを拷問にかけて、後南朝党の組織や、一休らとの関係や、それまでの隠れ家などを知ろうとしたのはいうまでもないが、彼らは半死半生になりながら、一人も口を割らなかった。

ただ断頭の座にすえられて、彼らのうち四人は、「七度生まれ変って朝敵愛洲移香斎をほろぼさん！」と叫んだが、あと三人は、「七度生まれ変って柳生十兵衛を討たん！」と、わめいて斬られた。

それにもかかわらず、十兵衛たちをもういちどとらえたい、という義円の執念は変らない。

だいいち、土御門大路《つちみかどおおじ》で、自分に対する三人のあの口のききようはなんだ。一休は自分を輿から飛びおりさせ、十兵衛と世阿弥はおくめんもなく、一休の用心棒、付人であることを公言しおった。

思い出しても、怒りで頭が熱くなる。

「きゃつら、おれを愚弄しておる！」

で、あれ以来青蓮衆は、三人を求めて京じゅう探しまわったが天に消えたか地にかくれたか、それが見つからない。また後南朝の残党も杳《よう》としてゆくえがわからない。

二

さて、その騒ぎから数日後も、青蓮衆は砂ほこりをまいて、京の町々を血まなこでねめまわして歩いていたが、二月にはいったばかりのある夕刻、相国寺ちかくの大路で、

「——や？」

と、戸をあけはなした板輿《いたごし》の上の義円が、ぎらと眼をひからせた。

向うからきた一人の女がある。市女笠《いちめがさ》をかぶった旅姿だ。が、ふとこちらを見て、はっとしたように立ちどまった。

「あれは一休の母親ではないか」

と、義円はささやいた。

輿のそばに従っていた青蓮衆の一人が答えた。

「そのようでござりますな」

去年、一休たちがいちど姿をかくす前、その動静を見張っているとき、一休の生家を

探しあてて、嵯峨野の竹林のなかの家に近づいたことがある。そのとき竹林の細道を、何か買物の包みらしいものを抱いて、一人帰ってきたその女人の姿を見かけたのだ。だいぶ離れた竹垣のかげからであったが、夕映えの精が通ってゆくようなその美しさを忘れることがあろうか。

それが一休の母だとつきとめたものの、さればとてとらえる名目もなく、そのときは黙って見送っただけであったが。――

もっとも考えてみれば、いまだって一休の母をつかまえる理由はない。が、

「あそこへゆけ」

義円は、その女人のほうへ、あごをしゃくった。

伊予は蛇に見こまれたように、そこに立ちすくんでいる。

ひと目みてそれを青蓮衆だと知ったわけではない。伊予は、青蓮衆なるものを見るのははじめてだ。ただ薙刀《なぎなた》を連ねた僧形の一団にびっくりしただけである。

が、自分めざして近づいてくるそのむれと輿の上の少年を見て、「ああ、あれはなぜかわからないけれど、一休を目のかたきになさるという青蓮院の義円さまではないか」と知り、そのためいっそう身動きができなくなった。

輿をよせて、その義円が声をかけた。

「一休坊の母じゃな」

「はい。……」

「わしは青蓮院の義円じゃが……いつ、柳生から帰った？」

図星にあたった問いを投げかけられては、まともに答えるよりほかはない。だいいち、かけひきなどできない女人だ。

「あの、もう一《ひ》と月《つき》近くになりますが。……」

「一休坊を探しておるのだな」

「はい」

「まだ見つからぬらしいの」

「は、はい。……」

義円は一休の母を見つけたときから、彼女を連行する口実と、彼女の利用法を電光のごとく頭にえがいていた。

「実は一休坊は、今日明日にもわしに会いにくることになっておる」

「えっ」

伊予は眼を大きく見ひらいた。

「わしに話したいことがあるそうな」

「そ、それで、どこへ？」

「われらについて参れ。そなたの素性《すじよう》も知っておる。手荒なことはしとうない。どうじゃ？」

「一休がくるというのは、ほんとうでございますか」

ほんとうか、と、きいたのは、疑いの言葉ではない、よろこびの声であった。

「それなら、どこへでも参ります」

「そうか、では」

輿は動き出し、伊予を囲んで、僧兵たちも歩き出した。伊予は、この将軍の四男坊がなぜか一休を目のかたきにしていることはきいていたけれど、実はその訳がわからなかった。思いあたる理由がないからだ。彼女が伊賀へ逃げようとしたのは、後南朝への恐怖からであった。後南朝が一休を人質に使うおそれがあると世阿弥にきけば、なるほどそういうこともあるかも知れない、と浮き足立って思わず世阿弥と行を共にしたのだ。もっとも、この京で泣く子も黙るおん曹子に若干の恐怖をいだいていることも事実だが、もうのがれようもない。

一行はやがて、相国寺の東側の道へ出た。

青蓮院は洛東の粟田口《あわたぐち》にある。そちらへ向うのかと思っていると、輿は相国寺の東門のそばにとまった。

三

東門の内側には、七重塔《しちじゆうのとう》が五彩の魔神のような威容を天空にそびえさせている。門とはいうが、寺のことだからひらいたままだ。

「はいれ」

義円に命じられて、青蓮衆はみなけげんな表情をした。

はて、一休の母を相国寺へつれこんで、どうしようというのだろう?

「ここでいいのじゃ。はいれと申すに」

再度下知《げち》されて、一団は東門を寺の境内にはいる。この十五歳のあるじの指揮は、しばしば気まぐれで、しかもためらうことを許さない。

七重塔のほうへ歩いてゆくと、その一帯に十数人の男たちが働いているのが見えた。塔と三十間ばかり離れて、小さいながら屋根もついた白木造りの建物が建てられつつある。

それがみな手を休めて、ふしんそうな顔をむけたのに、義円もまた意外げに、

「青蓮院の義円だ。何をしておる」

と、近くで薪《たきぎ》らしいものを運んでいる男に、輿の上から問いかけた。

「へ、薪能《たきぎのう》の支度《したく》をしておりますんで」

と、腰をかがめて男は答えた。

「薪能? 薪能といえば、たしか奈良の興福寺でやるものではないか」

「それが、何でも上様のお望みで、ことし、一日だけこの相国寺でやることになったのだそうでございます。あの白木造りが将軍さまのご見所《けんじょ》で」

「ふうむ」

ここしばらく北山第へゆかなかったので、そんな催し物のあることは知らなかった。

「いつだ」

「二月六日――あさっての夜でござります」

義円はちょっと困惑したように考えこんでいたが、

「大塔は使わないのだな」

「へい、そうらしうござります」

「では、あれをちょっと借りる。あさってまで」

そういわれれば、相手が相手だけにことわるすべもない。

青蓮衆は、伊予をとりかこんだまま、ぞろぞろと七重塔へはいっていった。

中央に巨大な心柱《しんばしら》、向うの壁ににぶい光をはなつ大仏壇が見えるが、宏壮な空間はほかに何もなく、連子窓《れんじ》の微光に、あちこちクモの巣がたれさがっているのが見えるばかりであった。

そもそも読者は、日本のあちこちにある壮麗な五重塔――この場合は七重塔だが――この内部に何があるのかご存知だろうか。

実は、何もないのである。がらんどうなのである。

ここの一階にはともかくも仏壇が設けられているからまだいいほうだが、さればとてだれかがふだん供養している形跡は見られない。

奈良時代、はじめて五重塔が作られたころは、仏舎利《ぶっしゃり》――お釈迦さまのご遺骨と称するもの——を奉安するのを目的としたが、平安朝以降は、仏舎利のたねもつきたとみえて、たんなる寺院のお飾り、よくいって象徴的存在となった。

とはいえ、五重塔は日本建築の最高の美の象徴でもあるが、この相国寺の七重塔は、高さのみならず、建立《こんりゅう》されてまだ十年内外なので、その絢爛《けんらん》さは毒々しいほどで、すべての人間を圧倒する。

それだけに、ふだん人のはいらぬらしい内部は外観と極端な対照で、荒涼とした大牢獄を思わせる。

「ここへ……」

伊予はさすがに不安の表情になった。

「一休がくるのですか」

「くる」

義円はうなずいた。

「お前が呼ぶのだ」

「えっ、私が——」

「これから七層に上って、外の回廊をまわってもらう。京のどこからも見える大塔だ。みな気がついて見あげるだろう。一休がどこにおってもそれを見るだろう。見れば、かならずかけつけてくる。——」

全身を棒にした伊予を見やり、義円はニンマリとして、

「帝釈坊《たいしゃくぼう》、紐《ひも》はないか。手くびと手くびをしばって、七層へつれてゆけ」

と、いった。

帝釈坊と呼ばれた巨漢の僧兵が、むんずと伊予のやわらかい左の手くびをつかんだ。ふりかえって、

「おい、だれか刀の下《さ》げ緒《お》でも解いてくれ」

やがて伊予をまんなかに、一団は七重塔を最上階へ向って、七つの階段をのぼりはじめた。

四

さっき一休の母を見つけて、彼女もまた一休のゆくえを知らないらしいことを知って、義円の頭にひらめいたのは、この天来の妙案であった。

はじめは粟田口の青蓮院へ連行しようと思っていたのだが、あそこに女を連れこむのは少々具合が悪いな、という判断も生じた。そのとき眼前にこの相国寺の塔がそびえているのを見て、そうだ、あそこを使おう、と思いつくと同時に、彼女を、一休を呼ぶ道具にしよう、という着想が浮かんだのだ。

一休の母をとらえたのは一休をとらえるためだが、母がとらえられたことを一休が知らなければ何にもならない。そのことを知らせるのに、相国寺の七重塔のてっぺんをめ

ぐり歩かせるほど恰好な法はまたとあるまい。

狂童子でなければ出てこない天外の智恵だといえるかも知れない。

七重塔のてっぺんの回廊をめぐらせれば、京のどこからでも見える。一人が気づけば十人が指さすだろう。十人が指させば百人が空を仰ぐだろう。一休坊も見るに相違ない。見ればそれこそ足を空にすっ飛んでくることは必定《ひつじょう》。

あさっての夜、ここで父義満の観る薪能なるものがあるという。それ以前に、あしたのうちにもこの狙いはあたって、一休坊ら三人をとっつかまえる。

これは母鳥を囮《おとり》にして子鳥を呼びよせる天空の罠《わな》だ。義円は自分の着想に有頂天になった。

さて、一同は七層に上った。

もはや伊予にも、一休が義円さまに会いにくるというのはいつわりで、自分を囮にして一休を呼ぼうとしていることがわかった。

彼女は、あえぐようにきいた。

「義円さま、一休を呼んで、どうなさるおつもりですか」

「ただ、とらえておくのだ」

「なんのために？」

「後南朝という反幕の残党どもが、一休を人質に使うおそれがある。その後南朝のものどもが、一人もあまさず誅戮《ちゅうりく》されたということが明白になるまでだ」

「なぜ、一休を人質に？」

「一休の父が北朝の現みかどであるからだ。そして……お前が南朝の貴族の女であるからだ！」

銅鑼声《どらごえ》にまじるかん高い少年の声をきかなければ、だれがこれを十五歳と思うだろう。その両種の音程のいりまじりが、いっそう怖ろしい。

伊予は、七層の回廊をめぐることを強《し》いられた。

ただし、一人ではなく、帝釈坊という大男の僧兵といっしょにである。伊予の左手くびと帝釈坊の右手くびは剣の下げ緒で結ばれていた。——伊予が塔から飛び下りたりしないようにとその予防であった。

もっとも伊予は塔から飛び下りたりするつもりはない。あの怖いもの知らずの、八方破れの一休を残して死ぬなんて、とうていできない。一休をにくむ相手が、こちらからすれば理不尽きわまる悪意をいだいていることがあきらかになった以上、いよいよ歯をくいしばっても、生きてあの子を守ってやらなければならない。

伊予と帝釈坊は、朱の勾欄《こうらん》をめぐらせた塔の回廊をまわりはじめた。

すぐ東の鴨川は、ほとんど眼下にあるようだ。そのかなたの東山三十六峰。北方の鞍馬につらなる山。洛西衣笠山やその北山第あたりに金色にひかるのはあの金閣ではなかろうか。そして南は、これも眼下のたたずまい、遠くかすんで白い帯のように見えるのは宇治川か淀川ではあるまいか。

風蕭々《しょうしょう》

一

あえか、という古風な形容がふさわしい女人《にょにん》で、実はだれも知らない気丈《きじょう》さを持つ伊予であったが、さすがにそれら、天下のだれも見たことのない絶景をたのしむ余裕はない。

二月初め、というと後の暦では三月にはいっているが、それでも風は寒く、ことに七重塔の頂上は彼女の黒髪を吹きなびかせるほどだ。

ふだん人など見えない七重塔の上だから、はやくも気がついて、地上からこちらを見あげている人影が見えたが、もう夕方であったので、その日はすぐに暮れた。

夜になって義円や僧兵たちは一階に下りていったが、彼女の飛び下りをふせぐために、手くびは心柱《しんばしら》につながれた。一方、食事、夜具、身のまわりの道具など寺からとりよせてくれたが、伊予は一食もせず、一睡もしなかった。

夜があけて、おなじく七階めぐりがくりかえされた。伊予の肌は蠟《ろう》人形のように変っていた。

相国寺界隈《かいわい》の大路小路には、もういくつかのむれがかたまって、こちらを指さしながら何か叫んでいる。

——これを知らぬはずはない。きょうはくるぞ、一休が。

義円は確信した。

それに、まちがいなく柳生十兵衛も。

ちょっと不安になって、彼は青蓮衆の一人を叡山《えいざん》に走らせて、新たに延暦寺《えんりやくじ》の僧兵二十人ばかり増援を求めた。青蓮院は延暦寺の門跡だったからだ。

真下の広場では、薪能の支度が進められている。もっとも薪能は野外能だから能舞台などは作らない。二階建ての桟敷《さじき》なども設けない。

ところが、一休も十兵衛もこなかった。

七重塔の異常を知った相国寺の僧が事情をききにきたが、

「薪能のことは知っておる。それまでにたちのくわ」

と、鼻の先で追いかえした。

夜にはいっても、何の異変も起こらなかった。

三日目、いよいよ薪能が催される日を迎えて、さすがの義円も、いらだちをすぎて、あわてだした。

午後もだいぶすぎて、北山第から父将軍義満の行列の前駆《ぜんく》が到着しはじめて、僧がうろたえてまた退去をうながしにくると、

「こちらも足利家の命運にかかわる仕事をしているのだ。何なら父上にことわってもいいが、とにかく演能ちゅうは七重塔以外には出ぬから安心しろ」

と、また追いかえした。彼は意地になっていた。

夕暮ちかく、とうとう将軍義満がやってきた。一休らはついにあらわれなかった。寺で夕餉《ゆうげ》の接待を受けたのち、義満が七重塔と向いあう白木造りの見所《けんじょ》に出御《しゅつぎょ》したとき、もう日は暮れつくしていた。

すこし前までまばらに星影をちりばめていた空は、このころから黒雲に覆われてきて、何となくおだやかならぬ風が吹きはじめ、

「はてな?」

と、不安げに空を仰いで、

「山雨きたらんと欲して、風楼に満つか」

と、つぶやいた者もあったが、すでに暮れた暗い天に雲のかたちはもはやさだかでない。

それにくらべて、地上は明るい。明るいというより赤い。薪能の薪が燃やされはじめたのだ。

二

ところで。——

七重塔の上の女人の姿を、一休らは見ていなかったのか。——見ていたのである。

いや、正しくいえば、三日目に見たのだ。最初の日と二日目は見ていない。

なぜかというと、その両日彼らは、もう一つの御所——例の室町の古御所にひそんで、京の町へ出なかったからだ。

そもそも世阿弥と十兵衛は、京へ帰って以来、そのちかくの観世小路の世阿弥の家に身をひそめていたのである。一休が後南朝党に誘拐されたときそのあたりを通って、まさか世阿弥がその屋敷にもどっていることはあるまい、と考えたが、世阿弥は十兵衛を連れて、そこをねぐらとして毎日一休を探し歩いていたのである。

そして一休は、あの神器騒動のあと、室町の古御所の後南朝党が潜伏場所としていた建物に二人を連れていった。そこの意外な安全さはそれまでの体験で知っていたのだ。

ここには後南朝のめんめんが食用としていた焼米《やきごめ》や干肉《ほしにく》や干野菜や木《こ》の実《み》や水が、おびただしくたくわえられていた。

「逃げた後南朝党もあったようだが、まさかここへ立ちもどってくることはあるまい」

と、一休は笑った。

さて、その両日、三人がたれこめて外へも出なかったのは、ここへきて以来、そういう日が多かったからで、それはべつに青蓮衆や南朝の残党を警戒してのことばかりではない。めずらしく一休が大しょげにしょげていたからだ。

「ああ、後南朝の衆はむねんであったろうなあ」

と、ぶつぶつとつぶやく。

「ともかくも三種の神器を御所の外まで持ち出したところで、みなお陀仏《だぶつ》になったのだからな。はじめ神器を拝みたいなど、わしをだましたとき、いいきかせてやりゃよかった。三種の神器などは、壇の浦や南北朝のころ、なんども無くなったりゆくえ不明になったりしているのだが、そのたびにどこからか、イナイ、イナイ、バーとあらわれてくるという、切っても切っても生えてくる化物みたいなものだ。あんなもの盗み出しても、あとでまた新しい神器がひょっこりあらわれてくるわい、といってやりゃよかった」

偶像破壊はこのころからの彼の性癖で、しかしそういった口の下から、

「とはいうが、あの油壺の法眼の悲壮な死顔を思い出すと、そんなことといわなくてよかった、とも思うし。……」

と、ため息をつく。

思いはおなじ柳生十兵衛だ。

油壺の法眼を斬ったのは自分ではないが、あとの後南朝衆を斬りなびけたのはまさに自分で、あの所業は神器奪還の目的もさることながら、自分の剣を思うままふるいたい、

というかねてからの望みにかられたことはたしかなのだから、いまになってみれば、心情的南朝派として憮然《ぶぜん》たる思いを禁じ得ない。

「もののふのあわれ、というところでござるかな」

と、世阿弥がぽつりとつぶやいた。

それはともかく、こういうわけで十兵衛たちはその二日間空を見ることもなかったのだが、三日目のおひるすぎになって、世阿弥がひょいと自分の家をのぞいてみたい気を起こして、ひとり外へ出て、偶然、ある辻にかたまって騒いでいる町の人々を見た。

「あれ、あれ、あれ何や」

「相国寺の大塔のてっぺんを女と大男がまわりよる」

「なんや、女は紐《ひも》でつながれてるようやで」

世阿弥ははじめて空をふりあおいで、全身粟立《あわだ》つのをおぼえた。

まぎれもない伊予さまだ！

彼は泳ぐように古御所へかけもどった。

「何もいえぬ。ただ見て下され！」

手をひかんばかりにして連れ出された一休と十兵衛も、世阿弥の指さす塔の上をながめて、一瞬に全身を凍りつかせてしまった。

三

相国寺はこの古御所と大通りをへだてたばかりの東側にある。宏大な相国寺のそのまた東端にそびえる七重塔にはやや距離があるが、なにしろ大妖怪のような巨塔だ。その最上階の回廊を黒髪を吹きみだし、よろめくように歩いている女人と薙刀《なぎなた》をかかえた僧兵の姿は、空の魔界の絵のごとくはっきり見えた。

「母上だ！」

一休が心臓をわしづかみにされたような声を出した。

「あそこへゆく」

その前に十兵衛が立って、

「お待ち下され、あれは罠《わな》でござるぞ！」

「わかっている。が、あの母上を見捨てておかれようか。母上はたおれる寸前だ！」

少年ながら飄々たる風韻《ふういん》をはなつ一休が、すでに正気ではない眼つきになっている。

「しばらく、しばらく」

十兵衛も必死の顔で、

「しばらく拙者が事情をきいてまいる。しばらくお待ちを」

と、声をしぼり、かけ去った。遠くの人だかりのほうへである。

すぐに十兵衛はかけもどってきて、

「ああ無惨、あれは三日前からのことだそうでござる」

と、唇わななかせて報告した。

「なに、三日間も母上はあんな目に！」

一休は両腕をもみねじった。

十兵衛も歯ぎしりして、

「あれは青蓮衆にまちがいないが、むろん指揮しているのは義円さまでござろう」

「あやまる。土下座しても殺されても、母上をすぐに放してもらう。わしはゆくぞ」

一休はかけ出そうとした。

十兵衛はまた立ちふさがって、

「もひとつ、おきき下され、今夜相国寺では将軍家が薪能をごらんなさるそうで、まもなくお成りあそばすとのことで」

「薪能？　薪能がここで行われるのですか」

世阿弥がとんきょうな声をあげた。

「おう、そういえばきょうは二月六日、奈良の興福寺の薪能のはじまる日でございますな。それを相国寺で行うというのですか」

「なんでも将軍家のお望みで、みずから見物においでなさるという」

「そ、それなら私も推参して、上様のお手で義円さまの悪行《あくぎょう》をとめていただこう」

いってから世阿弥は、うっと息がつまったような顔になって、

「さあ、しまった！　いかん！　こちらはいまお目通りもかなわぬ半放逐《ほうちく》の身の上じゃ！」

と叫んだ。

十兵衛はべつに失望の顔も見せず、

「いや、世阿、たとえおぬしがいったとて、義円さまが即刻伊予さまを解き放つとは思われぬ。おれがゆこう」

一休が眼をむいて、

「そなたがいって、どうしようというのだ？」

「剣をもって、お母上を救い出してまいる」

「なに、剣をもって――」

「さよう」

十兵衛は愛刀三池典太《みいけてんた》のつかをとんとたたいて、

「失礼ながらお二人は、かえって足手まといに相成《あいな》る」

「おぬし、一人でいって成算があるのか」

「ただ、今夜相国寺で行われる薪能、その催しを利用すれば、何とか見込みがあるのではないか、と。――」

「薪能をどう利用するのじゃ？」

「それは出たとこ勝負、いってみねば相わからぬ」

にっと笑って、

「一休坊、あなたの用心棒を信用なされ。それから……拙者、お母上の用心棒のつもりでもあります」

いまも空の回廊をめぐっている夢魔のような影を見あげて、

「気のあせるはご同様ながら、歯をくいしばってお待ちあれ。夜に入るまで……薪能が始まるまで。……」

四

全身をあぶられるような時がすぎて、夜がきた。

一休は鴨川の西の岸にひとり立っていた。

あたり一帯は光だけの暗さだが、西の空はぼうっと赤い。雲がひくく魚のはらわたのように見える。それは下界の炎の照り返しであった。

その雲を摩するばかりにそびえ立つ七重塔は、同じ地上の炎の照り返しを受けて浮かびあがっている。夜なのでいっそう近く見え、妖麗というよりもの凄じい。

塔めぐりの苦役《くえき》は中断されたとみえて、母と僧兵の姿はもう見えなくなったが、一休の苦悩はいやますばかりであった。

——と、水音がきこえて、一艘《そう》の小舟が近づいてきた。

櫓《ろ》をあやつっているのは、柳生十兵衛だ。木津川の釣りで、舟には馴れた手さばきであった。

伊予さまは必ず助け出してここまで連れてくる。ただし、まちがいなく追手があるだろう。というのが十兵衛の想定した兵法で、その舟を探していまもどってきたのだが。——

そんなあとの算段より、そもそも母を助け出してここまでくる、ということができるかどうか、一休はそれを問うことさえ怖ろしい。

舟を杭《くい》につないで、岸へ上ってきて、

「世阿は?」

と、十兵衛がきく。世阿弥は先刻、相国寺のほうへ偵察にいったのである。

ちょうど、その世阿弥がもどってきた。

「薪能がはじまったようでござる」

と、彼は告げた。

「東門は、ひらいたままになっております。……こちらを待ち受けるがごとく」

世阿弥の声も、うなされているようだ。

「では、参る」

かろくうなずいて、十兵衛は歩き出した。

そのうしろ姿を浮かばせている鴨川の水光を見て、卒然として世阿弥は、

「風は蕭々《しょうしょう》として易水《えきすい》寒し。……」

と、小声で歌い出したが、あとの声はのんだ。刺客荆軻《けいか》の歌はそのあと、「壮士ひとたび去ってまた還らず……」とつづくからであった。

相国寺に近づくにつれて、謡《うたい》の声がきこえてきた。薪能がはじまっているのだ。七重塔を下から照らしているのは、その薪の火光であった。

「……見残す夢の浮橋に、なお数として舟競《きそ》う。三途《さんず》の川の水ぎわに、よるべ定めぬあだ波の……」

世阿弥が叫んだ。

「ああ、あれは私の船橋《ふなばし》じゃ。……」

彼の作った謡曲「船橋」であった。

「ここでよい。あとは拙者一人で」

十兵衛は微笑していい、スタスタとひとり歩み去ってゆく。——大きく口をあけた死の門へ。


（以下、下巻）

この作品は一九九一年四月一日～一九九二年三月二五日毎日新聞朝刊に連載され、一九九二年毎日新聞社から単行本として刊行。その後、一九九四年富士見時代小説文庫に、一九九九年小学館文庫に収められました。本書中、今日からみれば不適切と思われる表現がありますが、書かれた時代背景と作品価値とを鑑み、そのままとしました。

柳生《やぎゅう》十兵衛《じゅうべえ》死《し》す　上

山田《やまだ》風太郎《ふうたろう》傑作選《けっさくせん》　室町篇《むろまちへん》

二〇二〇年　八　月一〇日　初版印刷
二〇二〇年　八　月二〇日　初版発行

著　者　山田《やまだ》風太《ふうた》郎《ろう》
発行者　小野寺優
発行所　株式会社河出書房新社
〒一五一－〇〇五一
東京都渋谷区千駄ヶ谷二－三二－二
電話〇三－三四〇四－八六一一（編集）
〇三－三四〇四－一二〇一（営業）
http://www.kawade.co.jp/

ロゴ・表紙デザイン　粟津潔
本文フォーマット　佐々木暁
本文組版　株式会社創都
印刷・製本　凸版印刷株式会社

Printed in Japan　ISBN978-4-309-41762-2

完全版 名君 保科正之

中村彰彦 41443-0

未曾有の災害で焦土と化した江戸を復興させた保科正之。彼が発揮した有事のリーダーシップ、滕元会津藩に遺した無私の精神、知足を旨とした暮し、武士の信念を、東日本大震災から五年の節目に振り返る。

花闇

皆川博子 41496-6

絶世の美貌と才気を兼ね備え、頽廃美で人気を博した稀代の女形、三代目澤村田之助。脱疽で四肢を失いながらも、近代化する劇界で江戸歌舞伎最後の花を咲かせた役者の芸と生涯を描く代表作、待望の復刊。

みだら英泉

皆川博子 41520-8

文化文政期、美人画や枕絵で一世を風靡した絵師・渓斎英泉。彼が描いた婀娜で自堕落で哀しい女の影には三人の妹の存在があった——。爛熟の江戸を舞台に絡み合う絵師の業と妹たちの情念。幻の傑作、甦る。

怪異な話

志村有弘〔編〕 41342-6

「宿直草」「奇談雑史」「桃山人夜話」など、江戸期の珍しい文献から、怪談、奇談、不思議議譚を収集、現代語に訳してお届けする。掛け値なしの、こわいはなし集。

江戸の都市伝説 怪談奇談集

志村有弘〔編〕 41015-9

あ、あのこわい話はこれだったのか、という発見に満ちた、江戸の不思議な都市伝説を収集した決定版。ハーンの題材になった「茶碗の中の顔」、各地に分布する飴買い女の幽霊、「池袋の女」など。

現代語訳 南総里見八犬伝 上

曲亭馬琴 白井喬二〔現代語訳〕 40709-8

わが国の伝奇小説中の「白眉」と称される江戸読本の代表作を、やはり伝奇小説家として名高い白井喬二が最も読みやすい名訳で忠実に再現した名著。長大な原文でしか入手できない名作を読める上下巻。

弾左衛門の謎

塩見鮮一郎　40922-1

江戸のエタ頭・浅草弾左衛門は、もと鎌倉稲村ヶ崎の由井家から出た。その故地を探ったり、歌舞伎の意休は弾左衛門をモデルにしていることをつきとめたり、様々な弾左衛門の謎に挑むフィールド調査の書。

大坂の陣　豊臣氏を滅ぼしたのは誰か

相川司　41050-0

関ヶ原の戦いから十五年後、大坂の陣での真田幸村らの活躍も虚しく、大坂城で豊臣秀頼・淀殿母子は自害を遂げる。豊臣氏を滅ぼしたのは誰か？戦国の総決算「豊臣 VS 徳川決戦」の真実！

遊古疑考

松本清張　40870-5

飽くことなき情熱と鋭い推理で日本古代史に挑み続けた著者が、前方後円墳、三角縁神獣鏡、神籠石、高松塚壁画などの、日本古代史の重要な謎に厳密かつ独創的に迫る。清張考古学の金字塔、待望の初文庫化。

幕末の動乱

松本清張　40983-2

徳川吉宗の幕政改革の失敗に始まる、幕末へ向かって激動する時代の構造変動の流れを深く探る書き下ろし、初めての文庫。清張生誕百年記念企画、坂本龍馬登場前夜を活写。

坊っちゃん忍者幕末見聞録

奥泉光　41525-3

あの「坊っちゃん」が幕末に?!　霞流忍術を修行中の松吉は、攘夷思想にかぶれた幼なじみの悪友・寅太郎に巻き込まれ京への旅に。そして龍馬や新撰組ら志士たちと出会い……歴史ファンタジー小説の傑作。

赤穂義士　忠臣蔵の真相

三田村鳶魚　41053-1

美談が多いが、赤穂事件の実態はほんとのところどういうものだったのか、伝承、資料を綿密に調査分析し、義士たちの実像や、事件の顛末、庶民感情の事際を鮮やかに解き明かす。鳶魚翁の傑作。